JULIE LEUZE

Sternschnuppenträume

JULIE LEUZE

Sternschnuppenträume

Roman

LYX
EGMONT

1. Auflage
Umschlaggestaltung: © Guter Punkt, München | www.guter-punkt.de
Umschlagmotiv: © Guter Punkt unter Verwendung
eines Motivs von Willbrasil21/thinkstock
Satz: Greiner & Reichel, Köln
Printed in Germany (670421)
ISBN 978-3-7363-0013-2

www.egmont-lyx.de

MIX
Papier
FSC FSC® C083411

Die Egmont Verlagsgesellschaften gehören als Teil der Egmont-Gruppe zur **Egmont Foundation** – einer gemeinnützigen Stiftung, deren Ziel es ist, die sozialen, kulturellen und gesundheitlichen Lebensumstände von Kindern und Jugendlichen zu verbessern. Weitere ausführliche Informationen zur Egmont Foundation unter:
www.egmont.com

Für Tanzi

–

durch dick und dünn

»Arbeite, als bräuchtest du kein Geld;
liebe, als wärst du nie verletzt worden;
tanze, als würde niemand zuschauen.«

Satchel Paige, US-amerikanischer
Baseballspieler (1906–1982)

1

Svea

Wenn es eines gibt, das Seehunde absolut von uns Menschen unterscheidet, dann dies: Verlassene Jungtiere vergessen ihre Mütter innerhalb von Tagen.

Spricht das nun für oder gegen sie?

Ich grübele ein paar Sekunden über diese Frage nach und merke, wie schon wieder die Bitterkeit in mir aufsteigt. Bitterkeit ist das Gefühl, das ich in den letzten beiden Wochen mit Abstand am öftesten gespürt habe, und langsam nervt es mich.

Also beiße ich die Zähne zusammen und befehle mir, an etwas anderes zu denken. Schließlich hatte ich mir fest vorgenommen, meine Probleme *nicht* mit in die Seehundstation zu nehmen. Zu Hause, in der Schule, am Strand: Überall auf der Insel lauern sie, überallhin verfolgen sie mich, aber hier, zwischen meinen Schützlingen, will ich sie nicht haben.

Ich dulde sie einfach nicht!

Das jedenfalls habe ich am Tag null für mich beschlossen, und hey, ich kann es mir doch nicht erlauben, schon nach zwei Wochen zu scheitern! Ich meine, woran soll ich mich denn festhalten, wenn nicht an meinen eigenen Beschlüssen? Alles andere ist ja weggebrochen.

Ich atme tief durch. Schaue durch das große Fenster der Futterküche über das Stationsgelände, auf dem sich in zehn kleinen Bassins und zwei großen Becken über hundert Heuler tummeln. Die Seehundstation der Nordsee-Insel, auf der ich wohne, ist mein sicherer Hafen, denn anders als zu Hause hat sich hier nichts verändert, nicht in den letzten Tagen, nicht in den letzten Jahren. Alles ist wie immer, und alles hat einen Sinn: Wir setzen unsere ganze Kraft dafür ein, Heulern zu helfen. Ihr Gefängnis auf Zeit ist zugleich ihre Rettung, denn in freier Wildbahn würden die verlassenen Tiere es niemals schaffen, ohne ihre Mütter zurechtzukommen. Leicht ist das nämlich nicht.

Wer wüsste das besser als ich?

Draußen fangen die Seehundbabys an, nach ihrem Fisch zu jammern, und ich wische mein Selbstmitleid beiseite. Du liebe Güte, ich bin nicht hier, um Trübsal zu blasen, sondern um mich nützlich zu machen! Also schnappe ich mir einen der schweren Heringseimer und rufe über die Schulter: »Torben, kommst du? Da draußen wartet eine ziemlich hungrige Meute auf uns.«

Keine Minute später taucht Torben im Türrahmen auf. Er streicht sich über den Vollbart, der genauso signalrot leuchtet wie sein Schopf, und brummt: »Jo, lass uns anfangen, Svea. Rieke kommt auch gleich. Showtime, Kinder!«

Ich verkneife mir ein Lächeln. Zwei der vier täglichen Fütterungen werden unter den neugierigen Augen der Besucher durchgeführt, und es ist kein Geheimnis, dass Torben die »Showtime« liebt. Die Besucher wiederum lieben Torben: Mit seinen fünfzig Jahren ist er der dienstälteste Tierpfleger der Station, und keiner füttert unsere Heuler so hingebungsvoll wie er.

Torben ist das Herz der Station, das Urgestein, auf dem alles aufgebaut ist. Wenn ich die mühsame, unentgeltliche Arbeit hier so gerne auf mich nehme, dann hat das nicht nur etwas mit den Seehunden zu tun, sondern auch mit Torben.

Jetzt stößt er die Tür der Futterküche auf, und wir marschieren mit unseren Heringseimern nach draußen, woraufhin das Geheul der kleinen Seehunde herzzerreißende Ausmaße annimmt.

»Die kleinen Spinner!«, grummelt Torben, doch seine Augen leuchten. Er stapft zu den älteren Heulern in einem der beiden großen Becken, und ich steige in die erste der zehn Betonbuchten, in denen unsere Neuzugänge untergebracht sind. Augenblicklich robben die Seehundbabys Kitty und Kali auf mich zu. Mensch ist gleich Futter, diese Gleichung kapieren alle Heuler sofort. Was sie allerdings nicht daran hindert, einen in den Finger zu beißen, wenn der Fischeimer leer ist, wie eine schlecht verheilte Wunde an meinem Ringfinger beweist. Es war das Erste, was ich hier gelernt habe, als ich vor zwei Jahren angefangen habe auszuhelfen: Egal, wie süß und knuddelig sie aussehen, Seehunde sind keine Haustiere. Sie sind wild und sollen es auch bleiben, denn nur so können wir sie, nachdem wir sie zwei bis drei Monate lang aufgepäppelt haben, mit gutem Gewissen zurück in die Freiheit entlassen.

Wie wird es *mir* gehen, in zwei bis drei Monaten?, flüstert eine furchtsame Stimme in meinem Kopf. Ob ich mich daran gewöhnt haben werde, dass sie weg ist? Nicht einfach im Urlaub oder bei einem anderen Mann, sondern wirklich *weg*?

Nicht daran denken! Einfach nicht daran denken.

Ich knie mich in meinen grünen Gummihosen zu den fiependen Heulern und nehme den ersten Fisch aus dem Eimer. Seehunde zu füttern ist fürsorglich und tröstlich, und obwohl ich weiß, dass ich für Kitty und Kali nichts als ein sich bewegender Futterspender bin, rührt es mich doch, wie die beiden nun mit ihren runden schwarzen Augen zu mir aufblicken. Ich muss lachen. Als Gott das Kindchenschema erfunden hat, waren Seehundbabys ganz bestimmt sein Meisterstück!

Kali drängelt Kitty entschlossen ab, und schwupps, ist der Riesenhering in ihrem kleinen Maul verschwunden. Ohne zu kauen, schlingt sie ihn hinunter und verlangt nach dem nächsten, indem sie mir auffordernd ihre Flosse aufs Knie legt.

»Warum gewöhnt man sich eigentlich nie daran, wie süß die sind?«, höre ich eine atemlose Stimme neben mir.

Ich schaue zu meiner besten Freundin hoch und grinse. »Hallo, Rieke. Die Frage ist doch eher: Warum gewöhnt man sich eigentlich nie daran, dass du *immer* zu spät dran bist?«

»Tut mir leid, aber ich konnte meinen Haargummi nicht finden. Und die Haare in den Heringseimer hängen – nee, bei aller Liebe, das geht gar nicht.«

Rieke steigt hastig in die Bucht neben meiner, hockt sich hin und fängt an, zwei Heuler gleichzeitig zu füttern, um ihre Verspätung wiedergutzumachen. Dabei schafft sie es, ohne Punkt und Komma zu reden.

»Ich weiß ja, dass die Station auf Seehund-Patenschaften angewiesen ist, um sich zu finanzieren«, plappert sie, »aber manche Paten sind doch echt grenzwertig, oder? Wusstest du, dass Kittys Patin es fertigbringt, jedes Mal ›Hello Kitty‹ durch die Glasscheibe zu brüllen, wenn sie das arme Tier besucht?«

Wir schauen uns in die Augen, Heringe in den Händen, Heulerflossen auf den Schenkeln, und prusten los. Und obwohl mein Leben zurzeit alles andere als lustig ist, fühlt es sich richtig gut an, mal wieder mit Rieke zu lachen.

Zumindest für ein paar Sekunden.

Bis mir durch den Kopf schießt, dass *ich* lache, während meine Mutter vielleicht gerade zusammengeschlagen wird.

Oder sich anblaffen lassen muss.

Oder Hunger hat, zwischendurch aber nichts zu essen bekommt.

Oder was immer man eben zu ertragen hat, wenn man neu in der Hölle ist und auf der untersten Stufe der Hierarchieleiter steht.

Mein Lachen bricht ab, meine Stimmung kippt. Vor meinem inneren Auge sehe ich meine Mutter, hilflos, gequält, und das imaginierte Bild brennt sich in meine Seele. Doch ich will nicht daran denken, will mir das nicht ausmalen, nicht schon wieder! Es reicht, dass ich jede Nacht von ihr träume. Ich will das nicht in meinem Tag haben! Ich will das nicht. Ich will das nicht. Ichwilldasnichtichwilldasnichtichwilldas …

»Svea, alles in Ordnung?«, fragt Rieke besorgt.

Ihre Stimme lässt die Wortschleife in meinem Kopf zerstieben, das Bild verblassen, und ich plumpse zurück auf den Betonboden der Seehundstation, schaue verwirrt in Riekes Augen. Die eben noch fröhliche Miene meiner Freundin ist ernst, und ich frage mich unwillkürlich, ob sie Gedanken lesen kann. Aber wahrscheinlich braucht sie das gar nicht – um ein Mädchen, das eben noch albern gelacht hat und zehn Sekunden später verzweifelt Löcher in die Luft starrt, würde sich wohl jeder Sorgen machen.

Okay. Zeit, es zuzugeben: Seit Mama weg ist, bin ich seltsam geworden. Ich merke selbst, dass ich eigenbrötlerisch wirke, verschlossen, verstört. Zudem leide ich unter extremen Stimmungsschwankungen.

Gar nicht gut. Bis vor ein paar Wochen war das noch anders, ich war ausgeglichen und meistens gut gelaunt. Jetzt aber bin ich schlimmer als eine von Hormonen überflutete Schwangere.

Das muss ich unbedingt in den Griff bekommen, und zwar schnell. Denn es darf ja niemand etwas ahnen von der Veränderung in meinem Leben. Und verdammt, sage ich mir zähneknirschend, ich *werde* es in den Griff bekommen! Schwanger bin ich schließlich nicht, und so habe ich auch keinen legitimen Grund, mich dem Auf und Ab meiner Gefühle hinzugeben. Genau genommen ist das Problem, das dieses Auf und Ab verursacht, ja noch nicht einmal mein eigenes! Sondern das meiner Mutter. Ich selbst kriege nur die schmutzigen Ausläufer ab.

Ich straffe die Schultern. »Geht schon wieder«, sage ich zu Rieke und versuche mich an einem Lächeln. »Ich habe nur gerade … daran gedacht.«

Rieke greift zu mir herüber und legt mitfühlend die Hand auf meinen Arm. Sie sagt nichts, aber das muss sie auch gar nicht. Es reicht, dass ich mich vor ihr nicht verstellen muss. Rieke ist nämlich nicht nur meine beste Freundin, sie ist auch die Einzige, der ich es erzählt habe. Alles.

Obwohl mein Vater mich umbringen würde, wenn er davon wüsste.

Obwohl ich mich dafür gehasst habe, mein Versprechen durch meine stockende Beichte gebrochen zu haben.

Denn natürlich wäre es sicherer, so viel sicherer, wenn ich niemanden in mein neues Schneckenhaus hereinlassen würde. Niemanden, ohne Ausnahme, auch Rieke nicht.

Doch offensichtlich bin ich unfähig, den Mund zu halten, und zu haltlos, um meine Probleme mit mir selbst auszumachen.

Wir schweigen und stopfen glänzende Fischleiber in die Seehundmäulchen, und ich denke, wie seltsam das ist: Ich verachte mich zwar für meine Schwäche, doch wenn ich Rieke so anschaue, dann fühle ich keine Reue und keine Scham, dass ich mich ihr anvertraut habe, sondern Dankbarkeit. Weil sie es weiß – und mich trotzdem nicht als asozial abstempelt.

Mein Hals wird eng, die nächste Stimmungsschwankung bahnt sich an. Würde eine gute Fee mir je anbieten, schießt es mir durch den Kopf, eine Schwester für mich herbeizuzaubern, dann würde ich mir eine wünschen, die genauso ist wie Rieke, genauso chaotisch, genauso verständnisvoll und genauso hübsch, mit Sommersprossen auf der Nase, strahlend blauen Augen und langem rotblondem Haar.

Rieke spürt meinen sentimentalen Blick und lächelt mir zu, bevor sie den Heringseimer packt und in die nächste Betonbucht steigt. Dass ich diese beste aller Freundinnen zu Anfang nicht einmal mochte, kann ich heute überhaupt nicht mehr verstehen.

Und doch war es so: Als wir zusammen aufs Gymnasium kamen, fanden wir uns einfach nur doof, sie mich zu still und ich sie zu überdreht. Es hat volle fünf Jahre gedauert, bis wir uns gefunden haben, denn als ich fünfzehn war und Rieke sechzehn, haben wir aus reinem Zufall beide angefangen, ehrenamtlich in der Seehundstation zu arbeiten. Beim Füttern, Beckenschrubben und Betüddeln der Heuler sind wir uns dann zwangsweise nähergekommen. Haben erkannt, wie gut wir uns ergänzen – und dass wir beide von unserer Freundschaft profitieren: Wenn ich mich zu sehr vor der Welt zurückziehe, zerrt Rieke mich zurück ins Leben, und wenn Rieke es mit ihrer Experimentierfreude übertreibt, erinnere ich sie an die Existenz gesunder Grenzen. Eine Win-Win-Beziehung, sozusagen.

»Kali platzt noch, wenn sie die Einzige ist, die du heute fütterst«, bricht Rieke in mein sinnendes Schweigen ein. »Dafür verhungert dann die arme Hello Kitty, und das Ergebnis ist, dass *beide* tot sind. Was würde Hello Kittys Patin wohl dazu sagen?«

Ich zucke zusammen, schubse Kali rasch beiseite und gebe den nächsten Fisch Kitty, denn eine Heulermörderin möchte ich nun wirklich nicht sein. Reumütig nehme ich mir vor, mich in Zukunft besser auf meine Arbeit zu konzentrieren, mehr im Hier und Jetzt zu leben. Mich ständig in irgendwelchen Gedankenwelten zu verlieren, das ist nicht gesund – weder für mich noch für die Seehunde.

»Ab mit euch, ihr beiden«, sage ich und lasse meine Schützlinge zurück ins Wasser gleiten.

Einen Moment lang schaue ich ihnen noch zu, wie sie planschen und spielen. Und obwohl das sehr niedlich aussieht, finde ich es auch ein bisschen traurig. Ich meine, da toben sie herum und haben keine Ahnung, dass ihnen eigentlich etwas fehlt! Dass sie in Freiheit, im Meer sein sollten, bei ihren Müttern. Dass ihnen ein Leben bevorsteht, auf das sie nur äußerst unzureichend vorbereitet sind. Vermissen sie denn gar nichts? Spüren sie nicht, dass sie allein sind auf der Welt, dass letztlich jeder von uns allein ist? Ahnen sie nicht, dass sie es vielleicht nicht schaffen werden, zu überleben?

Ach, verdammt! Ich schüttele den Kopf, wünsche meine Melancholie zum Teufel und steige in die nächste Betonbucht. Es sind schließlich noch mehr Tierkinder hungrig, und von meiner verflixten Grübelei werden sie nicht satt. Also recke ich das Kinn, verbiete mir das Denken und setze stattdessen meinen jüngsten Vorsatz in die Tat um: verteile den restlichen Fisch, bringe den leeren Eimer zurück in die Futterküche und schnappe mir danach den Schlauch, um die dreckigen Betonböden abzuspritzen.

Und befinde mich zwischen Seehundkacke und Fischgeruch absolut im Hier und Jetzt.

2

Nick

Ich habe eine super Kitesurf-Session hinter mir, und das Adrenalin kreist noch in meinem Blut, als ich mit dem Bus vom Nordstrand nach Hause fahre. Der Fahrer hat mich beim Einsteigen zwar schief angeguckt, aber es blieb ihm nichts übrig, als mich so mitzunehmen, wie ich bin – sandig, salzverkrustet und mit meinem Fahrradanhänger im Schlepptau, auf dem ich mein gesamtes Equipment verstaut habe, einschließlich des nassen Neoprenanzugs. Ich kenne diesen miesepetrigen Busfahrer schon, er wird nie ein Surfer-Freund werden, aber was soll's? Mein Rad hat einen Platten, und laufen kann ich den langen Weg nach Hause mit dem schweren Anhänger schließlich nicht.

Christian neben mir fragt: »Kommst du heute Abend auch, Nick? Keine Angst, Astrid wird nicht da sein. Marina hat mir erzählt, die hat Stress mit ihren Eltern und muss zu Hause bleiben.«

Christian grinst. Er ist nicht gesurft, hat aber trotzdem gute Laune, weil er sich die Zeit am Strand damit vertrieben hat, hübschen Mädchen in Bikinis nachzuschauen.

Dass Astrid nicht kommen darf, weiß ich schon, aber ich sage es Christian nicht. Schließlich habe ich erst vor ein paar Tagen mit Astrid Schluss gemacht – wieder mal –, und ich muss Christian ja nicht auf die Nase binden, dass sie meinen Entschluss nicht so ernst nimmt, wie ich das gerne hätte. Sie sucht weiterhin meine Nähe, ruft mich ständig an, und so hat sie mir auch von dem jüngsten großen Krach im Hause Riemer erzählt. Mein Mitleid hat sich allerdings in Grenzen gehalten: So heftig Astrid sich mit ihren Eltern streitet, so reuevoll vertragen sie sich auch wieder, meist schon ein, zwei Tage später. Astrid muss nur Papas kleines Mädchen rauskehren, und schwupp, ist alles wieder gut.

Ich zucke mit den Schultern. »Astrid kann kommen oder wegbleiben, das geht mich nichts mehr an. Treffen wir uns vor der Party bei dir?«

»Jep. Vorglühen?« Sein Grinsen wird noch breiter.

»Keine Chance, mir ist noch schlecht von gestern.« Ich verziehe das Gesicht. »Aber mein Vater kommt heute früher aus der Praxis, und ich habe keine Lust, mir seine Vorhaltungen über meinen verlotterten Lebensstil anzuhören. Bringt nicht gerade gute Laune.«

»Was dein Alter immer hat! Als ob du an der Spritze hängen oder täglich Straßenkämpfe ausfechten würdest.« Christian schüttelt den Kopf. »Das bisschen Alkohol ab und zu … Dein Vater gehört echt in ein anderes Jahrhundert, Nick!«

Ja, und am besten gleich noch auf einen anderen Kontinent.

»Wie auch immer«, sage ich leichthin. »Ich könnte so in zwei Stunden bei dir sein.«

»In zwei Stunden?! Wofür brauchst du denn so lang?« Christian wartet meine Antwort gar nicht erst ab. »Verstehe, du willst deine heiße Strubbelfrisur perfektionieren. Ey, lass es bleiben, Nick. Für dich würden die Mädels sogar die Beine breitmachen, wenn du drei Tage lang nicht geduscht hättest.«

Unwillig schaue ich in sein feixendes Gesicht. Christian ist mein bester Kumpel, aber ich kann es nicht ausstehen, wenn er mit seinen anzüglichen Sprüchen anfängt. Denn für die Wirbel, die dafür verantwortlich sind, dass mein blondes Haar ständig irgendwie zerzaust aussieht, kann ich nichts, und was mein nicht ganz so monogames Sexleben betrifft … hm, das geht Christian schlicht und ergreifend nichts an.

Also boxe ich ihm mit der Faust gegen die Schulter. »Ach, halt die Klappe, Mann.«

Christian lacht. »Also kein Tête-à-tête mit einer Dose Haarspray? Na ja, auch wenn du dich nicht für die Mädels stylst, ein bisschen Spaß willst du heute Nacht schon haben, gib's zu. Wen hast du denn im Visier? Birgit? Die ist ziemlich scharf auf dich, sagt Marina.«

Ich seufze. Seit Christian mit Marina zusammen ist, erfährt er *alles* über die Geheimnisse ihrer Freundinnen. Sie erzählt es ihm unter dem Siegel strengster Vertraulichkeit, und er erzählt es mir ebenso streng vertraulich weiter.

»Eigentlich müsste ich dich dafür hassen«, redet Christian unverdrossen weiter, als ich meinem Seufzer keine lüsterne Bemerkung über die scharfe Birgit folgen lasse. »Ich meine, warum ist zur Abwechslung nicht mal eine heiß auf *mich*?«

»Du hast doch Marina, also beschwer dich nicht. Und ich will nichts von ihren Freundinnen. Ist die Tatsache, dass ich mich erst vor ein paar Tagen von Astrid getrennt habe, bereits durch dein Siebgehirn gerutscht?«

»Nö. Aber ihr habt euch schon oft getrennt, und das war noch nie ein Grund für dich, lange den Enthaltsamen zu spielen«, stichelt Christian.

Ich bin versucht, ihm noch einmal gegen den Arm zu boxen, aber dann lasse ich es bleiben. Weil ich zugeben muss, dass Christian recht hat: Ich habe in der Tat nichts anbrennen lassen in den letzten Jahren, hübsche Mädchen gibt es schließlich viele. Allerdings bin ich dann doch immer wieder auf Astrid zurückgekommen, vielleicht, weil sie so unkompliziert ist. Und klar, attraktiv ist sie auch.

Aber Astrid ist Vergangenheit.

Ich wende mich ab und schaue aus dem Busfenster. Welchem Mädchen ich heute Nacht meine Aufmerksamkeit schenke, wird sich schon zeigen. Hat ja keinen Sinn, sich vorher darüber den Kopf zu zerbrechen, und eigentlich ist es auch nicht wichtig. Wichtig ist nur, dass ich, bei wem auch immer, nicht die Kontrolle verliere … und dass ich lange genug wegbleibe, um beim Heimkommen weder meinem Vater noch meiner Mutter in die Arme zu laufen. Ach, fuck. Was gäbe ich darum, dieses letzte Schuljahr bereits hinter mir zu haben und ausziehen zu können.

»Träumst du, Alter?«

Ich fahre zusammen, merke erst jetzt, dass ich blind aus dem Fenster gestarrt habe.

Christian steht schon an der Tür. »Wach auf, wir müssen raus.«

Der Bus hält, und ich springe auf. In letzter Sekunde stolpere ich mit meinem schweren Anhänger nach draußen.

Ein Jahr noch, denke ich und blinzele in die Abendsonne, ein Jahr.

Dann bin ich für immer weg von dieser Insel.

3

Svea

Als wir mit dem Putzen und Aufräumen fertig sind, liegt die Station in rosagraue Dämmerung gehüllt. Die letzten Besucher sind fort, bis auf das leise Plätschern des Wassers und das Geschrei der Möwen herrscht nun Stille. Torben widmet sich dem Schriftkram im Büro, der Tierarzt ist gekommen und wieder gegangen, und die Praktikanten haben sich in ihre Zimmer zurückgezogen. Alle freuen sich auf ihren Feierabend.

Alle bis auf Jörn.

»He, ihr zwei Hübschen, warum habt ihr es denn so eilig?«, ruft er und kommt Rieke und mir hinterhergejoggt, als wir untergehakt in Richtung Ausgang schlendern.

Wir drehen uns um, Rieke schlagartig genervt, ich mit einem gezwungenen Lächeln. Jörn hatte heute Dienst im Info-Bereich, darum haben wir ihn den ganzen Tag über nicht gesehen. Allzu traurig hat uns das nicht gestimmt.

»He, Jörn«, sage ich dennoch freundlich, um Riekes abweisende Miene wettzumachen. »Noch nicht am Strand? Dort steigt doch heute die Ferienabschlussparty.«

»Ja, aber das ist eine *Schülerparty*«, sagt Jörn und grinst unverschämt. »Ich bin FÖJ-ler, schon vergessen? Mit euch grünem Gemüse habe ich schon lange nichts mehr gemein.«

Ich verdrehe die Augen. »Nur weil du ein freiwilliges ökologisches Jahr machst, heißt das nicht, dass du automatisch mit den großen Jungs spielen darfst, weißt du? Dazu gehört schon ein bisschen mehr.«

Jörn lacht. »Ach, und was?«

»Seelische Reife zum Beispiel«, sage ich hochmütig und klinge dabei fast wie Frau Schneider, meine Klassenlehrerin.

»Keine Sorge, seelische Reife besitze ich.« Jörn zwinkert mir zu. »*Ich* bin schon lange in der aufregenden Welt der Erwachsenen angekommen. Im Gegensatz zu dir, meine kleine Unschuld.«

Mein Hochmut verabschiedet sich, und eine Schrecksekunde lang verschlägt es mir die Sprache. Bilder zucken durch meine Erinnerung, von einem keuchenden Jörn und von mir selbst, enttäuscht und abgestoßen, als ich höre, was er gerne mit mir machen würde.

Doch dann schießt mir zornige Röte ins Gesicht. Wir hatten ausgemacht, dass wir es begraben und vergessen wollen, und das bedeutet, dass wir *nicht* darüber sprechen. Warum also, verflixt noch mal, hält Jörn nicht seine Klappe?!

Gerade will ich bissig sagen, dass ich unter seelischer Reife etwas anderes verstehe als ausgerechnet das, worauf Jörn anspielt, als Rieke sich einmischt.

»Damit wäre dieses Gespräch beendet«, schnappt sie. »Tschüss, Jörn. Leute wie du bleiben der Party heute Abend schön fern, kapiert?«

Ich lasse mich bereitwillig von Rieke zum Ausgang ziehen, denn mal ehrlich, nach so einer Indiskretion hat Jörn es nicht besser verdient, als stehen gelassen und von Rieke angegiftet zu werden.

»Mensch, Rieke, sei doch mal ein bisschen entspannter«, ruft Jörn ihr hinterher. »Ich versteh gar nicht, was du gegen mich hast. Magst du keine Männer?«

»Doch«, knurrt sie, ohne sich umzudrehen. »Aber nicht solche wie dich. Ich steh nicht auf Perverse!«

»Jetzt sei bloß still«, raune ich ihr erschrocken zu. »Er braucht ja nicht zu wissen, dass ich dir alles erzählt habe!«

»Warum nicht? Vielleicht schämt er sich dann dafür. Die aufregende Welt der Erwachsenen, pah!«

Grimmig zieht Rieke mich durch den Ausgang nach draußen, während ich einen unbehaglichen Blick zurückwerfe. Jörn steht mit gerunzelter Stirn da, und ich kenne ihn gut genug, um zu ahnen, was er sich gerade fragt: Erstens, wie viel Rieke über ihn weiß – und zweitens, ob seine freche Anspielung nicht ein ziemliches Eigentor war.

Als ich endlich mit dem Fahrrad auf dem Weg zum Oststrand bin, ist die Nacht bereits hereingebrochen. Ich bin spät dran, bestimmt sind alle anderen schon am Feiern, aber mein Vater war nicht daheim, also musste ich mir selbst etwas kochen. Und da ich darin ziemlich ungeübt bin, hat das eine Weile gedauert (vor allem das Putzen des völlig verkohlten Topfbodens).

Die Nachtluft fühlt sich warm und samtig an. Passend zu den hochsommerlichen Temperaturen trage ich das kurze, cremeweiße Kleid und keinen Helm. Immerhin *ein* Vorteil, wenn man quasi elternlos geworden ist: Niemand überredet einen dazu, hässliche Fahrradhelme aufzuziehen. Papa war ja noch bei der Arbeit, als ich gegangen bin, und Mama … Überflüssig, dazu etwas zu sagen.

Aber die sehnsüchtige Stimme in meinem Kopf flüstert es doch: *Ihr* war meine Sicherheit wichtig, auch wenn es mich genervt hat. *Sie* hat auf so etwas geachtet. Aber Mama ist ja fort.

Eigentlich wäre es gar nicht so schlimm, dass ich meine Mutter nicht mehr sehe. Ich bin sowieso kaum zu Hause, und nach dem Abi nächstes Jahr werde ich bestimmt ausziehen. Aber dass ich meine Mutter nicht sehen *darf*, selbst wenn ich es wollte, und vor allem, dass ich fast verrückt werde vor Sorge um sie – das macht mir zu schaffen.

Und deshalb fehlt sie mir, obwohl die Zeit ohne sie gerade erst begonnen hat.

Gleichzeitig bin ich wütend auf meine Mutter, so sehr, dass es sich beinah anfühlt wie Hass. Liebe und Hass im Doppelpack: Dass es das gibt, hätte ich früher nicht für möglich gehalten. Früher? Vor wenigen Wochen. Als ich noch nicht ahnte, dass meine heile Welt so ruckzuck in sich zusammenfallen würde. Wie dumm ich war! Wie naiv. Wie vertrauensvoll.

Aber verdammt, meine Mutter hat es nicht verdient, dass ich mir den Kopf über sie zerbreche! Sie hat sich das alles schließlich selbst eingebrockt.

Meine Wut schickt sich an, alle anderen Gefühle zu überdecken, und das ist gut so, denn Wut ist besser als Sorge und Hilflosigkeit. Also erlaube ich mir, mich ein paar Pedaltritte lang ungehemmt hineinzusteigern: in den Zorn über das, was meine Mutter mir, Papa und sich selbst angetan hat. Den Zorn über ihre kurzsichtige Weigerung, an die Folgen zu denken.

Doch dann, meinen blöden Gefühlsschwankungen sei Dank, schlägt der Zorn in Fassungslosigkeit um, in bittere Enttäuschung, in Sehnsucht. Und von dort, das weiß ich aus Erfahrung, ist es leider nur ein kurzer Weg, bis ich erneut bei Sorge und Trauer landen werde.

Und deshalb muss ich mich jetzt schnellstens auf andere Gedanken bringen.

Verkrampft durchforste ich meinen Verstand nach etwas, das mich ablenken könnte, während ich den sandigen Dünenweg entlang zum Strand radele. Meine Gedanken landen bei … hm, bei … bei … na gut, dann eben wieder bei Jörn. Mich mit Jörn zu beschäftigen ist okay, denn Jörn ist ein kleines Problem, und kleine Probleme lenken hervorragend von großen Problemen ab.

Also stürze ich mich kopfüber in die Welt der Nichtigkeiten. Frage mich, ob Jörn der letzten rauschenden Party des Sommers wirklich fernbleiben wird, wie Rieke es von ihm verlangt hat. Denn ehrlich, ich habe da so meine Zweifel. Egal was er sagt, Jörn feiert genauso gerne Partys wie wir »grünes Gemüse«, und in einer Nacht wie dieser wäre es fast schon eine Sünde, nicht am Strand zu sein: Die ganze Insel stöhnt unter der ungewohnten Hitze, und das muss man schließlich ausnutzen – nicht nur Jörn übrigens, sondern auch Rieke und ich. Denn am Montag wird für uns die zwölfte Klasse anfangen, und das bedeutet, dass wir ein extrem lernintensives Schuljahr vor uns haben. Da ist es nix mehr mit wilden Partys, jedenfalls nicht, bis wir das Abi in der Tasche haben. Weshalb Rieke es heute noch mal so richtig krachen lassen will, und ich in ihrem Schlepptau ebenfalls.

Jörn kann das Ende der Schulferien natürlich egal sein. Er hat sein Abi ja schon hinter sich, ist angekommen in der Welt der Erwachsenen, wie er so schön sagt. Jetzt auf dem Rad, mit ein bisschen Abstand zu seinem unverschämten Blick, kann ich fast nicht mehr glauben, dass er mit seiner Bemerkung vorhin tatsächlich auf unsere missglückte Beziehung angespielt hat. Vielleicht war das alles ganz harmlos gemeint! Denn Jörn ist eigentlich ein netter Kerl, freundlich und relaxt, und selbst Rieke gibt zu, dass er toll aussieht mit seinen schwarzen Locken und den blauen Augen.

Ich denke zurück an den Frühling, als ich Jörn gerade in der Seehundstation kennengelernt hatte.

Gott, was war ich in ihn verknallt! Und glücklich, so glücklich, als wir ein Paar wurden. Ein paar Wochen lang dachte ich tatsächlich, dass ich diesmal das große Los gezogen hätte.

Tja, mit der Seligkeit war es dann ziemlich schnell vorbei. Nämlich exakt in der Nacht, in der ich gemerkt habe, dass Jörn unter erfülltem Sex etwas grundlegend anderes versteht als ich. Und auch wenn ich mich nicht für prüde halte, so habe ich doch meine Grenzen – und die sind wesentlich enger gesteckt als Jörns.

Ich trete heftiger in die Pedale. Gerne erinnere ich mich nicht an jene Nacht, obgleich ich standhaft versuche, Jörns Vorschlag als interessante Erfahrung zu verbuchen. Ich meine, wie könnte ich sonst mit Jörn befreundet bleiben?! Es ist doch so: Dass Jörn sexuelle Wünsche hat, die ich ganz und gar nicht teile, gibt mir nicht das Recht, mich moralisch über ihn zu stellen.

Das zumindest rede ich mir ein.

Rieke ist da weniger politisch korrekt. Sie war schlicht und einfach empört, als ich ihr erzählt habe, aus welchem Grund ich mit Jörn Schluss gemacht hatte. »*So* ist der drauf?«, hat sie gekreischt. »Und *das* habt ihr gemacht?«

»Nein, haben wir nicht«, versuchte ich sie zu beruhigen. »Darum ist es ja aus zwischen uns! Weil ich mir nicht vorstellen könnte, so etwas zu tun.«

»Aber er wollte es?«

»Ja.«

»Igitt, Svea! Igitt, igitt, igitt!«

Rieke hat sich gar nicht wieder eingekriegt, und das hat mich denn doch gewundert. Ich meine, immerhin wollte Jörn mich nicht auspeitschen, er hat mein striktes »Nein« mit Fassung getragen und auch verstanden, dass ich nach jener Nacht nicht mehr seine Freundin sein wollte. Eine Weile war ich noch sauer und beschämt, und Jörn erschien mir zerknirscht, aber wir haben es beide ganz gut überlebt.

Tja, und jetzt? Ist zwischen Jörn und mir alles im grünen Bereich. Wir hassen uns nicht, es gibt nichts, was wir uns gegenseitig vorzuwerfen hätten, und wir können ohne Bauchgrimmen miteinander reden. Das ist das Wichtigste, schließlich laufen wir uns in der Seehundstation ständig über den Weg. Schon deshalb *müssen* wir uns weiterhin verstehen.

Denn ich brauche die Station.

Ich kann es mir nicht leisten, meinen sicheren Hafen zu verlieren. Allein schon der Gedanke, dass es so kommen könnte, beschert mir Schnappatmung. Irgendetwas *muss* doch Bestand haben, verflucht!

Und damit wäre ich statt bei kleinen Problemen wieder beim großen angelangt. Jörn in meinem Kopf verblasst, und wie ein Raubtier springt mich an, was wirklich wichtig ist: mein vereinsamtes Zuhause, mein Vater mit seiner Vogel-Strauß-Politik, meine unerreichbare Mutter – und das bodenlose Loch, in das meine Familie stürzen würde, wenn die Leute davon Wind bekämen. Ein Loch aus Arbeitslosigkeit, Hartz IV und sozialer Ausgrenzung.

Wie hat mein Vater es letztens genannt?

Sippenhaft.

Panik will in mir aufwallen, doch ich radele wie der Teufel dagegen an. Verfluche meine herumspringenden Gedanken, die sich nicht auf Kurs halten lassen wollen, verfluche meine Gefühlsschwankungen, verfluche meine Eltern und die furchtbare Zeit, die vor mir liegt.

Bis durch die samtige Dunkelheit Musikfetzen zu mir herüberwehen. Ich keuche vor Anstrengung und Frustration, halte mich verbissen an der Musik fest, klammere mich an die Normalität, die sie verheißt. Menschen, Vergessen, Fröhlichkeit, all das wartet auf mich, nur noch ein paar Sandhügel entfernt! Ich kann der Panik Paroli bieten, natürlich kann ich das. Alles ist gut, kaum jemand weiß etwas, und so werde ich mein gewohntes Leben einfach weiterleben.

Oh ja, das werde ich! Das werde ich.

Mein heftig klopfendes Herz beruhigt sich, die Panik ebbt zögernd ab. Ich bleibe erschöpft zurück, wie ein angestochener Luftballon, der leer und schrumpelig auf dem Fahrrad klebt. Die letzten Meter bringe ich hinter mich, ohne zu fühlen oder zu denken, was nicht der schlechteste Zustand ist, und als ich endlich den Oststrand erreicht habe, steige ich vom Rad und lasse es achtlos in den Sand fallen. Ich will zu meinen Freunden, und zwar schnell. Bevor die Angst mich erneut überfallen kann.

Auf einem Weg aus verwitterten Holzplanken laufe ich durch die mit Strandhafer und knorrigen silbrigen Sanddornbüschen bewachsenen Dünen. Der Oststrand ist wild und unbewacht, anders als an den Stränden im Norden und Westen gibt es hier weder Cafés noch Strandkörbe, nur weißen Sand und endlosen Himmel, kreischende Möwen, Muschelschalen und Tang. Und natürlich, alles andere beherrschend, das tiefe bleigraue Meer.

Wellenrauschen und die harten, schnellen Beats der Surfermusik begrüßen mich. Die Flammen mehrerer Lagerfeuer lodern hoch in den Abendhimmel, zwei Mädchen aus meiner Klasse winken mit ihren Bierflaschen zu mir rüber, und eigentlich sollte sich spätestens jetzt, wo es laut und fröhlich ist, die gewohnte Feierlaune bei mir einstellen.

Tut sie aber nicht.

Stattdessen fühle ich mich plötzlich fehl am Platz, als wäre ich die Einzige hier, die mit uncoolen Schwierigkeiten zu kämpfen hat. Und das macht mir wieder bewusst, dass ich diese Schwierigkeiten unbedingt geheim halten muss. Also stapfe ich extra lässig durch den abendkühlen Sand und versuche, zumindest so zu *wirken*, als hätte ich Spaß, während ich hier Hallo sage und dort ein Lächeln verschenke, eigentlich aber bloß zu Rieke will, denn mit Rieke geht es mir immer gut. Sobald ich sie gefunden habe, wird das hier eine tolle Nacht, mit Funkenflug und Samthimmel und einem angenehmen Rauschlevel. Ganz sicher.

Doch wohin ich meinen Blick in der Dunkelheit auch schweifen lasse, ich entdecke meine Freundin nicht. Ob sie noch gar nicht da ist?

Komisch, wie viel Halt sie mir gibt, schießt es mir durch den Kopf, während ich angestrengt umherschaue. Unsere Verbundenheit erscheint mir mit einem Mal bedenklich. Ich fühle mich abhängig, frage mich, ob ein gewisser Abstand nicht gesünder für mich wäre. Schließlich kann sich Vertrauen als trügerisch erweisen und emotionale Sicherheit als brüchig, selbst bei den Menschen, die einem am Nächsten stehen. Habe ich das nicht gerade erst erfahren?

Auf der sicheren Seite ist man nur, wenn man sich an nichts und niemanden bindet.

Denn wenn man allein ist, kann man auch niemanden verlieren.

Sind Rieke und ich also zu viel zusammen?

Über die Antwort muss ich nicht lange nachdenken. Ich meine, wann sind wir schon mal getrennt? In der Schule sind Rieke und ich Banknachbarinnen, in der Seehundstation lassen wir uns in die gleichen Schichten einteilen. Wir mögen es beide, nachmittags am Strand den waghalsigen Kitesurfern zuzuschauen, und oft gehen wir danach zusammen in die *Wellenbar*. An ihrem achtzehnten Geburtstag – sie ist fast ein Jahr älter als ich – hat Rieke es sogar vorgezogen, mit mir zu feiern statt mit ihrem Freund! Obwohl die beiden seit Ewigkeiten zusammen sind, denn Timon ist Riekes unangefochtener Mr Right. Und ich muss zugeben, er verdient diesen Ehrentitel: dunkles Haar, graue Augen, liebendes Herz, verständnisvolle Seele. Timon will Psychologe werden, und ich bin sicher, er wird der beste Seelenklempner aller Zeiten.

Rieke und Timon sind sich unerschütterlich treu, und es würde mich nicht wundern, wenn sie sich schon vor Jahren auf die Namen ihrer zukünftigen Kinder geeinigt hätten. Irre, oder? Während ich selbst nicht sicher bin, ob ich auch nur an die große Liebe glaube, lebt Rieke sie mir tagtäglich vor! Das finde ich manchmal total süß (vor allem dann, wenn ich selbst gerade verliebt bin) und manchmal total frustrierend (wenn sich ein weiterer Traumprinz an meiner Seite als Frosch entpuppt hat). Rieke ihrerseits ist ständig bestrebt, mich zu verkuppeln, damit auch ich endlich im siebten Himmel lande – vorzugsweise mit einem netten, einfühlsamen, intelligenten Kerl mit Waschbrettbauch. Nur schade, dass diese Kombination ziemlich selten ist.

Langsam gehe ich ans Wasser, schnappe mir ein Bier aus einem der Kästen, die halb im Sand eingegraben in den Wellen kühlen, nehme einen tiefen Schluck und setze meine Suche fort. Hauke aus meiner Klasse will mich in ein Gespräch verwickeln, Annette und Ilka kommen hinzu, aber nach ein paar Minuten Small Talk lasse ich die drei stehen und suche weiter nach Rieke. Gesunder Abstand hin oder her, ich muss nicht gerade *heute* damit anfangen, ein Leben in heroischer Einsamkeit zu führen. Das reicht auch morgen noch, oder übermorgen.

Irgendwann halt, wenn ich mich etwas stabiler fühle.

Und gerade, als ich denke, dass dieser Zustand möglicherweise noch in verdammt weiter Ferne liegt, entdecke ich sie: Inmitten eines Pulks von lachenden Jungs und Mädchen steht Rieke an einem der Lagerfeuer.

Ihre Hände gestikulieren wild in der Luft, und ihr Mund ist unaufhörlich in Bewegung. Sie erzählt, schauspielert und gibt irgendeine Szene zum Besten, die alle um sie herum zum Kreischen bringt. Trotz meiner düsteren Stimmung stiehlt sich ein Lächeln auf mein Gesicht. Rieke, die Stimmungskanone.

»Svea!«, schreit sie, als sie mich entdeckt.

Sie läuft mir entgegen und umarmt mich, so fest, als hätten wir uns seit Wochen nicht gesehen und uns nicht erst vor drei Stunden getrennt.

»He, langsam«, grinse ich und mache mich von ihr los.

Sie umarmt mich sofort wieder, drückt mir sogar einen Kuss auf die Wange. Sie küsst mich?! So anhänglich ist Rieke sonst nicht, und außerdem riecht sie wie ein Bierfass. Ist sie etwa betrunken, jetzt schon? Sie kann doch kaum länger hier sein als ich!

»Die Nacht ist noch jung, Rieke. Solltest du nicht einen Gang zurückschalten?« Ich zwinkere ihr zu, um meinen mahnenden Worten die Schärfe zu nehmen und nicht zum zweiten Mal an diesem Tag zu klingen wie Frau Schneider.

»Och komm, sei keine Spaßbremse.« Rieke lächelt strahlend. »Das hier ist unsere letzte Strandparty für dieses Jahr! Unsere aller-, allerletzte Schülerparty! Nächstes Jahr sind wir grau und erwachsen.«

»Du bist erwachsen«, erinnere ich sie.

»Jaaa, aber nicht grau, und noch nicht mit der Schule fertig, also gilt das nicht so richtig«, beharrt Rieke. »Komm mit ans Feuer, wir haben gerade echt Spaß.«

Urplötzlich senkt sie die Stimme und raunt mir beschwörend zu: »Außerdem sind ziemlich viele gut aussehende Jungs da. Wie wäre es, wenn wir uns endlich mal wieder nach einem Freund für dich umschauen?«

Ich seufze. »Klar. Das ist ja genau das, was ich im Moment gebrauchen kann.«

Doch die Ironie meiner Worte geht vollkommen an Rieke vorbei.

»Eben!«, sagt sie eifrig. »Also komm, schmeiß dich ins Getümmel, vielleicht in die Nähe von … äh … Robert?«

»Robert? Ganz sicher nicht.«

»Erik?«

»Rieke, jetzt mach mal einen Punkt.«

»Sebastian?«

»Rieke, du …«

»Marius?«

»Rieke!!!«

»Okay, dann eben … Nick? Oh ja, der wäre was für dich! Er ist mit Abstand der heißeste Junge, den ich kenne.« Nach einer kleinen, verträumten Pause räuspert sie sich und fügt pflichtschuldigst hinzu: »Abgesehen von Timon, natürlich.«

Ich schüttele bloß den Kopf. Robert, Erik, Sebastian und Marius waren ja schon schlechte Vorschläge, aber Nick Pietersen wäre wirklich der Allerletzte, mit dem ich mich von Rieke verkuppeln lassen würde. Er geht in unsere Parallelklasse – unser vorsintflutliches Insel-Gymnasium hält hartnäckig am Klassensystem für die Oberstufe fest –, und das Einzige, was für ihn spricht, ist sein Aussehen. Denn in diesem Punkt hat Rieke recht: Nick *ist* heiß. Vom dunkelblonden Schopf bis zu den braungebrannten Zehen.

Aber leider weiß der Kerl das auch, und entsprechend

arrogant benimmt er sich. In schönster Regelmäßigkeit betrügt er seine Freundin und macht nicht einmal ein Geheimnis daraus. Oh ja, *der* wäre was für mich. Haha.

»Du weißt genau«, sage ich abfällig, »dass ich von Typen wie Nick nichts will.«

Rieke wischt meine Worte mit einer ausholenden Handbewegung beiseite.

»Natürlich willst du was von Nick«, sagt sie im Brustton der Überzeugung. »Was spricht denn gegen ihn? Er hat unglaublich schöne Augen, und außerdem ist er der beste Kitesurfer der ganzen Schule.« Rieke wirft einen Blick über die Schulter zum Feuer. »Übrigens stand er gerade noch dahinten. Komisch, jetzt ist er weg. Was meinst du, wollen wir ihn suchen gehen?«

Ihn suchen gehen? Meint sie das ernst?

Meine Stimmungsschwankungen fordern ihr Recht ein, und ich fange an, mich heftig über meine Freundin zu ärgern. Sosehr ich mich auf sie gefreut hatte, sosehr geht es mir jetzt gegen den Strich, dass sie in dieser sorglosen Was-kostet-die-Welt-Stimmung ist. Vor allem, weil ich selbst meilenweit davon entfernt bin.

Unwirsch sage ich: »Dass wir Nick Pietersen wie zwei dumme Hündchen hinterherlaufen, kommt überhaupt nicht infrage! Und willst du mal ein paar Argumente *gegen* diesen angeblichen Traumtypen hören, Rieke? Nummer eins: *Gegen* Nick spricht, dass er viel zu sehr von sich selbst eingenommen ist, mit seinem ultracoolen Surferlook und seinen ätzend reichen Eltern. Nummer zwei: *Gegen* Nick spricht, dass er mit Astrid zusammen ist. Astrid, die er immer wieder verlässt und dann gnädig zurücknimmt, sobald er sich anderswo ausgetobt hat. Nummer drei: *Gegen* Nick spricht also auch, dass er offensichtlich zu chronischer Untreue neigt. Alles in allem wirklich tolle Voraussetzungen für meinen nächsten Freund, oder?«

»Er hat die Richtige halt noch nicht gefunden«, sagt Rieke unbeeindruckt. »Du könntest die Richtige sein! Und selbst wenn nicht: Mal wieder Schmetterlinge im Bauch … das täte dir in jedem Fall gut. Auch wenn's nicht für die Ewigkeit wäre.«

Sie lächelt euphorisch.

Und jetzt bin ich wirklich angepisst.

»Mann, Rieke!«, brause ich auf. »Du weißt doch, was bei mir gerade los ist! Dass ich es absolut nicht gebrauchen kann, mir auch noch Liebeskummer einzubrocken! Geht es mir nicht schon beschissen genug?« Ich rede mich in Rage. »Ich schaffe es kaum, meinen neuen Alltag auf die Reihe zu kriegen, ich werde fast verrückt vor Angst um meine Mutter, und da bedrängst du mich allen Ernstes mit einem Typen wie Nick?! Mit einem Kerl, den man niemals für sich allein haben kann, der echte Gefühle wahrscheinlich nur für sein Board hegt, der viel zu gut aussieht, und der überhaupt zu sehr … zu sehr … äh …«

Ich komme ins Schleudern, frage mich, warum ich mich eigentlich so aufrege. Verdammt, was geht mich Nick an?

»Zu sehr was?«, fragt Rieke, trotz meines Gezeters unverdrossen gut gelaunt. Was auch immer sie getrunken hat, es wirkt bombig.

Ich werfe genervt die Hände in die Luft. »Zu sehr … Zahnarztsohn!«, stoße ich hervor. »Er ist zu sehr Zahnarztsohn, das ist es. Zu strahlend, zu sehr auf der Sonnenseite, in jeder Hinsicht. Gott, neben einem Gewinner wie ihm würde ich mich fühlen wie das letzte, armselige, asoziale Würstchen! Ich meine, schau mich doch an!«

Rieke nimmt meine Aufforderung wörtlich und mustert mich gründlich, dann lacht sie und sagt: »Du siehst doch super aus heute Abend.«

Und ich merke, dass ich null zu ihr durchgedrungen bin. Gäbe es an diesem Strand einen Tisch, ich würde meinen Kopf darauf schlagen.

»Schon gut, schon gut. Dann nimmst du Nick eben nicht«, sagt Rieke friedfertig und greift nach meiner Hand. »Komm, lass uns zum Lagerfeuer gehen. Und dann trinkst du mal ein bisschen schneller, ja? Damit du lustiger wirst.«

Ich starre Rieke an, kann es nicht fassen. Zuerst möchte sie mich zwingen, mir von unserem Oberstufen-Casanova das Herz brechen zu lassen, und dann schlägt sie mir vor, dass ich meine Schwierigkeiten in Bier ertränke?

»Tut mir leid, wenn ich nicht lustig genug für dich bin«, sage ich gepresst und entziehe ihr meine Hand. »Ich … ich glaube, ich will jetzt lieber allein sein.«

Rieke hält mich nicht zurück, als ich mich umdrehe und rasch durch den Sand stapfe, weg von ihr, meiner besten Freundin.

Und dass sie mich ziehen lässt, gibt mir den Rest.

Es liegt an mir!, geistert es vorwurfsvoll durch meinen Kopf, als ich wie unter Zwang am dunklen Wasser entlanghaste. Ich bin es, die alles zerstört – die nun sogar einen Streit mit Rieke vom Zaun gebrochen hat. Wo ist meine Umgänglichkeit hin? Bin ich krank, dass ich ohne Unterlass an meine kaputte Familie denke? Und überhaupt, habe ich mir nicht vor zwanzig Minuten noch gesagt, ein gesunder Abstand täte Rieke und mir gut? Warum also erwarte ich, dass Rieke mir meinen Kummer von den Augen abliest, in jedem Augenblick unseres Zusammenseins, sogar auf einer Party, auf der wir erklärtermaßen nichts als Spaß haben wollten?

Die Fragen in meinem Verstand kreisen und kreisen, und ich laufe und laufe und laufe. Immer schneller strebe ich fort von der launigen Ausgelassenheit, die nicht die meine ist. Fort von meiner Freundin, die ich verprellt habe, fort von meinem Versagen, mich zu verhalten wie alle anderen. Kaum merke ich, dass ich die Bierflasche so fest umklammere, dass meine Finger schmerzen.

Und dann bin ich endlich allein.

Die Musik ist nur noch eine ferne Ahnung und die Nacht um mich herum schwarz und dicht. Vor mir ragt eine Buhne auf, dunkle Holzpfähle, die in einer langen Reihe vom Strand ins Meer führen und sich dort verlieren. Ich lehne die Flasche gegen den ersten Pfahl, ziehe meine Sandalen aus und tappe zum Wasser. Lasse die eisigen Wellen meine Füße überspülen und schlinge schaudernd die Arme um den Oberkörper. Und in diesem

Augenblick, frierend und fern von allen, mit denen ich heute Nacht Spaß haben wollte, wird es mir klar: Aus mir, der ausgeglichenen und beliebten Svea Kossmann, ist in Lichtgeschwindigkeit ein verbittertes, unausstehliches Wrack geworden.

Ich. Bin. Ein. Wrack.

Mal ehrlich, wie sollte man mich sonst bezeichnen? Meine Stimmungen wechseln schneller, als irgendwer, ich selbst eingeschlossen, es aushalten könnte. Ich hadere mit der ganzen Welt und ertrinke im Selbstmitleid. Und ich schaffe es im Handumdrehen, mich auf der letzten Party der Sommerferien vollkommen zu isolieren.

Kann Rieke mich überhaupt noch mögen, so, wie ich geworden bin?

Und wie, um Himmels willen, soll ich mit dieser alles verzehrenden Wut im Herzen das Schuljahr durchstehen? Wie soll ich mir meine Freundschaften erhalten? Wie soll ich es schaffen, zu lernen, ans Abi zu denken, mich für meine Zukunftsträume ins Zeug zu legen?

Wie soll ich es schaffen, *ich selbst* zu bleiben?

Ich lege den Kopf in den Nacken und starre in den sternenklaren Nachthimmel, weiß nicht mehr weiter, bin ratlos und einsam und hasse mich. Als zwei Dinge geschehen, mit denen ich absolut nicht gerechnet habe.

Erstens: Ich sehe eine Sternschnuppe, eine lange, strahlende, wunderschöne, eine von der Art, die Wünsche in Erfüllung gehen lässt.

Zweitens: Hinter dem letzten Holzpfahl, der noch leidlich auf dem Trockenen steht, knurrt etwas.

Ich zucke erschreckt zusammen, denke für den Bruchteil einer Sekunde an Flucht. Doch da erhebt sich das knurrende Etwas auch schon, umrundet den Pfahl und baut sich mit grimmigem Gesichtsausdruck vor mir auf.

Oh, verdammt.

Was macht *der* denn hier?

4

Nick

Kann man eigentlich nirgendwo seine Ruhe haben, und sei es auch nur für eine lumpige halbe Stunde? Mann, was hat dieses Mädchen aus meiner Parallelklasse hier zu suchen?

Ich bin weder zum Flirten noch zu übermäßiger Freundlichkeit aufgelegt, also sage ich kurz und knapp »Hey«, stecke die Hände in die Hosentaschen und mustere sie unfreundlich. Ohne ein weiteres Wort, ohne zu lächeln.

Und sie starrt zurück. Ebenso schweigend und ebenso ernst.

Die Sekunden verstreichen, werden zu Minuten. Offensichtlich hegt das Mädel nicht die Absicht, freiwillig das Feld zu räumen. Wer ist sie überhaupt? Klar, ich weiß, dass sie Svea heißt, aber das war's auch schon. Gesehen habe ich sie zwar schon x-mal, in der Schule und manchmal am Strand. Aber wirklich wahrgenommen habe ich sie noch nie. Warum auch? Wir haben null Berührungspunkte, nicht die gleichen Freunde, nicht den gleichen

Schulweg. Ich wohne im Villenviertel am Meer, und sie … Keine Ahnung, wo.

Jetzt aber betrachte ich sie zum ersten Mal genauer. Was bleibt mir auch anderes übrig, wenn wir uns an diesem menschenleeren Strand gegenüberstehen?

Und obwohl ihre Anwesenheit mich stört, fällt mir auf, dass Svea ziemlich süß aussieht.

Ein schlanker, zarter Körper. Sanfte Gesichtszüge. Wilde, dunkelbraune Locken, und … welche Farbe haben eigentlich ihre Augen?

Unwillkürlich trete ich in der Dunkelheit einen Schritt näher.

Bernsteinfarben.

Wow, das ist cool.

Mein Ärger über die Störung, die Svea darstellt, verraucht, und stattdessen erwacht mein Interesse. Ich stöhne innerlich auf, bin genervt von mir selbst: Schließlich hatte ich *nicht* vor, heute Nacht auf den gleichen Zug aufzuspringen wie immer! Egal, was ich vorhin im Bus über nächtliche Aufrisse gedacht habe, mein Plan hat sich geändert. Nach dem üblen Streit vorhin – mein Vater ist doch früher heimgekommen als angekündigt – herrscht nun das pure Chaos in mir, und mich mithilfe eines hübschen Mädchens abzulenken (ansonsten meine bevorzugte Strategie), funktioniert in diesem Stadium der Belastung nicht mehr.

Deshalb wollte ich jetzt nachdenken. Mich der längst überfälligen Frage stellen, was ich tun kann, *ob* ich etwas tun kann.

Aber was, wenn mir die Antwort nicht gefällt?

Und was, wenn ich mit meinem Handeln alles nur noch schlimmer mache?

Scheiße, ich bin so durcheinander! Ich fahre mir mit der Hand durch die Haare, was sie nur noch störrischer macht, fühle, wie mir die Kontrolle über meine Gefühle entgleitet, und bekomme Angst. Schaue auf der konfusen Suche nach Halt in Sveas braungoldene Augen, frage mich, warum sie mir noch nie aufgefallen ist, obwohl sie so hübsch ist. Denke an Uli und Kathrin, das Geschrei, die Tränen, registriere urplötzlich, dass auch Svea verzweifelt und traurig aussieht.

Und dann zieht sich unvermittelt eine silberne Spur durch die Schwärze.

Hoch über uns beiden verglüht eine Sternschnuppe.

5

Svea

Ich starre Nick an wie einen Geist.

»Hey«, sagt er knapp und steckt die Hände in die Hosentaschen.

Ich will seine Begrüßung erwidern, wenn sie auch nicht sehr freundlich war, doch meine Kehle ist wie zugeschnürt. Hat Nick mich beobachtet, als ich dachte, dass ich allein hier bin? Merkt er mir an, wie fertig ich bin? Und warum sieht er so angespannt aus?

Eine gefühlte Ewigkeit lang mustert er mich, ohne ein Lächeln, und ich starre zurück, äußerlich Svea, innerlich das Wrack, das mich jetzt ausmacht.

Doch dann verglüht die zweite Sternschnuppe dieser Nacht über uns am Himmel, und Nick bemerkt es. Er folgt ihr mit den Augen, sein Blick wird weicher, und da wage ich es endlich, etwas zu sagen.

»Äh-ähem«, stottere ich. »Du, äh … Was machst du hier?«

Wie geistreich. Hätte ich mal besser weitergeschwiegen.

»Und was machst *du* hier?«, fragt Nick zurück. »Muscheln sammeln?«

Ja, klar. Im Stockdunklen.

»Keine Muscheln«, sage ich schnippisch, »sondern nachtaktive Strandhornfüßler-Schnecken.«

Die es natürlich nicht gibt. Doch ich wette, das weiß Nick nicht, und was ich wirklich hier gesucht habe – Einsamkeit, meine Fassung, mein altes, fröhliches Selbst –, das werde ich ihm ganz sicher nicht auf die Nase binden.

Nick zieht die Augenbrauen hoch und schweigt, als seien Schnecken nichts, worüber coole, reiche Jungs wie er auch nur eine Sekunde lang plaudern würden.

Und da reitet mich auf einmal der Teufel.

»Strandhornfüßler-Schnecken sind sehr seltene und absolut faszinierende Tiere!«, sage ich streng. »Sie kommen nur raus, wenn es ganz dunkel ist und sie mindestens zehn Minuten lang keine Erschütterung durch menschliche Füße gespürt haben. Man muss sie also an den einsamsten Stellen der Insel suchen, und grundsätzlich nach einundzwanzig Uhr. Wenn man dann tatsächlich eine zu Gesicht bekommt, kann man sich wirklich glücklich schätzen, weißt du?«

Okay. Spätestens jetzt müsste Nick eigentlich die Flucht ergreifen.

Doch zu meiner Überraschung zeigt sich der Anflug eines Lächelns auf seinem Gesicht. »Kein ganz ungefährliches Hobby für eine Frau, wenn man es nur nachts und an den einsamsten Stellen der Insel ausüben kann.«

»Was ist schon ungefährlich?« Ich zucke mit den

Schultern. »Das ganze Leben ist doch eine beschissen gefährliche Angelegenheit.«

Nick legt den Kopf schief und betrachtet mich nachdenklich, und mir wird klar, dass das gerade wohl ziemlich verbittert rüberkam. Rasch füge ich hinzu: »Gefährlich oder nicht, ich liebe es sowieso, nachts allein am Meer zu sein. Diese, äh, ganz besondere Stimmung, die ist doch toll. Schon deshalb lohnt es sich, nach Strandhornfüßler-Schnecken zu suchen.«

»Du liebst es, ganz allein im Dunkeln herumzuschleichen, während all deine Freunde einen Steinwurf entfernt zusammen feiern?«

»Ähm ... ja?«

Mist. Ich merke, dass ich mich mit der blöden Schneckengeschichte ziemlich verrannt habe – in Nicks Augen bin ich jetzt ein menschenfeindlicher Sonderling.

Aber nun kann ich nicht mehr zurück, ohne zuzugeben, dass ich geschwindelt habe, und deshalb sage ich gleichgültig: »Diese Strandpartys werden doch völlig überbewertet. Ich meine, klar bin ich gerne mit meinen Freunden zusammen, aber was sind Musik und Biertrinken schon gegen ... äh, das hier? Die leise Melodie der Wellen und ... äh, die Sternschnuppen.«

Hey, das war gar nicht schlecht! Mein letzter Satz war, abgesehen von den beiden »äh«s, sogar ziemlich poetisch. Jetzt wird Nick mich zwar für hoffnungslos romantisch halten, aber mit etwas Glück nicht mehr für eine Außenseiterin. Die lieber Schnecken sammelt, statt sich auf einer Party zu vergnügen.

Wobei es mir natürlich *völlig* gleichgültig sein kann, wofür Nick mich hält.

Und außerdem, ist er nicht selbst von der Party abgehauen? Was hat *er* eigentlich hier zu suchen? Schnecken oder Muscheln ja offensichtlich nicht. Mit plötzlicher Neugierde schaue ich ihm in die Augen.

Prompt bemerke ich, dass es ausgesprochen schöne Augen sind, in die ich da blicke. Na gut, das wusste ich schon, schließlich ist Nick niemand, den man übersehen kann, wenn man ihm zufällig über den Weg läuft. Im Gegenteil, alles an Nick fällt auf: die zerzausten, sonnengebleichten Haare, der Surferkörper, die überraschend dunklen Augenbrauen … und eben diese Wahnsinnsaugen darunter. Sie stehen eine Spur zu nah beieinander, und sie sind grün, aber nicht einfach flaschengrün oder moosgrün oder so.

Sondern grün wie der Ozean.

Schon gut, schon gut. Das ist ein kitschiger Vergleich, und unsere trübe eisengraue Nordsee sieht definitiv anders aus. Aber hey, wenn ich zum Beispiel an die Karibik denke, dann kommt der Vergleich mit Nicks Augen absolut hin! Nicht, dass ich je in der Karibik gewesen wäre. Doch ich habe Fotos gesehen und Filme. Habe ein Karibik-Poster an meiner Zimmertür hängen. Habe mich auf meinem Bett liegend schon tausendmal dorthin geträumt. Und seltsam, auch wenn ich in Nicks Karibik-Augen schaue, fange ich an zu träumen … von dem, was ich tief in ihnen entdecke.

Durch meinen Kopf wehen verwirrende Bilder. Es

sind Mosaike aus überwundener Angst und Rebellion. Aus der Sehnsucht nach Freiheit, dem Drang nach Vergeltung. Aus Zerrissenheit, aus dem Mut zu kämpfen und aus dem unbeugsamen Willen, trotz allem zu überleben.

Sehen *so* seine Gefühle aus?, denke ich fasziniert. Das ist erstaunlich. Denn es hat nichts, aber auch gar nichts mit der Oberfläche zu tun, die Nick der Welt so lässig präsentiert. Es ist nicht selbstgefällig und seicht, sondern verletzlich und dunkel und sehr, sehr sexy. Verdammt, wenn er mich so anblickt, ist Nick tatsächlich unfassbar attr…

»Die Sternschnuppen«, sagt er mit einem Lächeln. »Du hast recht, die sind ein Argument.«

Hä?

Ach so, ich hatte ja gerade meine poetische Ader entdeckt. Also raus aus dem betörenden Ozeangrün und zurück zu verglühenden Himmelskörpern.

»Vielleicht entdecken wir ja noch eine, wenn wir ein bisschen Geduld haben«, sage ich, wobei ich meiner Stimme eine exakt dosierte Spur Langeweile verleihe. Gar nicht so leicht nach diesem Blick in Nicks Seelentiefe. »Das heißt, wenn du dich nicht wieder hinter deinem glitschigen Pfahl verstecken willst.«

Nick lacht. »Will ich nicht. Setzen wir uns lieber in den Sand, dann entdecken wir zu den Sternschnuppen vielleicht noch ein paar Strandhornfüßler-Schnecken. Ach, wie sehen die eigentlich aus?«

Ich schaue auf seine vollen, sanft geschwungenen Lippen. Gut sehen sie aus, sinne ich entrückt, ausgesprochen gut.

Kaum habe ich das gedacht, zucke ich zusammen. Du lieber Himmel, so kenne ich mich ja gar nicht! Ich sollte mir schleunigst in Erinnerung rufen, dass es Nick Pietersen ist, dem ich hier schmachtend auf den Mund starre. Nick! Ein Junge, den ich überhaupt nicht mag!

Entschlossen sage ich: »Sie sind klein, schleimig und unscheinbar«, reiße mich von Nicks Anblick los und stapfe vom Wellensaum weg, bis sich die Feuchtigkeit des Sandes verliert und ich mich setzen kann, ohne mir einen nassen Hintern zu holen.

Schaudernd ziehe ich die Beine an und umfasse meine Füße mit den Händen. Meine Zehen sind kalt wie Eis. Ich stand definitiv zu lange im Wasser.

Nick setzt sich neben mich, dann schält er sich aus seiner Kapuzenjacke. Er legt sie mir um die Schultern, und als ich verblüfft nachfragen will, was zum Teufel er da tut, kommt er mir mit den Worten »Du frierst doch, oder nicht?« zuvor.

Oh.

»Na also«, sagt Nick, als ich nicht widerspreche.

Er wendet den Blick von mir ab und schaut in den Himmel. Keine drei Sekunden später ruft er triumphierend: »Da!« und lässt sich rücklings in den Sand fallen. »Wow, das ging schnell. Heute scheint tatsächlich die Nacht der Sternschnuppen zu sein.«

Nick freut sich wie ein Kind, und schon wieder bin ich verwirrt, denn auch das passt nicht zu dem Bild, das ich von ihm hatte. Ebenso wenig wie die Tatsache, dass er genauso in die Einsamkeit geflohen ist wie ich.

Oder dass er mir ganz selbstverständlich seine Jacke überlassen hat, ohne Aufreißer-Gehabe, einfach, weil mir kalt war.

Vielleicht sollte ich meine Vorurteile mal überdenken?

Ich räuspere mich und frage: »Du hast schon wieder eine gesehen?«

»Jep.« Er verschränkt seine Arme unter dem Hinterkopf und schaut zu mir hoch. »Darf man sich dann eigentlich was wünschen? Als Kind habe ich das getan.«

»Ich auch.« In gebührendem Abstand zu ihm lege ich mich auf den Rücken, decke mich mit seiner Jacke zu und schaue mit weit geöffneten Augen ins sternenübersäte Schwarz. »Aber es ist selten in Erfüllung gegangen.«

»Vielleicht«, sagt Nick, »muss man selbst dafür sorgen, dass Träume in Erfüllung gehen.«

Ach, so wie meine Mutter? Sieht man ja, wohin sie das gebracht hat.

Barsch sage ich: »Ich denke, man muss eher akzeptieren, dass das Leben nicht so ist, wie wir es gerne hätten.«

»Nein, Svea«, antwortet Nick bestimmt. »Nein, das dürfen wir niemals akzeptieren. Wir müssen für unsere Träume kämpfen, wir müssen uns auflehnen gegen diejenigen, die uns kleinhalten wollen. Das Leben ist, was *wir* daraus machen, in jedem einzelnen Augenblick. Wir haben es in der Hand, wir selbst, von dem Zeitpunkt an, da wir keine Kinder mehr sind. Und das sind wir nicht mehr, oder? Glücklicherweise.«

Überrascht wende ich ihm den Kopf zu, und unsere Blicke verhaken sich. Nicks Worte klangen so stark und entschlossen, dass tief in mir etwas zu schwingen beginnt. Ich suche nach einer Antwort auf seine couragierte kleine Rede, doch alles, was ich sagen will, kommt mir falsch vor, zu traurig, zu resigniert.

Kann es sein, dass Nick recht hat?

Habe ich mein Leben trotz allem in der Hand, auch wenn es sich zurzeit überhaupt nicht so anfühlt?

Und wie, verdammt noch mal, konnten Nick und ich so schnell von erfundenen Schnecken zum Kampf um unsere Träume gelangen?!

Hilflos schweige ich, schaue Nick bloß immer weiter an. Und mit einem Mal weiß ich instinktiv, dass es nicht der Casanova aus unserer Schule ist, dem ich hier im kalten Sand gegenüberliege. Sondern Nick, wie er wirklich ist.

Da strömt die Wahrheit wie von selbst über meine Lippen.

»Als Kind dachte ich immer, unser Dasein und die Welt seien perfekt. Keine Probleme, jedenfalls keine, von denen ich etwas mitgekriegt hätte. Keine Sorgen. Nur lachen und geliebt werden, träumen, sich die Zukunft in den schönsten Farben ausmalen und sich dabei ständig geborgen fühlen.« Ich stocke, kämpfe mit dem Kloß in meinem Hals. »*Ich* bin nicht glücklich darüber, kein Kind mehr zu sein, Nick. Im Gegensatz zu dir.«

»Dann scheinst du beneidenswert schöne Jahre hinter dir zu haben«, sagt er sanft. »Das ist nichts, weshalb man traurig sein sollte, oder?«

Doch, denke ich. Doch. Weil die schönen Jahre vorbei sind, und weil ich nicht weiß, ob ich stark genug bin, allein zurechtzukommen.

»Was ist passiert?«, fragt Nick leise.

»Nichts«, antworte ich reflexartig. Schon bereue ich, dass ich so offen war.

»Vielleicht täte es dir gut, darüber zu sprechen.«

Ich denke an seine heftigen Worte, die Verletzlichkeit in seinen Augen. »Dir vielleicht auch.«

Nick seufzt. »Ja. Mir auch.«

Und dann herrscht für ein, zwei Minuten Schweigen zwischen uns. Offensichtlich kann Nick das, was ihn belastet, ebenso wenig aussprechen wie ich.

Wir können uns nur anschauen.

Uns am Blick des anderen festhalten, uns gegenseitig stummen Trost anbieten.

Wir können näher zueinander rücken, wie zufällig, absichtslos.

Und wir könnten …

»Seid ihr noch zusammen, Astrid und du?« Die Frage ist heraus, bevor ich auch nur registriert habe, dass sie mir auf der Seele brennt.

»Nein.« Nick sieht mich unverwandt an, nicht im Mindesten erstaunt, dass ich Astrid kenne. Tja, warum sollte er sich auch wundern? Jeder kennt Nick und Astrid, das schönste Paar der Schule.

Er liegt nun sehr dicht neben mir. Um meine Nervosität zu überspielen, frage ich spöttisch: »Und für wie lange seid ihr diesmal getrennt?«

»Für immer.«

Nicks Stimme ist rau, und ich forsche in der Tiefe seiner Ozeanaugen, ob diese Antwort bloß eine Masche ist, etwas, das er zu allen Mädchen sagt, wenn ihm der Sinn nach ein bisschen Abwechslung steht. Aber ich finde keine Lüge in seinem Blick, keine Verstellung. Nur den wahren, nachdenklichen Nick. Den Nick, von dem ich nie geglaubt hätte, dass er existiert.

Ich blicke auf seinen Mund.

Soll ich es wirklich tun?

Wild schießen die Gedanken durch meinen Kopf. Einerseits kenne ich Nick kaum, und wahllos herumknutschen – das passt nicht zu mir. Mein ganzes Leben lang war ich vorsichtig und beherrscht, so bin ich eben. Wenn trotzdem etwas Unvorhergesehenes passiert ist – wie in jener Nacht mit Jörn –, dann habe ich wohlüberlegt reagiert. Spontan sein, mich gehen lassen: nicht mein Ding.

Andererseits, denke ich aufsässig, hat mich dieses Verhalten kein bisschen geschützt, als es wirklich darauf ankam. Es hat mich nicht davor bewahrt, jahrelang belogen zu werden. Es hat mich nicht davor bewahrt, vor einem Scherbenhaufen zu stehen, der einmal meine Familie war. Es hat nicht verhindert, dass ich nun fassungslos und unglücklich bin und niemanden habe, in dessen Arme ich mich flüchten könnte.

Was also habe ich zu verlieren, wenn ich meine Vorsicht ein einziges Mal über Bord werfe? Es wäre nur ein Kuss in einer Sommernacht. Nur eine Atempause von meiner Einsamkeit. Es wäre tröstlich und schön, für mich und für ihn.

Und so tue ich es.

»Nick«, flüstere ich. »Ich muss dir was sagen. Strandhornfüßler-Schnecken … Die gibt es gar nicht.«

»Das weiß ich doch.« Nick lächelt. »Du lügst nämlich erbärmlich schlecht, Svea. Das gefällt mir an dir.«

Ich lächele verlegen zurück, und Nick streckt die Hand nach mir aus. Streicht über mein Gesicht, meine Locken, meinen Nacken. Legt seinen Arm fest und beruhigend um meinen Rücken und zieht mich durch den kalten Sand zu sich heran. Und ich, die sonst so vernünftige Svea, ich folge dem Ziehen, folge der Verheißung seiner Wärme, bis mein Körper sich in voller Länge an Nick schmiegt und mein Arm sich um seinen Hals schlingt. Aufatmend schließe ich die Augen.

Lasse Nicks Mund mich finden.

Und fühle mich, als küsste ich zum allerersten Mal.

Unvermutet zart liegen Nicks Lippen auf meinen, zögernd noch, fragend, und ich … ich war nie mehr im Hier und Jetzt als in diesem Augenblick, diesem schwebenden Verweilen zwischen Fremdheit und Erkennen. Unter uns schlagen die Wellen an den Strand, verebben und rollen erneut heran. Zweimal, dreimal.

Beim vierten Mal öffnet Nick vorsichtig meinen Mund.

Seine Zungenspitze schiebt sich zwischen meine Lippen, bewegt sich genauso sachte wie vorhin seine Hand, die nun in meinem Haar vergraben liegt. Nicks Zurückhaltung lässt mich selbst mutiger werden, und ich komme ihm entgegen und spiele mit ihm. Denke nichts, sondern fühle nur: seine sanften Berührungen, seine feuchte Zunge, die Nachtluft auf meinen nackten Beinen. Meine Finger streichen über seine Rückenmuskeln, Nicks Hand entdeckt meine Taille. Wandert langsam weiter zu meinen Hüften, drückt mein Becken an sich.

Ich spüre unmissverständlich, dass er Lust auf mich bekommt.

Und obwohl das eigentlich zu weit geht – obwohl das, was ein tröstender Kuss werden sollte, viel zu schnell zu mehr geworden ist –, fühlt es sich nicht falsch an, sondern richtig und gut und merkwürdig vertraut. Als hätte ich seit einer Ewigkeit genau darauf gewartet: auf diesen Jungen, diese Empfindungen, diese Nacht.

Ich seufze in seinen Mund, und die Wirklichkeit verweht zu einer fernen Erinnerung. Löst sich mit jedem Kuss, jeder Liebkosung, jeder Bewegung unserer Körper ein Stückchen weiter auf, bis es nichts mehr gibt als uns beide unter dem Sternschnuppenhimmel, Nick und mich, fest ineinander verschlungen.

Nicks Atem geht nun schneller. Heiß streift er meine Wange, und ich trinke seinen Geruch, denke flüchtig, dass sogar sein Duft perfekt ist, wie Salzwasser und Sommer und Sauerstoff, als habe seine Haut sich durch das ständige Surfen mit den Elementen verbunden. Auch in mir ist längst das Begehren erwacht, und so streiche ich hungrig durch Nicks zerzaustes Haar, will ihn auf mich ziehen …

Und wache auf.

Um Gottes willen, was tue ich hier?!

Mit einem Schlag kehrt die grausame Wirklichkeit zurück. Ich darf Nick nicht auf diese Art küssen, auf gar keinen Fall, nicht mit so viel Hitze und … und mit so viel *Gefühl*! Ein bisschen gegenseitige Aufmunterung ist ja in Ordnung, aber das hier … nicht. Denn ich darf keine Beziehung aufbauen, es ist zu kompliziert, ich werde mich verplappern, und dann wird Nick mich hassen. Weil ich, der Underdog, nicht zu ihm passe. Weil alles zwischen uns buchstäblich auf Sand gebaut ist. Weil ich Nick nur noch weiter herunterziehen werde, statt ihm gutzutun. Und das darf nicht geschehen.

Ruckartig mache ich mich von ihm los und rappele mich auf.

»Was ist?«, fragt Nick verwirrt.

Als ich nicht antworte, setzt er sich ebenfalls auf und legt mir von hinten die Arme um die Schultern. Es ist eine zärtliche, liebevolle Geste, und sie versetzt meinem Herzen einen Stich.

»Wir dürfen das nicht tun, Nick«, sage ich.

»Warum nicht?«, fragt er leise. »Gefällt es dir nicht?«

»Darum geht es doch gar nicht.« Ich suche nach den richtigen Worten, verberge krampfhaft meine Gefühle. »Natürlich hat es mir gefallen, aber es … es darf nichts *bedeuten*. Es waren nur ein paar Küsse, okay? Nichts weiter.«

Ich spüre, wie Nick erstarrt.

Dann lässt er mich los und steht auf.

Er geht ein paar Schritte Richtung Wasser, atmet tief ein und aus, streicht sich durchs Haar. Es ist noch zerzauster als sonst, Kunststück, und es riecht wunderbar, das weiß ich. Ach, verdammt.

Nick bleibt mit dem Rücken zu mir stehen, schaut auf die schwarze Nordsee hinaus. Doch dann dreht er sich um und sagt fest: »Svea. Wenn du glaubst, ich wäre nur darauf aus, dich … na ja, dich hier flachzulegen, wenn du dich bedrängt fühlst, dann …«

»Nein«, sage ich hastig. »Ich fühle mich nicht ausgenutzt, und du brauchst dich nicht zu rechtfertigen. Das Ganze war ein Ausrutscher, und wir sollten es vergessen.«

»Vergessen«, wiederholt er ungläubig. »Vergessen?«

Ich nicke und verachte mich dafür.

Aber Himmel, ich *muss* das hier tun, oder? Ich muss es tun, denn ich habe keine Ahnung, wie er reagieren würde, wenn er erführe, wie es bei mir zu Hause zugeht. Er, der Sohn reicher Eltern, der sich Verhältnisse wie die meinen nicht mal im Traum vorstellen kann. Klar, Nick hat auch ein Problem, das hat er ja mehr oder weniger zugegeben. Aber kann das, was Nick verbirgt, auch nur ansatzweise so schäbig, so deprimierend sein wie das, was ich verbergen muss?

Ganz sicher nicht.

Er wird angewidert sein, wenn er es erfährt, vielleicht erzählt er es sogar herum. Dieses Risiko darf ich nicht eingehen! Kein Risiko – das hat mir mein Vater oft genug eingehämmert, bevor er sich in die Parallelwelt seiner Überstunden zurückgezogen hat.

Kein Risiko, Svea, um Gottes willen kein Risiko. Es wäre unser Ruin! Der Chef hat es klar gesagt: »Wenn das raus-

kommt, müssen Sie gehen, Herr Kossmann. Mitarbeiter mit einem solchen familiären Hintergrund können wir uns nicht leisten, zumindest nicht offiziell. Die Insel ist klein, und unsere Gäste sind konservativ. Unsere Kellner müssen eine ta-del-los weiße Weste haben. Das verstehen Sie doch, oder?«

Oh ja, Papa hat verstanden, genau wie ich: Wenn wir zum Inselklatsch werden, bricht der kümmerliche Rest unserer Existenz auch noch zusammen.

Und wenn ich mit Nick zusammenkomme und ihn belüge?, bettelt eine sehnsüchtige Stimme in meinem Kopf. Nur am Anfang? Wäre das nicht besser als nichts?

Ich sehe sein lächelndes Gesicht vor mir. *Du lügst erbärmlich schlecht, Svea, und das gefällt mir an dir.*

Nein. Nick zu belügen wäre die schlechteste Wahl von allen.

Und deshalb wiederhole ich tonlos: »Es war ein Ausrutscher, Nick. Nichts weiter.«

Sein Mund ist nun ein schmaler Strich. Gerade noch hat dieser Mund mich geküsst, war weich und voll, und ich habe hineingeseufzt und mich in jener anderen Wirklichkeit verloren und … Ich darf das nicht denken! Ich werde das, was hier fast begonnen hätte, beenden und Nick vergessen. Sofort.

Wortlos stehe ich auf, schüttele den kalten Sand aus meinem Haar, ziehe die Sandalen an.

Dann stehen wir voreinander.

»Es tut mir leid.« Ich schlucke. »Ich hätte mich beherrschen sollen.«

Nick lacht, ein kurzer, heiserer Laut. »Sagt das nicht sonst immer der Mann?«

Er dreht sich um und macht sich auf den Weg zurück zur Party, und ich bleibe in der Dunkelheit stehen, blicke ihm mit schwerem Herzen hinterher.

Da wirft er mir über die Schulter einen kühlen Blick zu und sagt: »Komm mit. Es ist zu gefährlich hier für dich allein.«

Mit dir zusammen ist es gefährlicher, denke ich unglücklich.

Wir stapfen durch den Sand, schweigend, den ganzen langen Weg über, und als statt der Wellen wieder die Musik in unseren Ohren dröhnt, Nick mir knapp zunickt und dann zu seinen Freunden ans Feuer geht, mache ich mich in die andere Richtung durch die Dünen davon.

Mein Fahrrad wartet.

Mein Bett.

Und ganz bestimmt eine schlaflose Nacht.

6

Nick

War ja klar, dass ich auf die Schnauze fallen würde.

Ich hätte überhaupt nichts auf ihren traurigen Gesichtsausdruck geben sollen. Auch nichts auf mein seltsames Bedürfnis, Svea in den Arm zu nehmen, um sie wieder glücklich zu machen. Und ich hätte nichts andeuten dürfen. Ich hätte mich nicht öffnen dürfen, selbst wenn es nur ein kleines Stück war.

Denn ein kleines Stück ist immer noch zu viel.

Wie konnte ich mir auch nur eine Sekunde lang einbilden, die Kontrolle aufzugeben sei in Ordnung? Ich weiß es doch besser, verdammt! Haben mich all die Jahre denn gar nichts gelehrt? Gefühle machen angreifbar, das war schon immer so.

Außerdem, was heißt hier Gefühle. Ich kenne Svea nicht, also warum sollte ich Gefühle für sie haben? Dass unser Gespräch etwas Besonderes war, das habe offensichtlich nur ich so empfunden. Und dass es schön … ach, fuck, dass es *umwerfend* war, mit Svea im Sand herumzuknutschen, das hat mit Gefühlen überhaupt nichts zu tun. Das war Lust, nicht mehr und nicht weniger. Sie sieht das schließlich genauso. Wahrscheinlich hat sie schlicht und einfach einen Freund, und ich – ich war eben der Ausrutscher.

Ich stehe mit den Jungs am Feuer, flachse rum, gebe vor, mein Bier zu trinken, aber ich nehme nur winzige Schlucke. Denn wenn ich mich besaufe, dann flenne ich am Ende noch los wie ein Mädchen. Völlig bescheuert.

Um mich herum tobt die Strandparty, leere Flaschen landen im Sand, Joints glühen in der Dunkelheit, schwarze Schemen finden zueinander und verschwinden gemeinsam in den Dünen. Es ist eine Party wie jede andere, vielleicht ein bisschen ausgelassener, weil es die letzte dieser Sommerferien ist, aber sonst nichts Besonderes.

Auch für mich nicht, sage ich mir grimmig.

Denn das sind die Fakten: Ich habe Svea geküsst, sanfter und selbstvergessener, als ich je ein Mädchen geküsst habe. Svea hat mir klargemacht, dass es *nichts* bedeutet hat. Und ich werde ihr klarmachen, dass sie damit verdammt richtigliegt! Vielleicht sollte ich Astrid anrufen, noch heute Nacht. Astrid hat ja sowieso nicht gecheckt, dass es mir diesmal mit dem Schlussmachen ernst ist – nein, ernst *war*. Sooo schlecht war es nicht, mit Astrid zusammen zu sein, und bei ihr weiß ich wenigstens immer, woran ich bin.

Ich kicke einen Stein vom Sand ins Feuer, und flüchtig denke ich, dass Astrid niemals verletzt wirkt. Ging es ihr, wenn ich Schluss gemacht habe, auch nur ein einziges Mal so elend wie mir jetzt, nach dieser einen Stunde mit

Svea? Hat sie sich zurückgestoßen gefühlt, nackt und wund, im freien Fall durch die Dunkelheit, hatte sie das Bedürfnis zu weinen und sich in irgendeiner einsamen Ecke zu verkriechen?

Wenn es so war, dann hat sie es mir nie gezeigt. Bei Astrid gibt es keine Sentimentalitäten, und das ist es, was ich an ihr mag. Sie hat wohl manchmal ein paar Tränen weggezwinkert, aber ich glaube, sie war sich jedes Mal sicher, dass wir letztendlich wieder zusammenkommen würden.

Was wir ja auch tun.

»Wo warst du eigentlich, Nick?«, fragt Christian und stößt mir mit dem Ellenbogen in die Rippen. Der Stoß fällt heftig aus, Christian hat seine Bewegungen nicht mehr ganz unter Kontrolle. Immerhin reißt er mich damit aus meiner Gedankenverlorenheit.

»Ja, genau, warum warst du so lange weg?«, will nun auch Hannes wissen, und obwohl er nicht aussieht, als könne sein Gehirn noch irgendetwas verarbeiten außer einem weiteren Bier, starrt er mich neugierig an.

»Du hast eine aufgerissen! Lass mich raten: Birgit.« Christian wackelt mit den Augenbrauen.

»Gleich zu Anfang der Party?« Hannes lacht. »Cool, Mann. Wie weit ging es denn?«

Ich schaue in die Gesichter meiner Freunde. Sie warten auf meine Antwort, wollen möglichst viele schmutzige Details von mir hören. Und ich könnte ihnen geben, wonach sie gieren, könnte es übertreiben und ausschmücken.

Oh ja, ich könnte Svea den Jungs zum Fraß vorwerfen.

Doch zu meinem eigenen Erstaunen sage ich: »Mir war übel, ich war drüben in den Dünen. Aber es geht schon wieder, keine Sorge.«

Ich hebe meine Bierflasche und grinse in die Runde, ganz so, als hätte ich mich übergeben und sei nun bereit, bis zum Morgengrauen weiterzufeiern, Bier nachzuschütten, die Welt und die Nacht zu erobern. Meine Freunde lassen das Thema fallen – Details meiner Kotzerei wollen sie denn doch lieber nicht hören –, und ich schließe für eine Sekunde die Augen, atme auf, weil sie es mir abgenommen haben.

Denn aus unerfindlichen Gründen will ich das, was gerade geschehen ist, für mich behalten. Ich will es nicht durch den Dreck ziehen, nicht Svea, nicht mich, nicht unser Gespräch, nicht die Erinnerung an uns beide im kalten Sand. Ach, gottverdammter Mist!

Irgendwie hatte ich mir diesen Abend anders vorgestellt.

7

Svea

Papa sitzt in Unterhemd und Pyjama-Hose am Küchentisch, das Kinn stoppelig, die Augen rot. Offensichtlich hat er nicht viel besser geschlafen als ich.

»Morgen«, nuschele ich und gehe zur Kaffeemaschine. In der Spüle stapelt sich das Geschirr, Brotkasten und Kühlschrank sind leer – aber Kaffee gibt es immer.

»Guten Morgen, Svea, mein Schatz«, sagt Papa, und sofort wünschte ich, er könne sich auf ein einzelnes, genuscheltes Wort beschränken, so wie ich selbst. Seine schleppende Stimme zu hören, die Resignation darin, das macht mich immer wieder fertig. Jeden Tag aufs Neue.

Ich schenke mir einen Kaffee ein, setze mich widerwillig Papa gegenüber und versüße mir die Bitterkeit dieses Samstagmorgens mit Milch und viel, viel Zucker. Wir verwenden sowieso das billigste Kaffeepulver, da braucht nicht viel vom Geschmack übrig zu bleiben. Nur aufs Koffein kommt es an.

Papa verzieht den stoppelumrahmten Mund zu einem Lächeln, das seine müden Augen nicht erreicht. »Du warst gestern am Strand, nicht wahr? Hattest du einen schönen Abend?«

Wie man's nimmt. Mein Abend war fantastisch und todtraurig, Papa. Ich habe Nick geküsst, den ich bis gestern nur blöde fand, und jetzt fühle ich mich, als hätte ich mich in ihm verloren. Das ist verrückt, oder?

»Ja«, sage ich und lächele genauso gezwungen wie er. »War nett.«

»Tut mir leid, dass ich zum Abendessen nicht da war. Im Restaurant war wieder mal die Hölle los. Der August, der August.«

Schon klar. Der August ist schuld. Nicht Mama, die dafür gesorgt hat, dass Papas und mein Leben zu etwas geworden ist, über das Papa keine Sekunde lang nachdenken will, geschweige denn, mit mir darüber zu sprechen. Lieber schuftet er sich zu Tode, als mit seiner verstörten Tochter und ihren Fragen allein sein zu müssen.

»Die Touristen lieben den *Fischkopp* halt«, steige ich auf seine Version der Wirklichkeit ein. »Ist doch besser, als wenn ihr keine Gäste hättet und dichtmachen müsstet, oder?«

»Natürlich.«

Papa trinkt seinen Kaffee aus, holt sich sofort einen neuen. Macht auf dem kurzen Weg zurück das Fenster auf und zündet sich eine Zigarette an. Seit Mama weg ist, raucht er wieder, und zwar im gesamten Haus, sogar in unserem winzigen Bad. Ich hasse das, alles hier stinkt nach alten Kippen, ich selbst eingeschlossen.

Andererseits ist Zigarettenrauch im Moment nun wirklich nicht das Schlimmste in unserem Leben.

Papa lässt sich wieder auf seinen Stuhl fallen. Er inhaliert ein paarmal, die Augen beharrlich auf die zerschrammte Tischplatte geheftet, ascht ab, inhaliert wieder, ascht ab, und ich beobachte ihn schweigend, schäme mich für ihn und weiß gar nicht genau, wieso. Endlich hebt er den Blick.

»Du hast niemandem etwas erzählt, nehme ich an. Gestern, auf der Party.«

Es ist keine Frage, nur eine Rückversicherung. Denn ob ich offen mit unserer neuen Situation umgehe oder sie vor Freunden, Bekannten und Lehrern verschweige, das ist nicht meine Entscheidung. War es nie. Mamas beste Freundin darf es wissen, Papas Bruder darf es wissen, meine Großeltern in Frankfurt dürfen es wissen, und Papas Chef *muss* es wissen. Weil Papa gezwungen war, ihn darum zu bitten, mehr arbeiten zu dürfen, damit er uns über Wasser halten kann.

Und das war's.

Mama hat es mich versprechen lassen, bevor sie gegangen ist: *Papa darf auf gar keinen Fall seinen Job verlieren wegen dieser Sache, Svea! Auf gar keinen Fall, verstehst du? Wo doch schon mein Gehalt wegfällt.*

Tja, das hätte Mama sich vielleicht ein bisschen früher überlegen sollen: dass es schwierig für die Familie wird, wenn sie den Preis für ihre vermessenen Träume zu zahlen hat. Gallig steigt der Abscheu in mir hoch, gegenüber meiner kurzsichtigen Mutter und gegenüber meinem Vater, der dasitzt, Kaffee trinkt und mit zittrigen Fingern raucht. Der sich nicht darum kümmert, wann ich in der Nacht nach Hause komme, der sich nicht fragt, warum ich zum Frühstück nichts esse, der nicht wissen will, weshalb ich so traurig aussehe. Der jedes Gespräch nach spätestens drei Minuten darauf bringt, ob ich noch dichthalte. Das ist es, was ihn interessiert. Sonst nichts.

»Hab niemandem was erzählt«, sage ich knapp.

Und es ist ja keine Lüge: Nick gegenüber habe ich schließlich geschwiegen, und dass Rieke es weiß, geht meinen Vater nichts an, denn was ich ihr beichte, das bleibt bei ihr, seit Jahren und für immer.

Was mich daran erinnert, dass ich heute Nacht nicht nur Nick verprellt habe, sondern auch meine beste Freundin.

Na, großartig.

Ich schiebe meinen Stuhl zurück. »Muss mal eben telefonieren.«

Papa nickt, schaut aus dem Fenster. Zieht an seiner Zigarette, drückt sie aus und sagt: »Dann gehe ich zuerst ins Bad. Ich soll heute schon um zehn im Restaurant sein. Der Nebenraum muss dekoriert werden, für einen fünfzigsten Geburtstag. Wird wohl wieder spät heute Abend.«

Warum wundert mich das nicht?

Ich bin schon an der Tür, den süßen Kaffee in der Hand, doch dann bleibe ich noch mal stehen. Warte, ob Papa mich noch fragt, was *ich* denn vorhabe, heute, am vorletzten Ferientag.

Aber er stellt nur seine Tasse auf den Berg in der Spüle,

leert den Aschenbecher aus und schließt das Fenster, ganz in Gedanken, ganz in seiner Welt versunken.

Mein Gott, schießt es mir durch den Kopf, bin ich etwa auch so? So gefangen in mir selbst, so egozentrisch? Wenn ja, dann wird es höchste Zeit, dass ich mich zusammenreiße. Dass ich das dreckige Geschirr in Angriff nehme, mein Bett mache, das Haus sauge, Brot kaufen gehe. Meinen Jammer über Bord werfe, meine Fröhlichkeit wiederfinde und mich bei Rieke entschuldige.

Ja. *Das* zuallererst.

Ich bin nicht die Einzige, die um Verzeihung bittet. Auch Rieke hat ein schlechtes Gewissen.

»Ich hätte auf dich warten sollen«, sagt sie zerknirscht. »Bevor ich so viel trinke, meine ich. Es tut mir leid, ich hätte dich nicht dermaßen mit Nick bedrängen sollen, wo du doch gerade so viele Sorgen hast.«

»Schon gut. Ich bin eine Heulsuse in der letzten Zeit, dafür kannst du ja nichts.«

Ich liege auf meinem Bett, den Hörer ans Ohr gepresst, und halte die Augen unverwandt auf das Poster gerichtet, das innen an meiner Tür klebt: eine Insel, Palmen, grünes Wasser, davor ein Schiff. Es ist nur ein Fischkutter, aber ich stelle mir gerne vor, dass es ein Forschungsschiff ist, eines, auf dem ein Team von Meeresbiologen arbeitet, Tag und Nacht, für lange Monate, weit weg von daheim. Sie forschen und sind glücklich, sie leben ihre Berufung, und ich, ich werde eine von ihnen sein. Irgendwann. Das ist mein Traum.

»Was hast du denn noch gemacht, nachdem du weggelaufen bist?«, fragt Rieke. »Ich hätte dir folgen sollen, ich weiß, aber hey, dieses blöde Bier … Nie mehr, das schwöre ich dir!«

»Mhm. Schwörst du mir das nicht nach jeder zweiten Party?«

»Kann sein. Aber diesmal meine ich es ernst! Und, was hast du nun gemacht?«

Soll ich ihr das wirklich am Telefon erzählen? Ich starre auf das Poster, das ozeangrüne Wasser. Nicks Augen haben eine noch schönere Farbe, vielleicht, weil sie echt sind.

»Nick und ich … Wir haben uns zufällig getroffen. Wir haben, ähm, Sternschnuppen gezählt«, sage ich zögernd.

»Sternschnuppen? Du? Nick?« Rieke schnappt hörbar nach Luft. »Du willst mir jetzt aber nicht erzählen, dass da was zwischen euch gelaufen ist, oder? Nachdem du mir so den Kopf gewaschen hast für meinen Vorschlag, es mit ihm zu probieren!«

Ich räuspere mich. »Na ja. Ein bisschen was ist schon gelaufen.«

»Svea! Wow! Du und Nick, das ist ja … wow!«

»Es ist nicht wow. Es ist schon wieder aus«, sage ich, bevor sie sich Hoffnungen darauf machen kann, dass ich endlich glücklich verkuppelt bin. Denn von Glück bin ich so weit entfernt wie von echten Palmen oder Forschungsschiffen.

Ich hole tief Luft, dann stoße ich aus: »Wir haben geredet, und dann haben wir uns geküsst. Im Sand. Ziemlich … intensiv. Aber dann habe ich ihm gesagt, dass es ein Ausrutscher war, und jetzt weiß ich nicht, wie ich ihm am Montag in der Schule in die Augen schauen soll. Ach, Rieke!«

Das war eine extrem kurz gefasste Version der Ereignisse, aber mehr zu sagen erlaubt mir der Kloß in meiner Kehle nicht. Blöderweise kommen mir doch tatsächlich die Tränen.

»Dabei mochte ich ihn bis gestern nicht einmal!«, setze ich schniefend hinzu.

»Aber ihn zu küssen, das war schön?«, fragt Rieke vorsichtig.

Ich denke an meine Hand in Nicks zerzaustem Haar, an seine Arme, die mich so zärtlich festgehalten haben, an seinen warmen Mund auf meinem.

»Ja«, flüstere ich.

»Hm. Okay. Dann … äh, lass uns doch an den Nordstrand gehen«, schlägt Rieke vor. Sie klingt ein bisschen hilflos. »Dort können wir besser reden als am Telefon.«

Ich beiße mir auf die Unterlippe. Rieke zu treffen ist gut. Reden auch. Aber …

»Ich bin noch nicht gewaschen«, winde ich mich, denn wenn Nick heute kitesurfen geht und wir uns am Nordstrand über den Weg laufen, dann sterbe ich. »Außerdem ist der Nordstrand Nicks Revier.«

»Was heißt hier Revier? Der Strand gehört uns allen.« Meine Freundin hat sich wieder gefangen und zu ihrer üblichen Resolutheit zurückgefunden. »Svea, du kannst dich nicht vor ihm verstecken! Es reicht, dass du das nächste Schuljahr über ständig lügen musst. Unsichtbar kannst du dich nicht auch noch machen!«

Tja, da hat sie leider recht. Also schniefe ich noch ein paarmal und krame dann schicksalsergeben nach meinem Bikini, während wir uns für ein zweites Frühstück in der *Wellenbar* mit anschließendem Kalorienverbrennen im Meer verabreden. Wird schon schiefgehen, rede ich mir ein. Bestimmt schläft Nick heute aus und geht erst am späten Nachmittag zum Surfen. Und wenn ich doch auf ihn treffen sollte – nun, dann werde ich ganz souverän bleiben und mit dem, was zwischen uns geschehen ist, gelassen und vernünftig umgehen.

Das ist doch ein guter Plan!

Bleibt zu hoffen, dass Nicks Plan nicht allzu sehr von meinem abweicht.

8

Nick

Ich glaube nicht, dass irgendein anderer Junge auf dieser Insel eine Mutter hat, die samstagmorgens um halb acht vollbekleidet in der Dusche steht, um die Fugen zwischen den Badkacheln mit einer Zahnbürste zu säubern.

»Guten Morgen.« Ich versuche, die Fassungslosigkeit aus meiner Stimme rauszuhalten. Ab wann gilt ein Putzfimmel eigentlich als krankhaft? »Könntest du mal kurz rausgehen? Ich will duschen und danach gleich los, zum Surfen.«

»Ach, guten Morgen, mein Liebchen!«

Meine Mutter wischt sich mit der Hand über die verschwitzte Stirn und lächelt mich an. Keiner von uns kommt auf den Streit zu sprechen, gestern Abend, vor der Party. Was passiert ist, ist vorbei und wird unter den Teppich gekehrt. Wie immer.

»Das ist aber auch ein Dreck in diesen Fugen! Ganz schwarz, ekelhaft. Es könnte eine Art Schimmel sein, denke ich.«

Schwarz? Wo bitte ist es hier schwarz? Alles, was ich entdecke, ist ein grauer Hauch in der einen oder anderen Fuge. Wie es halt so aussieht zwischen Badkacheln.

»Könnte ich trotzdem duschen?«, frage ich mühsam beherrscht.

»Natürlich, mein Liebchen, natürlich. Hast du denn schon gefrühstückt?«

Ich nicke knapp. Ich möchte jetzt nicht reden, sondern mich waschen, mir meine Ausrüstung schnappen und abhauen. Die schlaflose Nacht, die hinter mir liegt, macht mir zu schaffen, und außerdem bin ich mit Astrid verabredet. Ich habe sie um kurz vor Mitternacht angerufen, mit einigermaßen schlechtem Gewissen. Doch wie erwartet hat sie keine Zicken gemacht: dass ich sie geweckt habe, war okay, und dass ich sie heute am Strand treffen will, ist auch okay. Alles ist okay bei Astrid. Immer. Herrlich.

Bei meiner Mutter allerdings ist nicht alles okay. Das spüre ich, schließlich habe ich jahrelange Übung darin. Blitzschnell checke ich ihr Gesicht mit den Augen ab – nein, das ist in Ordnung.

Was habe ich denn erwartet?, denke ich zynisch. Im Gesicht sieht man es doch nie.

»Und was hast du gegessen, mein Liebchen?«, fragt sie unverdrossen weiter, wohl um mich davon abzuhalten, sie weiter zu mustern. »Müsli? Oder wieder bloß labberigen Toast?«

»Kathrin! Ich muss noch den Fahrradreifen flicken und will dann wirklich los. Könnte ich jetzt also *bitte* duschen?« *Und könntest du bitte aufhören, so zu tun, als sei dir mein Wohlergehen auch nur einen Pfifferling wert?*

»Aber sicher.« Sie schüttelt nachsichtig den Kopf. »Du kannst ganz schön störrisch sein, weißt du das?«

Ich zucke mit den Schultern. »Uli hat es das eine oder andere Mal … erwähnt.«

Die Miene meiner Mutter entgleist.

Sie wendet sich ab, ordnet ihr Putzzeug: Scheuermilch, Schwamm, Zahnbürste.

»Du könntest ihn wirklich Papa nennen«, sagt sie steif. »Oder Vati, wenn dir das lieber ist, und mich Mama oder Mutti.«

»Nein. Könnte ich dann jetzt …«

»Bin schon draußen. Putzen kann ich ja auch später.«

Ich verzichte auf eine Antwort, nicke nur. Meine Mutter weiß so gut wie ich, dass wir uns ohne Probleme ganztags eine Haushälterin leisten könnten, also brauche ich ihr nicht dafür zu danken, dass sie ständig am Wischen und Schrubben ist. Sie arbeitet sich nicht krumm, weil sie es muss, sondern weil sie sonst zu viel Zeit zum Nachdenken hätte.

Endlich huscht sie an mir vorbei zur Tür, und ich atme auf, als ich mir T-Shirt und Boxershorts ausziehen und in die Dusche steigen kann. Das Wasser prasselt auf meinen Kopf, der Duft des teuren Duschgels steigt mir angenehm frisch in die Nase, und für einen Augenblick fühle ich mich trotz meiner Übermüdung fast entspannt.

Bis mir schlagartig klar wird, was an meiner Mutter nicht gestimmt hat: Obwohl es schon wieder bullenheiß draußen ist, hatte sie eine langärmelige Bluse an.

Und was das zu bedeuten hat, weiß ich nur zu gut.

9

Svea

Ich versuche es.

Ich versuche es wirklich.

Aber während ich auf der Terrasse der *Wellenbar* sitze und mein Verstand sich in Gelassenheit und Vernunft übt, genau so, wie ich es mir vorgenommen habe, entwickeln meine Augen ein Eigenleben und suchen ununterbrochen den Strand ab.

Nach Nick.

Nick, der wahrscheinlich noch im Bett liegt und nach dem Aufwachen keinen Gedanken mehr an das Mädchen verschwenden wird, das sich ihm heute Nacht an den Hals geworfen hat.

Ich wende mich vom Strand ab, schaue lieber Rieke zu, die sich gerade über einen ihrer drei Teller hermacht. Sie hat sich das Supreme-Frühstück bestellt, mit Baguette und Vollkornbrot, Eiern und Schinken, Lachs und Obstsalat, und ich frage mich, wie all diese Nahrung in Riekes flachen Bauch passen soll.

»Nimm«, sagt sie und schiebt mir unaufgefordert den

Eier-und-Schinken-Teller zu. »Ist viel zu viel für mich allein.«

Der Schinkenduft steigt mir in die Nase. »Du musst nicht für mich mitbestellen«, sage ich verlegen. Ich meine, klar, ich könnte noch was vertragen nach meinem Kaffee, der von einem einsamen Croissant flankiert wurde. Aber ist das so offensichtlich?

»Nun iss schon.« Rieke nimmt meinen Einwand nicht ernst, schiebt Messer und Gabel zu mir rüber und zwinkert mir zu. »Los, iss! Wer will schon eine Freundin, die bei gleicher Größe drei Kilo weniger wiegt als man selbst?«

Ich lächele schief. Rieke macht es mir leicht, nachzugeben, und dafür bin ich ihr dankbar. Dass sie die Notwendigkeit, mit mir zu teilen, auf erfundene Figurprobleme schiebt statt darauf, dass mein Taschengeld nur für das kleinste Gedeck reicht, finde ich süß von ihr. Ich schiebe mir eine Gabel mit Ei und Schinken in den Mund. Wann hatte ich eigentlich zum letzten Mal etwas anderes als Kaffee zum Frühstück?

»Ist schon schwierig, wenn plötzlich nur noch das halbe Einkommen da ist«, schneide ich selbst das Thema an. Nützt ja nichts, vor Rieke so zu tun, als seien die finanziellen Probleme meiner Familie nicht vorhanden.

»Es ist doch nur ein knappes Jahr«, sagt Rieke. »Elf Monate. Ein Klacks. Danach findet deine Mutter bestimmt wieder einen Job, du wirst sehen.«

»Ja, klar«, sage ich sarkastisch. »Auf eine Angestellte wie sie ist natürlich jeder Arbeitgeber wild.«

»Es weiß doch niemand, Svea.«

»Nein, noch nicht. Aber wenn es rauskommt?«

»Das wird es nicht, mach dir nicht so viele Sorgen. Und hey, *du* musst nur noch dieses eine Schuljahr schaffen, dann bist du sowieso weg von daheim! Dein großer Traum wartet, schon vergessen?«

Ich schüttele den Kopf. Wie könnte ich meinen großen Traum vergessen? Das Meer erinnert mich doch ständig daran. Ob ich nun zum fernen Horizont blicke, wo das bleierne Graublau in den Himmel übergeht, ob ich bei Flut die silbrigen Fischkörper erahne, die in den Wellen hin und her huschen, oder ob ich mir die Millionen von Strandschnecken, Würmern und Muscheln vorstelle, die sich in den Wattflächen verbergen. Ganz zu schweigen von meinen Lieblingen, den Seehunden, die ich manchmal nicht nur in der Station, sondern sogar in der freien Natur zu sehen bekomme, wenn sie ihre rundlichen Körper auf einer Sandbank aalen.

All diese Tiere möchte ich erforschen, und deshalb möchte ich Meeresbiologie studieren. Nur was man kennt, kann man schützen: An diesen Spruch glaube ich uneingeschränkt. Und ich möchte sie *alle* kennenlernen, die Fische und Säugetiere und sogar die kleinen Organismen, vor denen viele Menschen sich ekeln. Ich möchte die Lebensgewohnheiten von Delfinen, Walen, Kegelrobben erforschen. Möchte herauskriegen, wo sie sich bevorzugt aufhalten, welche Wege sie in den unendlichen Ozeanen zurücklegen, warum sie das tun, wie sie sich um ihren Nachwuchs kümmern, was sie fressen, was sie gefährdet, wie ich helfen kann, dass die Gefährdungen abnehmen … ja, das vor allem. Darauf läuft alles hinaus. Denn das Meer ist solch ein grandioser Lebensraum! Es wäre kein Beruf, sondern eine Berufung, dazu beitragen zu dürfen, dass dieser Lebensraum einigermaßen intakt bleibt. Deshalb träume ich vom Leben auf einem Forschungsschiff, wenn ich mein Poster anschaue. Deshalb träume ich mich auf die Meere der Welt.

Und deshalb habe ich ein verdammt großes Problem damit, dass das Geld daheim nun so knapp ist.

Denn auch wenn es mir egal ist, dass ich mir lediglich ein Croissant in der *Wellenbar* bestellen kann statt des Supreme-Frühstücks: Ob ich es mir werde leisten können, Meeresbiologie zu studieren, das ist mir nicht egal. Meeresbiologie ist ein anspruchsvolles Studium, eines, bei dem man nicht viel Zeit in Nebenjobs investieren kann. Ich weiß nicht, ob ich ohne die finanzielle Unterstützung meiner Eltern auch nur den Hauch einer Chance habe, es durchzuziehen.

Vielleicht ist mein Traum, meine Berufung also bereits gestorben. Begraben unter den teuren Begehrlichkeiten meiner Mutter.

Ich streiche mir mit der Hand über die Augen. Dass ich vor wenigen Wochen noch unbeschwert und hoffnungsfroh in meine Zukunft geblickt habe, erscheint mir nicht nur unglaublich, sondern geradezu lächerlich – der reinste Hohn.

»Oh, oh. Haltung, Svea!«, raunt Rieke alarmiert. »Da drüben ist er.«

Abrupt lasse ich die Hand sinken. Nick? Wo? Jetzt?! Er sollte doch im Bett liegen!

So unauffällig wie möglich folge ich Riekes Blick. Mein Herz kommt ins Stolpern, als ich ihn entdecke, keine zehn Meter von der Terrasse der *Wellenbar* entfernt: Mit finsterer Miene stapft er an den Strandkörben vorbei in Richtung Wasser. Sein Surfzeug zieht er auf einem metallenen Handwagen hinter sich her, Neoprenanzug und Prallschutzweste hat er schon an. Gott, er sieht zum Anbeißen aus, selbst in voller Montur. Ich schlucke.

»Ich kann schon verstehen, dass du heute Nacht schwach geworden bist«, sagt Rieke, die Nick wohl auch ziemlich knackig findet.

»Ich bin nicht schwach geworden«, gebe ich zu, ohne den Blick von Nick zu lösen. »Ich wusste leider ganz genau, was ich tue. Und dass ich es will.«

Rieke sieht mich überrascht an. »Ich dachte, eure Knutscherei war ein Ausrutscher!«

»Das habe ich zu *ihm* gesagt. Doch es war mehr als ein Ausrutscher, Rieke. Es war … wunderschön, und er war so zärtlich, und was er davor gesagt hat, dass man sein Schicksal selbst in die Hand nehmen kann, das hat mich berührt, und … ach, Shit.« Ich lasse den Kopf hängen.

»Klingt fast so, als hättest du dich verliebt«, stellt Rieke fest.

»Quatsch«, widerspreche ich. »Man kann sich nicht so schnell verlieben, das ist albern.«

»Trotzdem kommt es vor«, sagt Rieke, ganz die unverbesserliche Romantikerin, und lächelt. »Vielleicht solltest du einfach mal mit Nick reden. Euch beiden eine Chance geben.«

»Die haben wir nicht.«

»Unsinn. Warum bist du dir da so sicher?«

»Weil er mich hassen muss, nachdem ich ihm eine solche Abfuhr erteilt habe, direkt danach. Obwohl es doch so schön war und er so lieb und … Herrgott, ich bin ein Monster!«

»Ja, das mit dem Ausrutscher war sicher nicht nett von dir. Aber du könntest dich dafür entschuldigen.« Rieke ist unerbittlich. »Geh zu ihm hin! Na los.«

Ich zögere. Schaue von Rieke zu Nick, der mittlerweile den Wellensaum erreicht hat. Beobachte ihn, wie er den Kite aufpumpt, schnell und heftig, mit düster zusammengezogenen Augenbrauen.

Vielleicht geht es ihm ja ebenso nahe wie mir, denke ich. Vielleicht war er nicht nur in seinem Stolz getroffen, sondern wirklich verletzt. Vielleicht würde er meine Entschuldigung annehmen. Und ganz, ganz vielleicht könnten wir noch mal bei null anfangen. Uns in Ruhe kennenlernen, als Freunde, und dann entscheiden, ob wir als Paar eine Chance hätten. So könnte ich langsam herausfinden, ob ich ihm vertrauen darf. Ob auch er es schafft, mir zu vertrauen. Ob er zu mir halten würde, trotz meiner verkorksten Familie.

Möglich wäre es, oder? Nicht wahrscheinlich. Aber möglich.

Ich gebe mir einen Ruck und stehe auf. »Okay. Wenn er mir den Kopf abreißt, bist du schuld, Rieke.«

»Das Risiko gehe ich ein.« Sie grinst.

Ich streiche mir mit beiden Händen durchs Haar, beglückwünsche mich innerlich dazu, dass ich vorhin doch noch geduscht habe, zupfe mein Top zurecht und trete von der Holzterrasse in den Sand.

Ich schaffe das.

Mit hoch erhobenem Kopf und zielsicherem Schritt gehe ich zu Nick, der mich noch nicht entdeckt hat. Und fast habe ich ihn erreicht, die entschuldigenden Worte wollen sich schon anschicken, meinen Mund zu verlassen, als ich ein Keuchen hinter mir höre, das mich überholt und genau neben Nick Halt macht.

Es kommt von einem Mädchen im knappen Bikini, über dem sie lediglich eine offene Sweatjacke trägt. Leider wirkt diese Kombination sehr sexy, genau wie die geröteten Wangen, das lange haselnussbraune Haar und das atemlose Lachen. »Hey, Nick! Warum bist du denn schon da, ich hab mich doch extra so beeilt… Ich bin ja so froh, dass du heute Nacht angerufen hast! Warte, ich helfe dir.«

Astrid.

Ich bleibe wie angewurzelt stehen, in meinem Kopf toben die Fragen. Was macht die denn hier, bitte schön? Hat sie etwa gerade gesagt, Nick hätte sie heute Nacht *angerufen?* Er hat doch Schluss gemacht, für immer, das hat er mir beteuert, und ich habe ihm geglaubt! Wie konnte er sie also anrufen? In der gleichen Nacht, in der er *mit mir* in den Dünen rumgeknutscht hat?

Nick, der an den Leinen rumfummelt, schaut hoch und lächelt Astrid an. Sie beugt sich zu ihm, küsst ihn auf die Wange und gewährt ihm dabei einen langen Blick auf ihr hübsches, von Sonnenöl glänzendes Bikini-Dekolleté. Oh Mann. Bei diesen Geschützen wird es keine fünf Minuten dauern, bis die beiden wieder ein Paar sind.

Und warum auch nicht?, weise ich mich barsch zurecht. Das mit mir war schließlich nur ein Ausrutscher. Habe ich selbst zu ihm gesagt.

Und doch, dass Nick so wenig Zeit verliert … dass er nicht einen einzigen Tag lang warten konnte, bis er seine heiße On-Off-Beziehung wieder aufnimmt, während ich selbst wie ein verliebtes, dummes Huhn von seinen Küssen und Blicken träume … das, denke ich halb wehmütig, halb aufgebracht, ist fast schon eine Beleidigung. Und vor allem tut es weh, viel mehr, als es das eigentlich dürfte.

Nick scheint zu spüren, dass ihn jemand beobachtet, denn er schaut sich irritiert um.

Erblickt mich.

Presst die Kiefer aufeinander.

Und entspannt sich wieder, hat sich in Sekundenschnelle im Griff, als er die Augenbrauen hochzieht und sagt: »Svea. So eine Überraschung. Möchtest du dich etwa auch als Kitehelferin zur Verfügung stellen?«

Astrid lächelt, schaut fragend von Nick zu mir. »Kennt ihr euch?«

»Svea ist in unserer Parallelklasse. Ihr habt euch doch bestimmt schon mal gesehen«, sagt Nick und legt Astrid unter der Sweatjacke den Arm um die Taille.

Sie schmiegt sich an ihn. »Klar weiß ich, dass wir auf die gleiche Schule gehen. Aber ich wusste nicht, dass ihr beiden befreundet seid.«

Nick blickt mir kühl in die Augen. »Sind wir ja auch nicht. Oder, Svea?«

Sind wir ja auch nicht, hallt es in meinen Ohren nach. *Sind wir ja auch nicht.*

Mistkerl.

Ich merke, dass sowohl Nick als auch Astrid auf eine Antwort von mir warten. Liebe Güte, die müssen mich für total beschränkt halten: Ich habe noch kein Wort gesagt, stehe nur rum wie ein Leuchtturm und starre Nick an. Peinlicher geht es nicht.

Also zwinge ich mich, Astrids neugierigen Blick möglichst gleichgültig zu erwidern. »Nö, wir sind nicht befreundet. Wir haben uns bloß mal am Strand getroffen, Nick und ich. Das ist alles.«

Ich schaue auf seine Hand an Astrids nackter Taille, dieselbe Hand, die mich heute Nacht liebkost hat, und füge heiser hinzu: »Aber es war nicht von Bedeutung.«

Einen Wimpernschlag lang blitzt etwas in Nicks Augen auf, das verdächtig nach Schmerz aussieht. Doch dann zieht er Astrid fester zu sich heran, lächelt glatt und sagt zu mir: »Tja, Svea. Wenn du uns nicht helfen willst, musst du uns jetzt bitte entschuldigen. Der Wind ist perfekt, der Wasserstand auch. Ich will raus aufs Meer.«

Du willst aufs Meer, und ich will mich erschießen.

»Klar«, sage ich mit dünner Stimme, »lasst euch nicht stören.«

Irgendwie schaffe ich es, meinen Mund noch zu einem Abschiedsgrinsen zu verziehen, bevor ich mich umdrehe und zurück zur *Wellenbar* stakse. Ich fühle mich geschlagen und gedemütigt, und so sehe ich wahrscheinlich auch aus.

»Tschüss, Svea«, ruft Astrid mir hinterher, und zu Nick sagt sie vorwurfsvoll: »Du warst nicht gerade freundlich zu ihr, weißt du das?«

Nicks Antwort höre ich nicht mehr, und das ist ein Glück, denn ich bin schon frustriert genug: darüber, dass Astrid nicht nur sexy und erneut Nicks Freundin ist, sondern auch noch *nett.* Ich meine, könnte sie nicht wenigstens eine gemeine, intrigante Ziege sein? Dann dürfte ich sie ohne schlechtes Gewissen hassen.

Immerhin muss ich kein Wort über meine Niederlage verlieren – Rieke hat von ihrem Platz aus alles beobachtet und die richtigen, nämlich vernichtenden Schlüsse gezogen. Zum Trost hat sie mir bereits einen frischen Kaffee bestellt.

Ach, Scheiße. Einen Hochprozentigen könnte ich jetzt eher gebrauchen.

In der nächsten halben Stunde verwandelt sich mein Jammer aus reinem Selbsterhaltungstrieb in Trotz. Und deshalb gehe ich *nicht* nach Hause. Ha! Ich lasse mich nicht vertreiben von Nick und Astrid, ich bleibe! Es ist nur das erste Mal so, nur heute, bald werde ich mich daran gewöhnt haben. Nick und ich teilen nun eben ein kleines Geheimnis – die Erinnerung an ein Gespräch und ein paar Küsse, die *überhaupt nichts* bedeutet haben. Na und?

Und so werfe ich mich mit Rieke in die Nordsee, die kuschelige achtzehn Grad hat, wärme mich auf meinem Handtuch liegend auf, versuche die heiße Sonne und den salzigen Wind zu genießen und schaue den Kitesurfern zu. Allen Kitesurfern, nicht nur Nick. Und hey, ich kann echt nichts dafür, dass mein Blick immer wieder von ihm angezogen wird, denn so geht es schließlich allen hier!

Nick mag ein Mistkerl sein, der mich vernichtend schnell abgehakt hat. Aber er surft zum Niederknien gut.

Ich liege auf dem Bauch und folge mit den Augen seiner rasanten Fahrt die Küste entlang. Atemlos beobachte ich, wie er mit dem Board meterhoch in die Luft springt, wie er sich dreht und kopfüber zwischen Meer und Himmel hängt. Blitzschnell steht er wieder auf den Wellen und in der sprühenden Gischt, braust weiter, lenkt seinen Drachen wie ein stürmisches Pferd, das ihm bei aller Kraft und Wildheit bedingungslos zu gehorchen hat. Oh ja, Nicks Stil ist exzellent.

Und sehr riskant.

Denn er surft allein, was man normalerweise nicht tut, und sein Tempo erscheint mir heute sogar noch halsbrecherischer als sonst.

Dummerweise komme ich nicht umhin, mich ein kleines bisschen um Nick zu sorgen. Ich sehe ihn mit Wasser und Wind verschmelzen und frage mich, was hinter seinem Wagemut steckt. Kreist in Nicks Blut einfach nur zu viel Testosteron? Mangelt es ihm an Aufregung in seinem behüteten Luxus-Leben? Oder hat es mit dem zu tun, was er mir heute Nacht nicht sagen konnte? Ist sein geheimnisvoller innerer Kampf der Grund dafür, dass Nick das Board, den Drachen und die See so absolut beherrschen möchte?

Ach, egal!

Es geht mich nichts an.

Ich reiße meine Augen von dem fliegenden Board los, rolle mich auf die Seite und greife nach einer der Zeitschriften, die Rieke mitgebracht hat. Ich werde jetzt lesen, werde mich in Schminktipps und Klatschgeschichten vertiefen, denn Nicks Tollkühnheit ist nicht mein Bier, nicht, wenn er imstande ist, so hopplahopp zu Astrid zurückzukehren. Soll er doch angeben mit seinen Sprüngen in den Himmel, soll er sämtlichen Mädchen am Strand damit den Kopf verdrehen, soll er Astrid abservieren und gütig wieder aufnehmen, bis sie beide alt und grau sind. Es ist mir gleichgültig, heute genauso wie gestern. Wenn Nick das, was zwischen uns war, als dummen Fehler verbuchen kann, dann kann ich das auch!

Hätte ich ihn nicht so brutal zurückgestoßen, dann läge er jetzt vielleicht neben mir, flüstert es traurig in meinem Herzen.

Aber ich will das Flüstern nicht hören, denn der Fehler ist begangen, und ich kann ihn nicht rückgängig machen.

Ich habe es vermasselt.

Und ich werde darüber hinwegkommen müssen.

10

Nick

Ich reite die Wellen wie ein Verrückter.

Der Wind reißt an meinen Haaren und peitscht mir Salzwasser ins Gesicht, die grauschwarze Tiefe unter mir lockt mich ins Verderben. Oh, er kann tödlich sein, dieser Rausch auf den Wellen, wenn man die Grenze überschreitet und die Kontrolle verliert, wenn man sich falsch einschätzt und zu hoch pokert im Spiel mit den Elementen. Und doch fühle ich mich nirgends so lebendig wie auf dem Brett: Der Kitedrachen im blitzblauen Himmel zerrt an seinen Lenkleinen, die Gischt will über mir zusammenschlagen, die irre Geschwindigkeit treibt meinen Puls in die Höhe, und Angst und Euphorie vereinigen sich in meiner Seele, als ich die Herausforderung der Elemente annehme, denn *ich* – ich verliere die Kontrolle nie wieder.

Ich kann Wind und Wasser beherrschen, ich kann den Kräften, die so viel stärker sind als ein Mensch, die Stirn bieten. Ich kann ihnen meinen Willen aufzwingen, den Willen, nicht unterzugehen, mich nicht brechen zu lassen, nicht der Unterlegene zu sein. Ich kann gewinnen.

Denn gottlob, ich bin kein Kind mehr.

Ich vergesse alles außer der Herausforderung, gebe mich ganz dem Moment hin, während ich surfend meinen Kampf ausfechte, und sogar Sveas Worte – *es war nicht von Bedeutung* – reißt der Wind mit sich fort. Ich springe, fliege, bin schwerelos, und endlich erreiche ich den Punkt, für den ich das gefährliche Spiel immer wieder spiele: Ich werde eins mit Himmel und Meer. All das, was ich nicht mehr ändern kann, all die Erinnerungen, die Ohnmacht, die Zweifel – fort.

Alles fort.

Und ich bin frei.

Als die Ebbe immer stärker an den Wellen zieht, höre ich auf. Mit dem Board unterm Arm wanke ich über den Strand, high und gleichzeitig erschöpft, und Astrid kommt mir lächelnd entgegengelaufen. Sie hat, nachdem sie mir beim Starten geholfen hat, die ganze Zeit über auf mich gewartet, hat mich beobachtet wie so viele andere hier, die mir zuschauen, ohne meinen Kampf auch nur im Mindesten zu begreifen.

Jetzt wirft Astrid mir die Arme um den Hals und strahlt mich an. Wir sind wieder ein Paar, also küsse ich sie auf den Mund, und es ist mir egal, ob Svea noch irgendwo hier herumlungert und es sieht. Nein, eigentlich *will* ich sogar, dass sie es sieht.

Ich drücke Astrid an mich und vergrabe meine Nase

in ihrem glatten, seidigen Haar. Sveas Haar hat nach Blumen gerochen, Veilchen vielleicht, und ein kleines bisschen nach Rauch.

Fuck, ich sollte nicht an Svea denken, während ich Astrid umarme. Das ist unfair. Sieh es ein, Nick Pietersen: Du hast in Sveas Leben keinen Platz.

Und sie hat keinen Platz in deinem.

11

Svea

Als sie angefangen haben, vor aller Augen rumzuknutschen, bin ich schließlich doch geflüchtet.

Es ist früher Nachmittag, als ich schlecht gelaunt in unser leeres Häuschen zurückkehre. Ich überlege, ob ich zuerst was essen oder mein nasses Badezeug aufhängen soll, und sehe dabei flüchtig die Post durch. Unter Rechnungen und Werbung entdecke ich zwei schmale graue Briefe, einer ist an Papa adressiert, einer an mich. Ich erkenne die Schrift und höre auf zu atmen.

Minutenlang stehe ich nur da, direkt hinter der Haustür, und blicke auf die Umschläge in meinen Fingern. Nick in meinem Kopf räumt endlich das Feld.

Denn ich halte das erste Lebenszeichen meiner Mutter in Händen.

Als das Telefon klingelt, zucke ich zusammen. Das ist sie!, schießt es mir durch den Kopf, und ich rase zur Flurkommode, schnappe mir das Gerät und hebe ab, ohne auch nur aufs Display zu schauen.

»He, Svea«, sagt Jörn, und die Enttäuschung flutet wie

Eiswasser über mich hinweg. Gott, bin ich blöd! Würde Mama mir schreiben, wenn sie Lust dazu hätte, mich anzurufen? Vielleicht *darf* sie ja auch gar nicht telefonieren. Woher weiß ich, was dort erlaubt ist und was verboten? Immerhin: dass ich selbst meine Mutter *nicht* anrufen darf – das weiß ich.

»Svea? Bist du das? Warum sagst du nichts?«

Jörn klingt gestresst, und ich atme tief durch, ignoriere meine Enttäuschung. »Klar bin das ich, wer sonst? Wo brennt's denn?«

»Ich wollte dich fragen, ob du noch ein, zwei Stunden zur Station kommen könntest, oder auch drei. Torben ist schon den ganzen Tag ausgefallen, weil er mit Sommergrippe flachliegt, Heiner ist bei seinen Eltern auf dem Festland, weil sein Vater ins Krankenhaus musste, und wir restlichen drehen hier gerade durch. Du weißt ja, die kleinen Becken müssen geschrubbt werden, die Heringe aufgetaut, ganz zu schweigen davon, dass das Wasser im großen Becken heute abgelassen werden müsste und …«

»Schon gut, ich komme ja«, unterbreche ich seinen Redeschwall und werfe einen Blick auf meine Armbanduhr. Hm, eigentlich sollte ich noch drei Körbe Wäsche falten und ein bisschen putzen. Wenn ich Jörn unter die Arme greife, werde ich damit wohl meinen Samstagabend verbringen.

Unwillig sage ich: »Dir ist aber schon klar, dass ich das nicht für dich tue, sondern für die Seehunde. *Du* hast es nämlich nicht verdient, dass ich dir aus der Patsche helfe!«

Für einen Moment herrscht ratloses Schweigen in der Leitung, dann fällt bei Jörn der Groschen. »Ach, du meinst den kleinen Scherz mit deiner jugendlichen Unschuld? Das war doch nicht böse gemeint, Svea.«

Möglich, aber so leicht mache ich es ihm nicht. »Es war fies. Wir hatten ausgemacht, diese Nacht zu vergessen und nur noch Freunde zu sein. Ohne *je wieder* darüber zu sprechen!«

Jörn seufzt. »Okay, okay. Sag mir, wie ich es wiedergutmachen kann, und dann schwing deinen Hintern aufs Fahrrad, aber flott.«

Ich denke an Nick. Ein Gedanke nimmt in meinem Kopf Gestalt an. Falls Nick mich weiter mit Astrid provozieren sollte … oh ja, das wäre eine Idee.

»Da fällt mir zu gegebener Zeit schon was ein«, sage ich vage zu Jörn. »Also, ich komme. Wann brauchst du mich denn spätestens?«

»Vor einer Stunde.«

Mein Blick irrt zu dem Brief in meiner Hand.

»Ich beeile mich, aber ich brauche hier noch …« Eine Ewigkeit, bis ich es wagen werde, diese Zeilen zu lesen. »… zehn Minuten.«

Jörns Erleichterung ist ihm deutlich anzuhören, als wir uns verabschieden, und ich denke, dass es möglicherweise gar nicht so schlecht ist, dass er mich in der Station braucht. So werde ich gezwungen sein zu funktionieren, ganz egal, was in dem Brief meiner Mutter steht. Ich werde Heuler füttern und Becken schrubben, werde nützlich sein und gar nicht zum Nachdenken kommen. Dann werde ich das Haus auf Vordermann bringen. Und nach all der Plackerei werde ich so müde sein, dass ich ins Bett fallen und schlafen werde wie tot, ohne mich herumzuwälzen und ohne zu träumen.

Selbst wenn Mama schreibt, dass es ihr schlechter geht, als ich es ertragen kann.

Tatsächlich kriege ich auf der Station den restlichen Samstag rum, ohne allzu viel zu grübeln, denn es bleibt einfach keine Zeit dafür. Abends bringe ich Torben ein paar aufmunternde Blumen und Aspirin vorbei, dann erledige ich die Hausarbeit, und am Sonntag vergrabe ich mich in meinen Meeresbiologie-Büchern. Während ich lesend in die Welt der Tiefseebewohner eintauche, geht es mir fast schon wieder gut, und so bin ich beim Abendessen sogar dazu imstande, zusammen mit meinem Vater die erste von vielen Geschichten auszuhecken. Die, die ich am Montag in der Schule präsentieren kann, falls irgendwer gemerkt haben sollte, dass Mama nicht mehr da ist.

Unsere Geschichte lautet: Meine Mutter ist bei Oma, denn Oma ist schwer erkrankt. So schwer, dass Mama mindestens einen Monat lang für Oma sorgen muss, im fernen Frankfurt am Main.

Das müsste für ein paar Wochen als Wahrheit durchgehen, glaubt Papa, und auch wenn ich ahne – fürchte – weiß? –, dass wir niemals elf Monate lang durchhalten werden, ist mir doch klar, dass wir es zumindest versuchen müssen.

Denn wenn Papa seinen Job behalten will, haben wir keine andere Wahl.

Wieder und wieder habe ich mein kleines Märchen eingeübt, und so stehe ich am Montagmorgen mit den anderen in der Klasse herum und bin mit dem Mut der Verzweiflung zu jeder Lüge bereit.

Doch niemand fragt nach meiner Mutter.

Meine Güte, warum sollten sie auch?, fahre ich mich im Stillen an. Sie ahnen ja nichts! Manche von uns haben sich seit Wochen nicht gesehen, und natürlich fragen wir uns *nicht* gegenseitig nach unseren Eltern!

Es gibt so viel anderes zu erzählen: Wer auf einer Fernreise war, der gibt damit an. Wer einen Sommerflirt hinter sich hat, tuschelt mit zwei, drei Freundinnen darüber. Und wer auf der Strandparty am Freitag war, lässt die coolsten, witzigsten oder peinlichsten Momente lachend wiederaufleben.

Ich natürlich nicht, und Nick im Zimmer nebenan hoffentlich auch nicht.

Stattdessen stehe ich seit zehn Minuten mit Rieke, Annette und Lars zusammen und gebe vor, Lars' Abenteuern in Mexiko zu lauschen. Er war mit seinen Eltern auf einem Kulturtrip, aber wenn man ihm glauben will, hat er statt der Ruinenstädte der Azteken eher eine bunte Vielfalt an Drogen und hübschen Mexikanerinnen kennengelernt. Ob das stimmt? Lars ist einer der Braven unserer Klasse, und ich fürchte, er redet sich seine Ferien genauso schön, wie ich es mit den meinen tun werde: Denn selbstverständlich musste niemand aus meiner Familie für fast ein Jahr fortgehen. Stattdessen haben wir alle zusammen Sommer, Sonne und Dolce Vita genossen.

Ich krampfe die Hand um die Wahrheit in meiner Hosentasche – den mehrfach gefalteten Brief meiner Mutter. Ihn zu Hause zu lassen, habe ich nicht übers Herz gebracht.

Zum Glück ist Frau Schneider, die auch dieses Jahr unsere Klassenlehrerin sein wird, so pünktlich wie immer, und als ich mich aufatmend auf meinen Platz fallen lasse, sage ich mir, dass es bis jetzt doch ganz gut gelaufen ist. Ich habe all jene wiedergesehen, die ich nicht schon auf der Party oder am Samstag am Strand getroffen habe, und sie haben mir meinen veränderten Gemütszustand *nicht* an der Nasenspitze angesehen. Ich, die ich mich in meinem ganzen Leben noch nicht verstellen musste, besitze offensichtlich das perfekte Pokerface. Darf ich mich darüber freuen?

Du lügst erbärmlich schlecht, Svea. Und das gefällt mir an dir.

Ich starre blind auf die Tafel, und statt mich über mein Pokerface zu freuen, schäme ich mich.

Frau Schneider geht hinter dem Pult auf und ab. Sie erklärt uns, wie unendlich wichtig das Jahr ist, das vor uns liegt, teilt Listen aus, welche Arbeitsmaterialen wir besorgen müssen, und die ganze Zeit über spielen meine Finger mit dem Brief in meiner Hosentasche. Er ist schon total zerknittert, ich habe ihn bestimmt dreißigmal gelesen, und ich weiß selbst, wie kindisch es ist, dass ich mich nicht von ihm trennen mag. Bin ich ein Baby, das ständig ein Tuch braucht, das nach Mutti riecht? Lächerlich!

Vielleicht sollte ich mir ja einfach vorstellen, dass *ich* von daheim ausgezogen bin. Denn dann würde ich die Trennung von meiner Mutter auf die leichte Schulter nehmen, würde wahrscheinlich kaum je daran denken.

Gute Strategie, aber sie hat einen Schönheitsfehler: Mamas Verzweiflung.

Und die kann ich beim besten Willen nicht wegfantasieren.

In der Pause ziehen Rieke und ich uns zurück. Fröhlich zu sein und die Mär zu erzählen, meine Ferien auf Balkonien seien super gewesen, strengt doch mehr an, als ich erwartet hatte, und es tut gut, meine Miene eine Viertelstunde lang nicht unter Kontrolle halten zu müssen.

Wir setzen uns unter die große Birke auf der Wiese, die den hinteren Schulhof begrenzt.

Mit einem schiefen Lächeln sage ich: »Es hat doch nur Vorteile, sich hier zu verschanzen, oder? Erstens, ich darf der Trauerkloß sein, der ich mittlerweile bin, und zweitens, ich sehe Nick nicht.«

»Warum?« Rieke beißt herzhaft in ihr Riesensandwich. »Wieschobisdudirdaschoschicher?«

Hätte sie weniger als ein Kilo Nahrung im Mund, würde ich sie vielleicht verstehen. Ich muss lachen.

Rieke stimmt in mein Lachen ein, verschluckt sich prompt und hustet eine Weile, bevor sie ihre Frage wiederholt. »Wieso denkst du, Nick könnte dir hier nicht über den Weg laufen?«

»Na, weil Typen wie er nie auf dem hinteren Schulhof sind. Hierher verirren sich nur Fünftklässler, Streber und Outlaws wie ich.«

»Du bist kein Outlaw. Du fühlst dich nur seit Neuestem wie einer.«

»Das kommt aufs Gleiche raus.«

»Das finde ich nicht, und übrigens, da ist er.« Rieke deutet mit ihrem Sandwich schräg hinter mich.

Hektisch drehe ich mich um, und tatsächlich: Nick kommt herbei geschlendert, lächelnd und entspannt und mit Astrid im Arm. Auch Astrid lächelt, strubbelt ihm durchs sonnenhelle Haar und flüstert ihm etwas ins Ohr. Er lacht. Sie lacht auch. Die beiden sind geradezu ekelhaft guter Dinge.

Abrupt wende ich mich ab und lasse mich rückwärts ins Gras fallen. »Das ist jetzt nicht wahr, oder? Was will der hier?«

»Dass du ihn siehst, nehme ich an.« Rieke starrt ungeniert zu Nick und Astrid rüber. »Er jedenfalls weiß genau, dass du hier bist. Er schaut zu uns her. Jetzt schaut er weg … und schon wieder! Ich sag's doch.«

Soll er schauen, so viel er will. Ich weigere mich, irgendwo anders hinzugucken als in die Birkenblätter. Oh nein, die Blöße, mit waidwundem Blick Nicks Turtelei zu beobachten, werde ich mir nicht geben! Ich werde die beiden einfach so lange ignorieren, bis sie wieder weg sind. Was hoffentlich sehr bald der Fall sein wird.

»Da ist ja Svea!«, ruft Astrid munter, und ich stöhne innerlich auf.

Schon kommt sie zu uns herübergeeilt, zieht Nick an der Hand hinter sich her und bleibt strahlend vor uns stehen.

»Geht's dir besser?«, fragt sie und lächelt mich an, mit schimmernden Lippen und so weißen Zähnen, dass Nicks blöder Zahnarzt-Vater seine helle Freude daran hätte. »Du hast am Samstag am Strand irgendwie durcheinander gewirkt. Und dann warst du so schnell weg, wir konnten uns gar nicht richtig unterhalten.«

Ja, wirklich schade, denke ich bissig und sage nichts.

Astrid wartet.

Nick beobachtet mit gelangweilter Miene einen Spatz.

Rieke stößt mich unauffällig in die Seite.

Okay, es scheint, als müsste ich mich doch irgendwie äußern.

»Ja, äh, am Samstag. Also, Rieke hier«, ich deute auf meine Freundin, »hatte mir gerade einen frischen Kaffee bestellt. Der wäre kalt geworden, wenn ich zu lange weg gewesen wäre.«

Astrids Lächeln wirkt nun eine Spur bemüht, und sie fragt sich sichtlich, was sie von meiner lahmen Erklärung halten soll.

»Ach, so ist das. Aber jetzt wartet ja kein Kaffee auf dich«, stellt sie messerscharf fest. »Also haben wir ein bisschen Zeit zu plaudern. Nick wollte sich nämlich noch entschuldigen, nicht, Nick?«

Sie drückt seine Hand und blickt auffordernd zu ihm

hoch. Nick ist groß und durchtrainiert, Astrid klein und zierlich (abgesehen vom Busen, der ist ziemlich üppig), und die beiden bilden einen reizenden Kontrast. Ich beiße die Zähne zusammen.

Nick sieht keineswegs so aus, als wolle er sich bei mir entschuldigen, und er tut es auch nicht.

Stattdessen sagt er: »Lass gut sein, Astrid. Svea scheint mir nicht der Typ zu sein, der verbale Ausrutscher sonderlich ernst nimmt.« Er lächelt freudlos. »Und sonstige Ausrutscher auch nicht, oder, Svea? Wir haben also absolut die gleiche Wellenlänge.«

»Die gleiche Wellenlänge, oh là, là. Da muss ich wohl eifersüchtig sein?«, fragt Astrid scherzend.

»Kein bisschen«, sagt Nick und küsst sie auf den Mund.

Dann hebt er den Kopf und blickt mir direkt in die Augen.

Sein Blick, spöttisch und herausfordernd, verhakt sich mit meinem, und ein wilder Gefühlsmix aus Eifersucht, Traurigkeit und Empörung steigt in mir auf. Von dem Nick, mit dem ich unter dem Sternschnuppenhimmel lag, kann ich keine Spur mehr entdecken, und der Nick, der mir gerade in die Augen schaut, demonstriert mir unmissverständlich, wie wenig ihm unsere nächtliche Begegnung wert war.

Okay, denke ich zähneknirschend, okay. Wenn *das* seine Art ist, damit umzugehen, dann werde ich auf der Stelle aufhören, mir wegen dem, was ich zu ihm gesagt habe, Vorwürfe zu machen! Denn verletzt, oh nein, verletzt habe ich Nick mit meiner Zurückweisung nicht. Wie konnte ich auch nur einen Augenblick lang glauben, dass *irgendetwas* Nick Pietersen verletzen könnte?

»Dass wir beide die gleiche Wellenlinie haben, möchte ich bezweifeln«, antworte ich kalt, obwohl es in mir brodelt. »Denn weißt du, Nick, anders als du halte ich extreme Sprunghaftigkeit *nicht* für eine Tugend.«

Nick fixiert mich schweigend, sein Blick ist dunkel wie die Tiefsee.

Ich starre mit vorgeschobenem Kinn zurück.

Und plötzlich grinst er und schüttelt den Kopf.

»Warum Sprunghaftigkeit?«, fragt Astrid verwirrt.

»Oh Gott, Svea – Timon wartet doch auf uns!«, ruft Rieke aus. »Beim Pausenverkauf. Der Arme, sicher macht er sich schon Sorgen. Kommst du?«

Timon ist heute krank, aber das wissen Nick und Astrid nicht. Rieke will, schätze ich, schlicht und einfach ein Drama auf dem Schulhof verhindern, und wahrscheinlich hat sie recht damit. Drama gibt es zu Hause schon genug.

Also schlucke ich meine Empörung runter, würge ein wenig daran herum und schlage mir dann gehorsam vor die Stirn. »Timon! Na klar! Wir sollten uns wohl besser beeilen.«

Der Blick, mit dem Nick mich daraufhin bedenkt, ist unergründlich.

»Also, wir sehen uns«, sagt Astrid. »Vielleicht können wir ja mal was zusammen unternehmen.«

Ja, klar. Und bestimmt haben wir alle ganz viel Spaß dabei.

Vor allem Nick, der arrogante Herzensbrecher.

Und ich, die unbelehrbare Pute.

Die trotz allem einfach nicht vergessen kann, dass der Nick, in dessen Armen ich lag, ein vollkommen anderer war.

12

Nick

Mein Traum ist es, Richter zu werden.

Ich weiß, das ist ein seltsamer Wunsch für einen siebzehnjährigen Kitesurfer, und ich muss zugeben, ich habe schon mehr als einmal daran gedacht, umzuschwenken. Profi-Sportler zu werden, mir einen Sponsor zu suchen und auf Hawaii ein neues Leben anzufangen. Keine Familie, keine Arbeit, keine Sorgen, einfach in den Tag hineinleben.

Doch ich würde es bereuen.

Denn in den wenigen Augenblicken, in denen ich mich nicht in die Ablenkung flüchte, bin ich fest davon überzeugt, dass ich eine Aufgabe habe. Etwas, auf das all meine Erfahrungen hinauslaufen. Etwas, das dem ganzen Scheiß letztendlich doch noch einen Sinn verleiht. Okay, vielleicht bin ich nicht wirklich *überzeugt* davon, aber ich *möchte* an diesen Sinn glauben, und das allein genügt, um mich von Hawaii abzuhalten.

Alle meine Freunde denken, Jura sei trocken. Aber so ist es nicht, Jura beschäftigt sich mit Recht und Unrecht, und hey, betrifft uns das nicht alle? Ich jedenfalls liebe Jura: Nichts hilft besser gegen Ohnmachtsgefühle, als einen Schritt zurückzutreten und sich ganz kühl zu fragen, wie das Rechtssystem das Verhalten deines Gegners beurteilen würde.

Ich war schon lange nicht mehr gezwungen, mich in diesen Trick zu flüchten. Mittlerweile bin ich ziemlich muskulös, groß sowieso, und das schreckt ab. Aber mit zwölf, dreizehn habe ich ihn oft angewendet, und er hat immer gewirkt. Wäre ich Richter, fragte ich mich in jenen angstvollen Momenten, wie würde ich beurteilen, was hier geschieht? Wie würde ich es sanktionieren? Welche Strafe wäre am geeignetsten, um dem Angeklagten klarzumachen, dass es absolut, vollkommen, zum Schreien unrecht ist, was er seinem Opfer antut? Meine Situation änderte sich dadurch natürlich nicht. Aber sie wurde erträglicher, denn ich katapultierte mich selbst aus dem Schmerz hinaus, in eine ferne, sichere Zukunft, in der ich die Opferrolle für alle Zeiten verlassen hätte.

»Was denkst du?«, fragt Astrid und streichelt mit den Fingerspitzen meine nackte Brust.

Ich schaue in ihre hellblauen Augen und wende meinen Blick sofort wieder ab. Ich mag es nicht, wenn Astrid wissen will, was ich denke. Das ist so eine typische Frauenfrage, und mal ehrlich, was soll man darauf antworten? Wir liegen zusammen im Bett, sind noch ganz verschwitzt vom Sex, und jetzt soll ich Astrid die gute Laune vermiesen, indem ich mein düsteres Innenleben vor ihr ausbreite? No way.

Mir liegt ein knappes »Nichts« auf der Zunge, doch im letzten Augenblick schlucke ich es hinunter. Ich möchte nett zu Astrid sein, besonders nett. Mein Gewissen ist nämlich schon schlecht genug: Als ich in ihr war, habe ich überhaupt nicht an sie gedacht, keine Sekunde lang. Nur an empört funkelnde Bernsteinaugen, ein trotzig vorgeschobenes Kinn, wilde schwarzbraune Locken.

»Mir ist gerade eingefallen, dass nächste Woche das Schulprojekt anfängt. Du weißt schon, dieses Ding zum Thema Gerechtigkeit«, sage ich. Da ich über Recht und Unrecht nachgedacht habe, geht diese Antwort zumindest nicht völlig an der Wahrheit vorbei.

»Du liegst mit mir im Bett und denkst an die Schule?« Astrid lacht. »Mein kleiner Streber.«

Astrids Noten sind mittelmäßig bis schlecht, im Gegensatz zu meinen, und sie macht sich nicht zum ersten Mal über meinen Ehrgeiz lustig. Dass mir mein Abi-Schnitt nicht deshalb wichtig ist, weil ich mal der Großverdiener werden will, sondern weil ich auf keinen Fall ein Wartesemester riskieren möchte – und dann sechs Monate länger zu Hause wohnen bleiben müsste –, das weiß Astrid nicht. Auch jetzt werde ich es ihr nicht erklären, denn vielleicht würde sie dann anfangen, Fragen zu stellen. Fragen, die weit über »Was denkst du?« hinausgehen. Und das kann ich echt nicht gebrauchen.

»Ich find's halt interessant«, sage ich stattdessen. »Es ist ein fächerübergreifendes Projekt, und wir werden es in Teams bearbeiten. Bestimmt werde ich einem hübschen

Mädchen zugeteilt. Einem, das ich noch nicht so gut kenne.«

Zugegeben, das war billig. Trotzdem setze ich noch einen drauf und grinse frech, denn ich weiß, so mag mich Astrid. Wenn ich den Aufreißer rauskehre, schmollt sie zwar kurz, ist danach aber umso fröhlicher, wahrscheinlich aus einer Art verquerem Besitzerstolz heraus. Manchmal denke ich, dass ich so etwas wie eine Trophäe für Astrid bin, auch wenn mir diese Vorstellung nicht behagt. Liebt sie mich eigentlich? Ich glaube nicht. Jedenfalls hat sie es mir noch nie gesagt, und ich ihr natürlich auch nicht.

Jetzt schlägt Astrid mir mit der Hand strafend auf die Brust. »Untersteh dich, bei diesem blöden Projekt mit irgendwem zu flirten! Du bist mein Freund, und das wirst du *nicht* bei der ersten Gelegenheit vergessen, klar?«

»Keine Angst. Ich habe ein ziemlich gutes Gedächtnis.«

»Das wäre mir neu«, grollt sie, kuschelt sich aber schon wieder an mich.

Ich küsse sie auf den Scheitel und denke, dass es leicht ist, mit ihr zusammen zu sein, so leicht.

Ich würde meinem Herzen gerne befehlen, Astrid zu lieben.

Aber *das* ist komischerweise nicht so leicht.

13

Svea

… Komm mich besuchen, Svea. Dann siehst du, wie es hier ist, und kannst besser verstehen, warum ich so verzweifelt bin. Wenn ich dich anrufe, hältst du mich vielleicht bloß für wehleidig, und schreiben möchte ich darüber nicht, schließlich kann jeder Brief von ihnen kontrolliert werden (auch dieser hier). Kommst du? Zwei Stunden Besuch am Stück sind erlaubt. (Zwei Stunden! Ich bin nur froh, dass du schon fast erwachsen bist. Wärest du noch ein Kind, würde mich diese sadistische Beschränkung umbringen.)

Wenn du willst, bring deinen Vater mit, aber wenn er lieber arbeiten will, ist das auch in Ordnung. Ihr könnt jetzt jeden Cent gebrauchen, du und er, und die Fahrt ist teuer genug. Wir hausen hier ja inmitten des Nichts. …

Hinter mir fällt die Haustür ins Schloss. In der sonntäglichen Stille unserer Straße kommt mir das Geräusch vor wie Donnerhall, und offensichtlich nicht nur mir: Aus dem Fenster im Nachbarhaus steckt Frau Roder ihren grau gelockten Kopf.

»Guten Morgen, Svea. So früh schon auf den Beinen?«

Frau Roder ist nett, alt, verwitwet und neugierig. Die ersten drei Eigenschaften sind kein Problem für mich, die vierte Eigenschaft schon. Vor allem heute.

»Ich mache einen Ausflug aufs Festland, Frau Roder. Mit meiner Freundin Rieke. Sie muss jeden Moment da sein.« *Und wird mich hoffentlich vor Ihren Fragen retten.*

»Ach, und deine Eltern verbringen den ganzen Sonntag ohne ihre Tochter? Deine Mutter habe ich sowieso seit Ewigkeiten nicht mehr gesehen. Geht es ihr gut?«

Frau Roder lehnt sich gemütlich mit den Armen aufs Fensterbrett, und mir wird klar, dass der Zeitpunkt für meine Lüge gekommen ist. Wofür haben Papa und ich uns schließlich dieses schöne Märchen ausgedacht?

»Meine Oma aus Frankfurt ist leider schwer erkrankt.« Ich bemühe mich um einen betrübten Tonfall. »Mama muss sie pflegen, und das wird wohl noch ein bisschen dauern. Bis dahin müssen Papa und ich eben allein zurechtkommen.«

»Oh, das tut mir aber leid«, sagt Frau Roder. »Was hat deine Großmutter denn, wenn man fragen darf?«

Man darf nicht!, denke ich mit einem Anflug von Verzweiflung, sage aber sofort: »Krebs. Sie hat gerade ihre erste Operation hinter sich.«

Das hat gesessen, Frau Roder verstummt. Sie zieht sich betreten zurück, murmelt noch etwas von guten Wünschen für meine Oma, dann ist das Fenster zu.

Und obwohl ich genau das beabsichtigt hatte, fühle ich mich mies. Verdammt, ist es wirklich schon so weit mit mir gekommen? Wie kann ich so unverfroren sein, meiner kerngesunden Oma Krebs und eine OP anzudichten? Was, wenn sie nun wirklich Krebs bekommt?

Natürlich ist das dummer Aberglaube, niemand bekommt von einer Lüge Krebs. Doch ich kann mich des Gedankens nicht erwehren, dass Mama, Papa und ich mit unserer Falschheit alles um uns herum anstecken, beflecken, verseuchen. Habe ich Frau Roder, die ich mein halbes Leben lang kenne, schon jemals angelogen? Nein, natürlich nicht – es gab ja nie einen Grund dafür. Doch von jetzt ab werde ich höllisch aufpassen müssen, keinen Fehler mehr zu machen, wenn ich mit ihr spreche. *Ja, liebe Frau Roder, Mama musste leider schon wieder weg, in Kur, sie ist so überarbeitet, braucht Ruhe, danach braucht sie Urlaub, danach ist sie selbst krank, und Besuch verträgt sie im Moment überhaupt nicht, also kommen Sie bitte lieber nicht zu uns rüber …*

Mir wird schlecht.

Ich setze mich auf die Stufe vor unserem Gartentor, schließe in der milden Septembermorgensonne die Augen und weiß, das *kann* nicht klappen. Nicht elf Monate lang. Das Ganze ist eine verdammt Farce, und es ist von vornherein zum Scheitern verurteilt. Warum sehen meine Eltern das denn nicht? Und *falls* es klappt – werde ich nach diesen elf Monaten jemals wieder ein Mensch sein, dem das Lügen schwerfällt? Oder wird die Verstellung mir in Fleisch und Blut übergegangen sein, wird sie so normal für mich geworden sein wie das Atmen?

Bei Mama war es so, denke ich gallig. Sie hat es in der

Verstellung zur Meisterschaft gebracht, sogar vor mir. Nur Papa wusste Bescheid, was los war, wenn sie wieder mal aufs Festland musste, und auch ihm habe ich absolut nichts angemerkt. Bis mit einem lauten Knall die Wahrheit ans Licht gekommen ist und meine Kindheit endgültig zu Ende war.

Ich hasse die Wahrheit.

Ich hatte mich nie gefragt, wie Mama sich mit ihrem mageren Gehalt eine Gucci-Handtasche und das teuerste Make-up leisten konnte. Mein Umfeld war, wie es immer gewesen war, und alles erschien mir vollkommen normal. Wir hatten nicht viel Geld, aber es reichte immer aus, manchmal eben auch für überraschenden Luxus. Ab und zu überlegte ich, in den Ferien einen Job anzunehmen, aber dann entschied ich mich jedes Mal dagegen. Ich wollte doch lieber ehrenamtlich in der Seehundstation arbeiten, denn anders als Mama legte ich keinen Wert auf teure Klamotten. Ich hatte auch keine kostspieligen Hobbys und keine reichen Freundinnen, mit denen ich mithalten musste. Warum also Geld scheffeln, wenn ich in meiner Freizeit auch das tun konnte, was ich liebte?

Nur selten hatte ich das Gefühl, dass mir etwas fehlte. Unser Häuschen am Ortsrand ist zwar klein und ein bisschen spießig, es ist weit von den Stränden entfernt und manchmal fällt die Heizung aus. Aber es ist mein Zuhause, und deshalb liebte ich es von Anfang an. Schon meine Großeltern väterlicherseits hatten ihr Leben hier verbracht, und als sie vor zehn Jahren kurz nacheinander starben, war für meine Eltern klar gewesen, dass wir aus unserer Mietwohnung aus- und in das geerbte Häuschen einziehen würden.

Mama arbeitete bei *Touren-Hans*, einem kleinen Unternehmen, das Fahrräder nicht nur verkauft, sondern auch an die Touristen verleiht, die unsere Insel in den Sommermonaten überfluten. Als junge Frau hatte meine Mutter in der Werbung arbeiten wollen, doch während ihres Praktikums in einer Frankfurter PR-Agentur lernte sie meinen Vater kennen und wurde ziemlich schnell schwanger. Statt sich also coole Sprüche für Softdrinks und Zigaretten auszudenken, heiratete meine Mutter, zog mit Papa auf seine Heimatinsel und wurde Hausfrau. Später, als ich in den Kindergarten kam, stieg sie mangels beruflicher Alternativen bei *Touren-Hans* ein, machte aber nie ein Geheimnis daraus, dass ihr dort weder das Gehalt noch der geistige Anspruch genügten.

Dass sie *so* unzufrieden war, ahnte ich allerdings nicht.

Auch mein Vater hatte nicht davon geträumt, als einfacher Kellner zu enden. Als er meine Mutter kennenlernte, plante er noch, zum Sommelier aufzusteigen. Er liebte gute Weine, und auch wenn unsere rebenfreie Insel nicht die idealen Voraussetzungen dafür bot, ein Weinfachmann zu werden, war er sich doch sicher, dass er sein Ziel erreichen würde. Die Sommelier-Ausbildung war allerdings nicht billig, und so stand ich, das unverhoffte Baby in Mamas Bauch, auch seinen Plänen im Wege: eine Familie gründen, für drei verdienen und gleichzeitig in eine teure Weiterbildung investieren, das war nicht drin.

Später, dachte er. Nur dass aus dem »Später« ein »Nie« wurde und Papas Träume irgendwo zwischen Restaurant-Alltag und Kindergeschrei auf der Strecke blieben. Schließlich fand er sich damit ab, dass er wohl auf ewig im *Fischkopp* kellnern würde.

Was ihm meine Mutter, die daran ja nicht ganz unschuldig war, nie verzieh.

Das allerdings war mir nicht bewusst. Ich glaubte immer, dass meine Eltern trotz allem glücklich zusammen seien, denn natürlich trugen sie ihre Streitigkeiten nicht vor mir aus. Erst an dem Tag, als Mama endgültig gehen musste, verloren sie beide die Beherrschung. Meine Mutter brüllte meinen Vater an, dass er mit seiner Erfolglosigkeit ihr Leben zerstört habe. Er brüllte zurück, dass doch *sie* es sei, die alles kaputt gemacht habe, *sie* mit ihrer verfluchten Unfähigkeit, sich zu bescheiden. Egal, wie viel er verdienen würde, für meine Mutter wäre es nie genug!

Sie schrien sich an, warfen sich einen Vorwurf nach dem anderen an den Kopf, und ich wollte einfach nur weg, wollte das alles nicht hören in den letzten Stunden mit meiner Mutter. Und an jedem anderen Tag wäre ich wohl tatsächlich abgehauen, zu Rieke oder zur Seehundstation.

Doch wie konnte ich das an jenem Freitag tun, wenn ich dann meinen Abschied von Mama verpasst hätte? Sie würde nicht auf mich warten, durfte es nicht. Denn sie musste um spätestens achtzehn Uhr dort sein. Sonst würde man sie holen, vor aller Augen, vor den Nachbarn, und das wollte sie um jeden Preis vermeiden.

Also hielt ich mir in meinem Zimmer die Ohren zu wie ein kleines Kind, fragte mich, was zum Teufel mit meiner Welt passiert war, der Welt, die ich doch geglaubt hatte zu kennen, und schlich erst wieder zu meinen Eltern runter, als sie einander still und erschöpft am Küchentisch gegenübersaßen. Beide hatten nun rote Augen und Papa eine Zigarette zwischen den Fingern, die erste Kippe seit Ewigkeiten.

Und dann brachen sie zusammen auf, und mich ließen sie zurück. Mama wollte nicht, dass ich sie hinter schweren Türen verschwinden sah, sie wollte so gehen, als sei ihr Abschied ein freiwilliger. Ich schaute ihnen hinterher, wie sie Mamas kleinen Koffer ins Auto hievten und schließlich davonfuhren, ohne mir noch einmal zu winken.

In diesem Moment hasste ich meine Mutter inbrünstig.

Jetzt, mit fünf Wochen Abstand, bin ich davon überzeugt, sich umzudrehen hätte Mama das Herz gebrochen. Oder es hätte sie dazu verleitet, etwas sehr Dummes zu tun. Vielleicht wäre sie umgekehrt, um sich in unserem Haus zu verschanzen, obgleich sie wusste, dass sie ihnen nicht entkommen würde. Sie hätten sie schlussendlich doch weggeschleppt, und Mama hätte nichts gewonnen, sondern bloß ihre Chance verwirkt, nach zwei Dritteln der Zeit entlassen zu werden. Denn diese Verheißung winkt einem nur, wenn man sich selbst stellt.

Selbststellerin.

Bis zu diesem Sommer kannte ich noch nicht einmal das Wort.

Ein Hupen neben mir lässt mich aufschrecken.

»Hey, Svea, ich bin da, steig ein, die Fähre legt gleich ab. Tut mir so leid, ich bin schon wieder zu spät … Mann, warum schaffe ich es einfach nicht, pünktlich zu sein?«

Rieke klingt ehrlich verzweifelt, und wenn mir der Besuch bei meiner Mutter nicht so bleischwer auf dem Herzen liegen würde, müsste ich wohl lachen.

»Manche Dinge ändern sich eben nie. Ist doch ganz gut so«, sage ich und lächele, wenn auch schwach.

Ich werfe meinen Rucksack auf die Rückbank, steige in Riekes alten Fiat und habe kaum Zeit, mich anzuschnallen, als sie auch schon Gas gibt und mit quietschenden Reifen losbraust. Wenn wir die Fähre verpassen, müssen wir nämlich über eine Stunde warten, und das können wir uns nicht leisten. Schließlich müssen wir nach den fünfzig Minuten auf dem Meer noch zwei Stunden mit dem Auto fahren, zwei Stunden bei Mama sein, brauchen drei Stunden zurück, plus die diversen Wartezeiten … und dann ist der Sonntag auch schon wieder vorbei. Mein Sonntag. Riekes Sonntag.

»Danke, dass du das für mich tust«, sage ich mit belegter Stimme. »Du bist die beste Freundin von allen, weißt du das?«

»Nicht der Rede wert«, sagt Rieke bestimmt, und angesichts dieser Großzügigkeit fehlen mir die Worte. Schließlich musste Rieke sogar Timon für mich versetzen, um mich durch die Gegend zu kutschieren.

Weshalb ich es ihr letztens auch erlaubt habe, Timon

von unserer Familienschmach zu erzählen. Ich meine, Timon ist praktisch Riekes andere Hälfte, und das seit Jahren! Außerdem sollte er für die schmutzigen Geheimnisse anderer Leute nun wirklich Verständnis haben, schließlich will er Psychologe werden. Alles in allem, wem könnte man vertrauen, wenn nicht ihm?

Nein, dass Rieke mir zuliebe ihre große Liebe belügt, das kann und will ich nicht von ihr verlangen. Schlimm genug, dass ich sie als Kummerkasten und Ganztags-Chauffeurin missbrauchen muss.

Denn wenn Rieke mich nicht fahren würde, könnte ich Mama überhaupt nicht sehen. Ich bin noch nicht achtzehn, kann also nicht selbst Auto fahren, und mit dem Zug müsste ich x-mal umsteigen und bräuchte eine Ewigkeit. Kaum wäre ich bei Mama angekommen, müsste ich auch schon wieder los! Klar, *eine* Alternative zu Riekes Fahrdiensten gäbe es: Papa.

Aber Papa »muss« ja arbeiten.

Feigling.

Ich schaue aus dem Seitenfenster und frage mich, was mich erwarten wird, dort, in Mamas Hölle. Wird es so schrecklich sein, wie ich es mir vorstelle? Werden bullig aussehende Mannweiber mit Schlagstöcken und einer Neigung zum Sadismus auf den Gängen patrouillieren? Werde ich gefilzt werden, ob ich Drogen einschmuggeln will? Werde ich zusehen müssen, wie aufsässige Gewalttäterinnen brutal in Schach gehalten werden? Ich hoffe und bete, dass all das nur fiese Klischees sind, dass ich positiv überrascht sein werde, dass ich heute Abend erleichtert und bar meiner Sorgen mit Rieke nach Hause fahren kann.

Doch in meinem Magen sitzt kalt und beklemmend die Angst, dass die Klischees sich als Wirklichkeit erweisen könnten. Denn Mama ist schließlich nicht wirklich irgendwo zu Besuch, nicht bei meiner kerngesunden Oma, nicht in Kur, nicht im Urlaub.

Sondern in der Justizvollzugsanstalt für Frauen.

Oder kurz: im Knast.

Ich schließe die Augen. Mit einem Mal fühle ich mich unglaublich einsam.

Rieke wird heute Abend Timon anrufen, und der wird zu ihr kommen und sie von den Erinnerungen an die Haftanstalt befreien.

Aber ich? Ich werde in meinem stillen Zimmer im Bett liegen und wider Willen an einen Jungen mit ozeangrünen Augen denken. Einen Jungen, auf den ich schon immer gewartet, nach dem ich schon immer gesucht habe. Einen Jungen, in dessen Nähe ich für ein paar wundervolle Minuten die Hoffnung verspürt habe, ich könnte mich irgendwie aus diesem verfluchten Albtraum befreien. Könnte den Kampf um mein Glück und meine Zukunft aufnehmen – und gewinnen. Könnte *mein* Leben führen, mein eigenes, losgelöst von meinen Eltern, von ihrer Schuld und ihren Problemen. Wir haben es in der Hand, hat Nick gesagt. Haben wir das?

Mich überfällt der ebenso heftige wie irrationale Wunsch, die Zeit zurückzudrehen, um mir diese Hoffnung samt Nick zurückzuerobern. Ich möchte wieder mit Nick am nächtlichen Strand liegen, möchte in seinen Armen die Welt vergessen, möchte Trost und Wärme spüren und tief in mir wissen, dass er mich nicht nur aus Berechnung so sanft küsst. Ich möchte ihm sagen, dass wir es miteinander versuchen sollen und dass ich mein Dasein nicht bestimmen lassen will von Mamas und Papas zerbrochenen Träumen. Ich möchte alles anders machen, als ich es getan habe in jener Nacht vor vier Wochen, denn ich möchte die Chance bekommen, mehr von Nick kennenzulernen – vom *wahren* Nick. Dem Nick, der nicht der strahlende, frauenverschleißende Superheld ist. Dem Nick, den ich erahnt habe, als ich in seinen nachdenklichen Augen versunken bin, und den er mir in der Schule so beharrlich verweigert.

Aber eine Zeitmaschine gibt es nicht.

Und die Wirklichkeit – Nick liebt Astrid, und Mama sitzt im Knast – ist verdammt noch mal nicht zu ändern.

14

Nick

Seit mir der Gedanke zum ersten Mal gekommen ist, geht er mir nicht mehr aus dem Kopf: Vielleicht könnte ich bei diesem Gerechtigkeits-Projekt ja ein Team mit ihr bilden.

Schon klar, irgendwie ist es schizophren. Ich will Svea vergessen, und dann plane ich, mehrere Stunden pro Woche mit ihr an einem Schulprojekt zu arbeiten! Aber da unsere Knutscherei nun schon einen Monat her ist und Svea mir immer noch im Kopf herumspukt, *muss* ich irgendetwas tun. Ich muss sie dazu zwingen, sich mit mir auseinanderzusetzen, um mich zu hassen oder sich in mich zu verlieben.

Denn so wie jetzt kann es nicht weitergehen.

Sogar Astrid wird langsam misstrauisch. Warum ich geistig so abwesend sei, wollte sie letztens wissen, und warum ich ständig den Schulhof mit den Augen absuchen würde. Ob ich schon wieder eine andere hätte? Wo ich doch hoch und heilig versprochen hätte, dass ich sie nie wieder betrügen würde?

Ich habe Astrid versichert, dass ich, seit wir wieder zusammen seien, keine geküsst hätte als sie allein. Und das Verrückte ist: Es war noch nicht einmal gelogen. Denn so gerne ich früher in fremden Revieren gewildert habe, so treu bin ich Astrid jetzt.

Allerdings nicht in Gedanken. Denn in meinen Gedanken gibt es nur noch *sie*.

Ich fluche leise vor mich hin, während ich versuche, mich auf meine Deutsch-Hausaufgaben zu konzentrieren. Doch Sveas Gesicht schiebt sich ein ums andere Mal in meinen Sinn, und das nervt! Was ist bloß los mit mir? Warum kann ich sie nicht einfach abhaken? Ich habe Dutzende von Mädchen vor ihr geküsst, und an keine habe ich danach länger als ein paar Tage gedacht! Liegt es daran, dass Svea die Erste ist, die mich abgewiesen hat? Sonst war es immer umgekehrt. Bin ich einfach nur gekränkt?

Oder liegt es daran, dass ich mich ihr in jener Nacht geöffnet habe, spontan und ohne zu zögern? Ich habe Svea meine ernste, kämpferische Seite gezeigt, die, die ich sonst vor allen Menschen sorgfältig verberge. Und ich hatte den Eindruck, sie mochte diese Seite sogar – jedenfalls bis zu dem Moment, als sie mich zurückgestoßen hat.

Oder kann ich Svea etwa deshalb nicht vergessen, sinniere ich, weil ich in ihrer Nähe diese merkwürdige Empfindung von, na ja, *Gleichklang* hatte? Als könne ich das, was sie fühlt, ebenfalls fühlen … wie ein Seismograf, der die Erschütterungen ihrer Seele aufspürt und in meiner eigenen Seele widerspiegelt. Ein Seismograf, der obendrein das absurde Bedürfnis in mir erzeugt, Sveas geheimnisvollen Schmerz auf mich zu nehmen und sie vor allem und jedem zu beschützen.

Ein Seismograf?!

Ich reibe mir über die Stirn. Okay, Nick Pietersen, einmal tief durchatmen! Das alles ist realitätsferner Bullshit, und ich selbst scheine drauf und dran zu sein, mich in einen völligen Spinner zu verwandeln. Nächstens fange ich noch an, Gedichte zu schreiben! Oder die himmlischen Mächte um Rat anzurufen.

Ich möchte lachen – über mich selbst und meine abgedrehten Gedanken –, aber ich kann es nicht.

Ich kann nicht über mich lachen, und ich kann Svea nicht vergessen.

Zum ersten Mal, seit ich kein Kind mehr bin, habe ich das Gefühl, vollkommen die Kontrolle verloren zu haben.

Und das macht mir eine Scheißangst.

Unruhig stehe ich auf und lasse Hausaufgaben Hausaufgaben sein. Ich schaue aus dem Fenster in den Septembersonntag und will nichts als mich ablenken, die Kontrolle wiedergewinnen, und zwar sofort. Aber zum Kitesurfen – das Einzige, worauf ich neben Svea Lust hätte – kann ich nicht, da der Tag zwar mild und schön ist, aber leider vollkommen windstill. Und in den Garten gehen und ein bisschen an meinem Anhänger rumbasteln kann ich auch nicht, weil Uli total machomäßig im Liegestuhl rumhängt. Sein Anblick sowie die Tatsache, dass er meine Mutter ununterbrochen rumscheucht, machen mich krank.

Also latsche ich ins Zimmer nebenan, wo mein Computer, die Playstation und die Musikanlage stehen. Während der nächsten halben Stunde mache ich lustlos Zombies nieder, drücke Astrid weg, als sie versucht, mich auf dem Smartphone zu erreichen, und drücke auch Christian weg, der kurz danach anruft.

Und weiß nach all diesen sinnlosen Handlungen endgültig, dass sich etwas ändern muss.

Ich springe auf, durchquere mit langen Schritten das Zimmer und bleibe vor dem bodentiefen Spiegel stehen, den meine Mutter unbedingt hier aufhängen wollte. (»Du weißt doch, mein Liebchen, dass dein Vater es nicht mag, wenn du schlampig zum Essen kommst!«) Aus Prinzip habe ich seit Jahren nicht mehr in diesen Spiegel geschaut, habe T-Shirt oder Hemd aus der Hose hängen lassen und meine wilden Haare, die Uli seit jeher ein Dorn im Auge waren, extra verstrubbelt, bevor ich zu meinen Eltern runtergegangen bin.

Aber jetzt baue ich mich vor dem Spiegel auf, schaue mir fest in die Augen und schwöre mir genau zwei Dinge.

Erstens: Ich werde mit Svea, und niemandem sonst, dieses Projekt bearbeiten, denn ich will, ich muss sie besser kennenlernen. Frau Hollenkamp, meine Fachlehrerin in »Werte und Normen«, ist sehr jung, ledig und hat einen Narren an mir gefressen. Also sollte ich es ja wohl irgendwie hinkriegen, ihre Entscheidung, wer mit wem ein Team bildet, in meinem Sinne zu beeinflussen. (Heilige Scheiße, nehme ich mir etwa gerade vor, Svea zuliebe *mit einer Lehrerin* zu flirten?!)

Zweitens: Ich werde herausbekommen, warum Svea mich zurückgestoßen hat, wo ihre Blicke mir doch nach wie vor beweisen, dass meine Beziehung zu Astrid sie kränkt.

Ich nicke meinem Spiegelbild grimmig zu, bemerke im gleichen Moment, dass ich mich dringend mal wieder rasieren müsste, und will mich gerade abwenden, als mein Vater einen harschen Befehl durch den Garten bellt.

Unwillkürlich versteife ich mich. Sehe im Spiegel, wie sich meine Muskeln anspannen, und ergänze meine beiden Beschlüsse durch einen dritten: Ich werde nie wieder zulassen, dass meine Mutter gezwungen ist, langärmelige Blusen zu tragen. Egal, wie schändlich sie mich früher im Stich gelassen hat, *ich* werde nicht dabei zusehen. Ich kann es besser machen als sie, ich kann sein, wer und wie ich will. Ich kann handeln.

Das Leben ist, was wir daraus machen, habe ich in jener Nacht zu Svea gesagt. *Wir haben es in der Hand, wir selbst, von dem Zeitpunkt an, da wir keine Kinder mehr sind.*

Wünsche ich mir das nur?

Oder ist es die Wahrheit?

Höchste Zeit, das herauszufinden.

15

Svea

Ich sitze auf einem ungemütlichen Holzstuhl an einem hässlichen Tisch, warte auf Mama und wünsche mich weit, weit weg. Am besten auf mein erträumtes Forschungsschiff, oder raus zu Rieke, ins Café. Zumindest aber irgendwohin, wo es nicht ganz so deprimierend ist, wo die blassgelbe Wand nicht abblättert und wo es nicht stickig und miefig ist, weil es nur ein einziges kleines Fenster gibt.

Mein Blick fliegt zu den anderen drei Tischen des Besucherzimmers, die viel zu nah beieinander stehen, als dass ein noch so geringes Gefühl von Privatsphäre aufkommen könnte. Tisch Nummer eins wird von einer jungen, sehr dicken Frau mit rosa Haaren belegt. Sie scheint Besuch von ihren Eltern zu haben, die ihr ununterbrochen leise, gezischte Vorwürfe machen. An Tisch Nummer zwei sitzt eine verhuschte Frau mit einem Kerl, der wenig sagt, dafür aber nervös mit den Fingerknöcheln auf die Tischplatte klopft. Und an Tisch Nummer drei befinden sich, dem Aussehen nach zu urteilen, zwei Schwestern in den Zwanzigern, die allerdings durch eine mitten auf den Tisch montierte Scheibe voneinander getrennt sind.

Verstohlen beobachte ich die beiden Schwestern und frage mich, wie es wohl ist, sich nicht berühren zu dürfen, selbst wenn es einen dazu drängt. Tröstend die Hand einer Gefangenen zu drücken – warum sollte das verboten sein?

Ich fasse mir ein Herz und wende mich an die Wärterin, die auf einer Art Podest sitzt und von dort aus den Raum überwacht. Da das Besucherzimmer so klein ist, muss ich für meine leise gestellte Frage noch nicht einmal aufstehen.

»Entschuldigen Sie, aber ist es nicht ziemlich«, ich schlucke, dann spreche ich das einzige Wort aus, das mir passend erscheint, »unmenschlich, Berührungen zu verbieten, wenn man sich nur so selten sehen darf?«

Die Wärterin schaut mich freundlich an, offensichtlich fühlt sie sich von meiner scharfen Wortwahl nicht im Mindesten angegriffen. Vielleicht hat sie die Frage schon zu oft gehört, als dass sie sich noch darüber aufregen würde.

»Schön ist es natürlich nicht«, sagt sie leise. »Aber wenn wir die Scheibe nicht hätten, dann dürften wir den Frauen, die wegen Drogendelikten hier sind, überhaupt keinen Besuch erlauben. Und das wäre noch schlimmer, als sich nicht berühren zu dürfen, oder?«

Ich brauche eine Sekunde, bis ich den Sinn ihrer Worte erfasse. Dann aber wird es mir klar: Wer angefasst wird, kann Drogen zugesteckt bekommen.

Ein weiteres Stück meiner heilen Welt bröckelt ab.

Das Merkblatt fällt mir ein. Meine Mutter hatte es zusammen mit der Ladung zum Strafantritt zugeschickt bekommen. Minutiös war dort aufgelistet, was sie ins Gefängnis mitnehmen durfte und was nicht. Eine Kulturtasche zum Beispiel war erlaubt, aber nur, wenn sie kein Innenfutter hatte. Nagellack und Nagellackentferner waren strikt verboten, Zeitschriften und Bücher ebenfalls. Meine Mutter hat sich ziemlich aufgeregt deshalb, hat von Schikane gesprochen und vom staatlichen Verbot, sich im Gefängnis weiterzubilden.

Jetzt aber begreife ich, dass es darum überhaupt nicht geht. Es geht darum, dass man Nagellackentferner schnüffeln kann und dass sowohl Bücher als auch Innenfutter sich dazu eignen, Drogen einzuschmuggeln.

Mein Gott, was war ich naiv.

Ich schaue die Wärterin an, weiß nicht, was ich auf ihre Erklärung antworten soll. Dass Mama nun in einer Welt lebt, in der ein solches Misstrauen regiert – und sogar zu Recht –, macht mich sprachlos vor Kummer.

Sie gehört nicht hierher, schreit es in mir, *sie gehört nach Hause, zu uns! Wir können ihr doch selbst helfen, sich zu bessern!*

Doch im selben Moment weiß ich, dass das nicht stimmt. Denn wir konnten Mama eben nicht helfen. Sie hat den gleichen, dummen Fehler immer und immer wieder gemacht, bis dem letzten Richter, vor dem sie stand, der Kragen geplatzt ist. Und deshalb ist sie jetzt hier, in der Welt totaler Überwachung.

Denn Vertrauen in ihre Ehrlichkeit und Rechtschaffenheit verdient eine Wiederholungstäterin genauso wenig wie eine Drogenabhängige.

Ist das so?

Oder sollte nicht vielmehr jeder Mensch neu anfangen dürfen, an jedem Tag seines Lebens? Vor allem, wenn dieser Mensch nicht böse ist, sondern einfach nur frustriert, von den Niederungen des Alltags, vom fehlenden Glanz seines Lebens. Frustriert wie meine Mutter. Denn böse ist sie nicht, ganz bestimmt nicht. Sie ist nicht verschlagen oder gemein oder brutal, und das wissen die hier drinnen doch, oder? *Oder?*

Die Wärterin scheint zu ahnen, welch verzweifelte Verwirrung in mir herrscht, denn nun lächelt sie mir zu und sagt: »Dich und deine Mutter betrifft das Berührungsverbot ja nicht. Keiner hier hat ein Problem damit, wenn ihr beiden euch umarmt, okay?«

Ihre Augen blicken so verständnisvoll und ihre Stimme klingt so freundlich an diesem deprimierenden, muffigen Ort, dass mir beinah die Tränen kommen.

Ich schlucke sie runter und versuche, zurückzulächeln. Du bist siebzehn!, ermahne ich mich innerlich. Du wirst *nicht* anfangen zu heulen! Auf keinen Fall.

Also lächele ich tapfer, wende mich dann ab und betrachte eingehend die Tischplatte, während ich versuche, das Gute an unserer familiären Situation, an diesem Ort, dieser Welt zu sehen – irgendwas, es muss gar nicht so umwerfend viel sein. Immerhin, sage ich mir, widerlegt diese Wärterin schon mal das erste meiner Vorurteile: Sie ist keine sadistische Kampfmaschine, sondern erinnert mich eher an eine Vertrauenslehrerin.

Etwas beschämt nehme ich mir vor, sie nicht mehr mit dem Ausdruck »Wärterin« zu bezeichnen. »Vollzugsbedienstete« sagt man hier, so viel habe ich schon gelernt. Vorhin, als mich zwei weitere »Vollzugsbedienstete« in Empfang genommen, mich über den Ablauf dieses Besuches belehrt und dann tatsächlich gefilzt haben (und weder Waffen noch Drogen oder Nagellackentferner bei mir fanden). Ich fragte, ob Mama von einer Wärterin ins Besucherzimmer gebracht würde, und sie erklärten mir höflich, aber bestimmt, diese Bezeichnung würde im Gefängnis nicht so gerne gehört: »Sogar im Zoo heißt es nicht mehr Wärter, sondern Tierpfleger, nicht wahr? Und weißt du, unsere Vollzugsbediensteten haben alle einen Eignungstest und eine spezielle Ausbildung hinter sich. Wer kein Menschenfreund ist, der bekommt gar nicht erst die Chance, sich hier drinnen zu beweisen. Wir wollen unsere Gefangenen ja nicht in erster Linie bestrafen, sondern möchten sie dazu befähigen, in ein sozialverträgliches Leben zurückzufinden.«

Wer's glaubt, dachte ich vorhin nur bitter. Schöne, leere Worte, wahrscheinlich bei Dienstantritt auswendig gelernt. Aber gut, nennt eure Wärterinnen halt anders – sie bleiben doch, was sie sind. Ein Hausmeister steigt schließlich auch nicht zur Führungskraft auf, nur weil er von sich selbst als *Facility Manager* spricht.

Jetzt aber schwanke ich. Bin geneigt, denen, die hier die Macht haben, zu glauben, auch wenn ich mir dabei wie eine Verräterin vorkomme. Sollte ich nicht gegen jeden an diesem Ort innerlich rebellieren, einfach deshalb, weil meine Mutter es hasst, dass sie hier sein muss?

Noch während ich grübele, tritt sie an den Tisch.

Mein Kopf ruckt nach oben, ich springe auf, krachend fällt der Stuhl um.

»Mama«, will ich sagen, doch es kommt nur ein Krächzen aus meiner Kehle, während ich mit Händen, die plötzlich beben, ungeschickt den Stuhl wieder aufstelle.

Meine Mutter lächelt. »Nur die Ruhe, mein Schatz«, sagt sie, und dass sie dabei klingt wie immer – eben wie *Mama*, meine Erziehungsberechtigte, der Inbegriff meiner Kindheit, Mama, an der ich mich in pubertärem Trotz abgearbeitet habe, Mama, der ich so absolut vertraut habe –, lässt nun doch die Tränen hervorschießen.

Mama nimmt mich in den Arm, und ich heule und denke an das Berührungsverbot, fühle absurde Dankbarkeit darüber, dass meine Mutter nicht aufgrund von Drogendelikten hier ist, halte Mama so fest, dass es mir in jeder anderen Situation mehr als peinlich wäre, schließe die Augen und atme ihren Mama-Geruch zitternd und schniefend ein, tief, so tief es geht.

Nick hat nach Meer und Sonne gerochen, frei und wild und hoffnungsvoll.

Mama riecht nach meiner längst verlorenen Kindheit.

Und meine Tränen fließen und fließen.

»Es ist alles so ätzend zu Hause«, schluchze ich in ihr Haar, das dunkelbraun gelockt ist wie meins, sich jetzt aber spröde anfühlt. Durfte sie eigentlich ihr Shampoo mitnehmen, ihre Creme-Kur? Plötzlich erscheint es mir wie der Inbegriff unseres gemeinsamen Jammers, dass ihr Haar nicht mehr weich ist.

Scheiße, ich bin vollkommen neben der Spur.

»Das kann ich mir vorstellen, mein Schatz«, flüstert sie unglücklich in mein Ohr. »Oh Gott, es ist so ungerecht, dass sie mich einfach wegsperren, zusammen mit diesem … diesem Pack hier!«

Und bei diesen Worten macht etwas in mir »klick«.

Langsam löse ich mich aus ihren Armen.

Hält meine Mutter sich etwa immer noch für etwas Besseres? Stellt sie sich immer noch über alle anderen, glaubt sie immer noch, einen Anspruch auf Sonderbehandlung zu haben, einfach, weil sie *sie* ist? So wie sie geglaubt hat, dass ihr diese verdammte Gucci-Tasche zustehen würde … und der Prada-Rock … und der blöde Lippenstift, der sich lediglich dadurch auszeichnete, dass er in einer teuren Parfümerie stand anstatt im Drogeriemarkt.

Warum, Mama? Warum konntest du nicht einfach glücklich mit uns sein? Unser Leben war doch schön.

Für sie nicht, schießt es mir durch den Kopf. Nicht schön genug.

Meine Tränen versiegen. Ich blicke Mama ins Gesicht, und sie kommt mir fremd vor, denn ich verstehe sie nicht mehr. Nicht ihre Sehnsüchte, nicht ihr Unvermögen, den vielen Versuchungen, die sie sich nicht leisten konnte, zu widerstehen.

Vielleicht habe ich meine Mutter ja nie wirklich gekannt.

Die Erkenntnis, dass es so sein muss, geht mit einem dumpfen, resignierten Schmerz einher, einem Schmerz, der schon in mir pocht, seit ich im August von ihrer Verurteilung erfahren habe, und den ich wochenlang unterdrückt habe. Jetzt erlaube ich mir zum ersten Mal, ihn wahrzunehmen. Und er fühlt sich nicht … edel an. Nein, es ist kein großes, tragisches Gefühl, nicht einmal das.

Es ist einfach nur niederdrückend und schäbig.

Denn Mama ist keine verfolgte Unschuld, und ich bin nicht die Heldin, die mit aller Kraft dafür kämpfen wird, sie vor ihren Feinden zu erretten. Nichts an unserer Situation ist heroisch. Eigentlich passt dieser schreckliche Besucherraum ganz gut zu uns: Er ist genauso deprimierend wie die Wahrheit über meine Familie.

Ich schaue meiner Mutter in die braunen, bernsteingesprenkelten Augen, in denen zwar Traurigkeit steht, aber keine Spur von Reue, und der lang unterdrückte Zorn kocht in mir hoch, so heiß und mächtig, dass ich nicht dagegen ankomme.

Ruppig sage ich: »Ungerecht findest du es, dass du hier bist? Du wusstest doch, dass es so kommen würde, wenn du noch einmal erwischt würdest. Du hättest damit aufhören können. Du hättest an *uns* denken können, an Papa und mich. Warum hast du es nicht getan? Waren wir dir nicht wichtig genug?«

Mama lässt die Arme sinken. Scharf sagt sie: »Sprich nicht so mit mir, Svea.«

»Wie soll ich nicht mit dir sprechen, Mama? *Ehrlich?*«

Sie starrt mich an.

Dann setzt sie sich an den Tisch, streicht sich durch die Locken und atmet tief durch.

»Schätzchen. Wollen wir die zwei Stunden wirklich damit verbringen, uns zu streiten? Komm, setz dich. Ich verstehe ja, dass du durcheinander bist, aber … setz dich. Bitte.«

Also setze ich mich ihr gegenüber.

Wir schauen uns an.

Und ich habe keine Ahnung, was ich mit ihr reden soll.

Ich möchte mit meiner Mutter streiten, mich mit ihr auseinandersetzen, bis sie versteht, was ich ihr vorwerfe und worunter ich leide. Aber vor all diesen Menschen, vor der Vollzugsbediensteten, vor den anderen Gefangenen und ihren Angehörigen, ist das völlig unmöglich.

Dabei bräuchte ich, wird mir klar, nichts dringender als Mamas Versicherung, dass es ihr leidtut. Dass sie aus ihren Fehlern gelernt hat. Dass sie sich bemüht, sich an das Leben im Gefängnis anzupassen, damit sie die Voraussetzungen erfüllt, um nach zwei Dritteln der Zeit entlassen zu werden. Ich möchte, dass sie mir verspricht, dass nach ihrer Haft alles, alles anders wird, besser, heiler. Dass sie trotz allem meine Mutter ist, die ich lieben und zu der ich aufschauen kann, wenn auch nur ein ganz kleines Stückchen. Sie braucht nicht auf einem Podest zu stehen, das tun Eltern erwachsener Kinder nie.

Aber, verflucht, im Staub soll meine Mutter auch nicht liegen.

Ich merke, dass die Dicke mit den rosa Haaren neugierig zu uns rüberschaut. Wahrscheinlich ist sie froh, dass sie nicht die Einzige ist, die Stress mit ihren Verwandten hat. Ich lächele ihr schief zu, und sie lächelt zurück.

Dann zwinge ich mich, Mama wieder ins Gesicht zu sehen. Und statt ihr zu sagen, was mich tief in meinem Herzen bewegt, fange ich an, ihr sachliche Fragen über ihr neues Leben zu stellen.

Was zumindest verhindert, dass ich noch einmal vor aller Augen in Tränen ausbreche.

16

Nick

Sie steht vor dem Schwarzen Brett, starrt ungläubig darauf und schüttelt ununterbrochen den Kopf. Dann reißt Svea ihren Blick von der Liste los, auf der ihr und mein Name in der Spalte »Teams« zusammen eingetragen sind, und schlägt sich zornig mit der Faust in die Handfläche.

Na, das fängt ja super an.

Ich biege spontan in den Gang ein, der in Richtung Physik- und Chemieräume führt. Da muss ich zwar nicht hin, aber nach der Woche, die hinter mir liegt, habe ich jetzt keinen Nerv, mich Svea zu stellen. Nicht, wenn sie so wütend darüber ist, in Zukunft Zeit mit mir verbringen zu müssen.

Vielleicht war mein kleiner Flirt mit Frau Hollenkamp, obgleich sehr erfolgreich, doch keine so gute Idee.

Niedergeschlagen lehne ich mich gegen die Wand. Der Gang ist leer, keiner sieht, wie ich den Kopf hängen lasse, also kann ich es mir wohl erlauben.

»Hey, Alter. Was ist denn mit dir los?«

Gut, der Gang war doch nicht leer. Aber immerhin ist es bloß Christian, der mir gefolgt ist.

Christian, mein ältester Kumpel.

Der Einzige, dem ich in Ansätzen erzählt habe, wie meine Wirklichkeit aussieht.

Ich hebe den Kopf. »Was hältst du von einer Galeere für sadistische Zahnärzte? So richtig mit Aufsehern, Peitschen und Kielholen. Ist das nicht eine fantastische Vorstellung?«

Christians Blick verdunkelt sich. »Du willst mir jetzt nicht erzählen, dass er es wieder getan hat, oder? Ich dachte, damit wärt ihr beiden durch.« Er lehnt sich neben mich an die Wand.

»Sind wir auch. Aber es gibt ja noch meine Mutter. Und die spielt das Opfer wesentlich williger als ich.«

»Deine Mutter? Oh, Scheiße«, murmelt Christian bestürzt. »Scheiße!«

»Du sagst es. Alles echt Scheiße.«

Am liebsten würde ich mit der Faust gegen den Putz donnern. Aber hey, ich bin nicht Uli. *Ich* kann mich beherrschen.

Christian zieht geräuschvoll die Nase hoch, kratzt sich am Arm, kneift die Augen zusammen. Alles nur, weil er nicht weiß, wie er mir helfen soll. So wie ich nicht weiß, wie ich meiner Mutter helfen soll.

»Das Schlimmste ist, dass sie wieder alles abgestritten hat«, sage ich wütend. »Er muss es getan haben, als ich kitesurfen war, und sie hat sich dann vor mir damit rausgeredet, dass sie sich an der Tür gestoßen hätte. Verdammt, Christian, wie soll man jemanden retten, der sich nicht retten lassen *will*?«

Schwer hängt die Frage in der Luft. Erfüllt das Schweigen, legt sich auf die Hintergrundgeräusche unserer Schule, das Mädchenlachen, das Fußgetrappel, das Türenklappen. Meine Ohnmacht und Ratlosigkeit lassen den harmlosen Alltag verblassen, ersticken ihn. Ersticken *mich*. Wie gerne wäre ich jetzt auf dem Meer! Wie gerne würde ich kiten, kämpfen, gewinnen, vergessen.

»Und wenn du ausziehst?«, schlägt Christian zaghaft vor. »Deine Mom ist selber schuld, wenn sie alles mit sich machen lässt. Aber du, Nick, du musst dich nicht dazu zwingen lassen, ihnen dabei zuzuschauen.«

»Einfach wegsehen kann ich aber auch nicht. Ich meine, es geht hier immerhin um meine Mutter!«

Christian zuckt mit den Schultern. »Klar, aber sie hat dir früher schließlich auch nicht gehol… ach, keine Ahnung, was das Richtige ist. Triff auf jeden Fall keine vorschnellen Entscheidungen! Komm erst mal wieder auf den Boden, lenk dich ab. Hey, wir zocken eine Nacht durch! Wäre das was? Oder … oder du gehst mit Astrid ins Bett.« Er grinst vorsichtig. »Das hilft doch immer.«

Ich atme tief durch, versuche, sein Grinsen zu erwidern. Zocken und Sex als Mittel, nicht denken zu müssen – das ist vertrautes Terrain, für ihn und für mich. Und deshalb könnte ich einfach nicken. Könnte tun, was ich seit Jahren tue, und mich auf jede nur denkbare Art ablenken.

Doch ich weiß, dass es nicht mehr funktionieren wird.

Weil ich endgültig genug davon habe, wegschauen zu müssen. Und weil ich Sex, so verrückt das auch klingt, nur noch mit einem einzigen Mädchen haben möchte.

Und dieses Mädchen ist nicht Astrid.

Ich stoße mich von der Wand ab.

»Zocken klingt zwar gut«, sage ich zu Christian und straffe die Schultern. »Aber ich schätze, ich muss mir was Neues überlegen.«

17

Svea

Es ist Freitagnachmittag, draußen geht mit prasselndem Regen und Orkanböen die Welt unter, und ich sitze in der *Wellenbar*. Eigentlich könnte ich mich gemütlich zurücklehnen, durch die bodentiefen Fenster auf das stürmische Herbstmeer blicken und behaglich meinen heißen Kaffee schlürfen, während ich auf Rieke und Timon warte. Doch stattdessen klammere mich wie ein Koffeinjunkie an die Tasse und kriege kaum mit, was um mich herum geschieht.

Weil ich vollauf damit beschäftigt bin, mit dem Schicksal zu hadern.

Ich meine, so einen Zufall *kann* es doch gar nicht geben, oder? Hat sich denn alles gegen mich verschworen? Reicht es nicht, dass ich seit dem Besuch im Knast wie in Trance durch die Schule geistere? Ich bin unfähig, mich von der Erinnerung zu lösen, von meiner Mutter mit den glanzlosen Haaren, von den Bildern, die sie in meinen Kopf gepflanzt hat und die nun munter vor sich hin wuchern, üppig und giftig.

Was nützt es da, dass ich die Wärterinnen, pardon: Vollzugsbediensteten, eigentlich ganz nett fand? *Ich* sitze ja auch nicht dort ein. *Ich* kann es mir leisten, die Menschen nett zu finden, denen die Herrschaft über die Türschlösser obliegt. »Schlüsselträgerinnen« nennen die Gefangenen sie, hat meine Mutter erzählt. Was für ein Wort! So unschuldig und grausam zugleich. Ich schaudere.

Und jetzt auch noch das, dieses »Werte und Normen«-Projekt. Nick und ich, in einem Team! Wie soll ich das überstehen? Wie soll ich Nick eine volle Schulstunde lang gegenübersitzen? Oder, schlimmer noch, direkt neben ihm hocken, so nah, dass wir uns berühren könnten? Albern von mir, ich weiß. Er ist nichts als ein Kerl, mit dem ich vor Wochen mal geknutscht habe – ein billiger Trost, den ich mir in einer schwachen Stunde gegönnt habe. So sollte ich es sehen.

Genau so.

Doch ich kann es nicht.

Ich werde sauer auf mich selbst. Noch nicht einmal, wenn ich echten Liebeskummer hatte, wegen Jörn oder wem auch immer, habe ich mich je so gequält! Und jetzt mache ich mich völlig verrückt, bloß weil ich seit unserem Kuss dieses absurde Gefühl habe, dass Nick der Eine ist. Dass nur er mich versteht, instinktiv und absolut, und dass nur er imstande sein wird, meine verwundete Seele zu heilen.

Und *ich* habe mich über Riekes romantische Ader lustig gemacht! Oh Mann.

Das muss aufhören, beschließe ich grimmig, am besten sofort. Auf jeden Fall aber vor Beginn dieses unseligen Projekts.

Meine bescheuerte Sehnsucht nach Nick kann ich zwar nicht abstellen. Aber ich kann dafür sorgen, dass er denkt, er sei mir vollkommen egal. So egal wie ich ihm – denn entgegen der Überzeugung meines uneinsichtigen Herzens schert sich Nick Pietersen, so viel ist klar, einen Dreck um mich. Er und Astrid sind fester zusammen denn je, es gibt nicht einmal mehr Gerüchte, dass Nick fremdgehen würde. Er gehört nun zu hundert Prozent seiner Freundin, und der fiese Stich im Herzen, den mir dieser Gedanke versetzt, ist *vollkommen* unangemessen.

Ich stelle die Tasse ab, greife nach meinem Handy und tippe eine Nummer ein. Dann schaue ich durchs Fenster über das schiefergraue Meer, beobachte die Möwen, die anmutig mit dem Sturm tanzen, und warte.

Er nimmt ab.

Ich hole tief Luft und fange an zu sprechen, bevor mich der Mut verlässt. »Svea hier. Du schuldest mir noch einen Gefallen, richtig? Den würde ich jetzt gerne einfordern. Also hör zu …«

Als Rieke und Timon nass, außer Atem und wie üblich zu spät an meinen Tisch stürzen, fühle ich mich schon wesentlich besser. Jörn hat zugesagt, und die Aussicht darauf, Nick auf diese Weise am ersten Projekttag auf Augenhöhe begegnen zu können, hebt meine Laune beträchtlich.

Allerdings sinkt sie keine fünf Minuten später wieder in vertraute Kellertiefen, als Timon nach dem ersten, unverbindlichen Geplauder plötzlich ernst wird. Er stützt das Kinn in die Hand, mustert mich mit einem Blick, der jedem studierten Therapeuten Ehre machen würde, und sagt: »Das mit deiner Mutter, Svea. Das tut mir echt leid.«

Mein Herz setzt für einen Schlag aus. »Das mit meiner Mutter« ist ein Gesprächsthema, das nicht in die *Wellenbar* gehört. Denn offiziell existiert es ja gar nicht! Hastig blicke ich mich um, ob einer der anderen Gäste Timons Worte gehört hat. Gott sei Dank, niemand schaut neugierig zu uns rüber.

Rieke stößt ihrem Freund den Ellenbogen in die Seite. »Musst du Svea so damit überfallen? Und geht's vor allem ein bisschen *leiser*, du Idiot?«

Überrascht schaut Timon sie an. »Ich war doch leise. Und bei aller Liebe, ich habe nicht die Absicht, Sveas Problem unter den Tisch zu kehren, nur weil es sich nicht für Small Talk eignet! Svea muss damit leben, dass ihre Mutter im Gefängnis ist, und es wird nur schwerer statt leichter«, nun heften Timons graue Augen sich wieder auf mich, »wenn wir ein riesiges Tabu daraus machen. Oder, Svea?«

»Mann, Timon, du …« *bist wirklich jeder Zoll ein verdammter zukünftiger Psychologe,* will ich ätzen, doch plötzlich ist mir zu schwindelig, um zu sprechen. Alles in meinem Kopf dreht sich. Wo gerade noch die Befriedigung über meinen Plan mit Jörn war, klafft jetzt ein schwarzes Loch, aus dem wie zischelnde Schlangen meine Ängste hochschießen: eine lausige Tochter zu sein, ein Klatschmaul, das nicht dichthalten kann, eine Verräterin, die die finanzielle Existenz ihrer Familie gefährdet. Es war so falsch von mir, dass ich es Rieke erlaubt habe, ihren Freund einzuweihen, so falsch, so falsch, so falsch! Wie konnte ich nur?

Doch dann schaue ich in Timons mitfühlende graue Augen.

Wandere weiter zu Riekes besorgten blauen.

Entdecke statt Gefahr, Sensationslust und Verrat nichts als reine Freundschaft.

Und bemerke erstaunt, dass die Schlangen kraftlos in sich zusammensinken.

Also gebe ich mir einen Ruck. »Du hast recht, Timon«, sage ich rau. »Tabus sind nicht gut. Aber ein Idiot bist du trotzdem.«

Er und Rieke ziehen unisono die Augenbrauen hoch.

Ich zucke mit den Schultern und lächele angestrengt. »Na ja, wo es nun kein Tabu mehr zwischen uns gibt, werdet ihr euch stundenlang mein Gejammer über den Knast anhören müssen. Von A bis Z.«

Beide lachen, leise und erleichtert, und ich denke mit müder Belustigung, dass sie ein süßes Paar sind, auch wenn sie mit ihren identischen Reaktionen wirken, als seien sie seit mindestens hundert Jahren verheiratet.

Wir drei grinsen uns an. Und dann mache ich meine Drohung wahr und fange an zu reden.

Mein Vater hört mir an diesem Abend nicht so interessiert zu wie meine Freunde.

Wir sitzen gemeinsam auf dem Sofa, quälen uns durch ein grottenschlechtes Fernsehprogramm und hätten schon tausendmal die Gelegenheit gehabt, die Kiste einfach auszuschalten, weil es sowieso keine Sekunde lang spannend ist. Aber Papa zappt sich konsequent durch alle Sender, eingeschlossen die mit arabischer Volksmusik.

»Mama musste einen Einweisungslehrgang absolvieren, wusstest du das?«, versuche ich zum wiederholten Male, seine Aufmerksamkeit auf mich zu lenken. »Zwei Wochen lang. Da kriegen sie soziales Training, und sie machen Sport. Man lernt sogar, wie man sich entspannen kann. Ernsthaft, Entspannungsübungen! Im Gefängnis! Ist das nicht krass?«

»Hm«, macht Papa und mustert einen Politiker in einer Talkshow, der etwas von straffen Zügeln faselt, die vonnöten seien. Wer der Kerl ist und wem er die straffen Zügel anlegen will, wissen wir nicht, da Papa erst vor wenigen Sekunden umgeschaltet hat.

»Jetzt muss Mama arbeiten, von sieben bis sechzehn Uhr. Sie muss Karten kleben, ist das nicht ätzend? So was Anspruchsloses! Als hätte sie nur Stroh im Kopf. Aber wenn sie sich weigert zu arbeiten, hat sie keine Chance darauf, nach zwei Dritteln der Haftzeit entlassen zu werden, und sie müsste sogar dafür bezahlen, im Knast zu sein. Wie im Hotel, na ja, natürlich ist es nicht so teuer. Aber trotzdem, ist das zu fassen? Mama regt sich total darüber auf.«

Papa schaut mich kurz an und wendet sich sofort wieder der Talkshow zu.

Verzweifelt fahre ich fort: »Ihre Zelle ist bloß acht Quadratmeter groß, sagt Mama, und es gibt nichts darin als ein Bett, einen Schrank und ein Regal, in der Aufnahmeabteilung hatte sie noch ein Waschbecken und ein Klo, aber im geschlossenen Vollzug, wo sie jetzt ist, darf sie aus ihrem Zimmer raus auf den Flur und darum teilen sich alle Frauen dort den Nassraum und die Toil…«

»Svea«, sagt Papa. »Ich möchte diese Talkshow sehen.«

»Was?«

»Ich höre nichts, wenn du ununterbrochen quasselst. Wir wollten doch fernsehen, oder?«

Sprachlos starre ich ihn an. Und als ich begreife, dass ich mich nicht verhört habe, bricht sich meine Verzweiflung Bahn. Ich springe auf und stelle mich vor den Fernseher.

»Ist das dein Ernst?«, frage ich wild. »Du willst lieber wissen, was irgendein unwichtiger, geifernder Landespolitiker zu einem x-beliebigen Thema von sich gibt, als zu wissen, *wie es Mama geht?*«

Qual steht in Papas Blick, doch er sagt nichts. Weder ja noch nein.

»Du hast sie nicht besucht, Papa. Sie ist deine Frau, sie ist seit sechs Wochen fort, und du hältst es nicht ein einziges Mal für nötig, zu ihr zu fahren! Was ist los mit dir? Was ist los mit *euch?*«

Papa greift nach der Fernbedienung und schaltet den Fernseher aus. Dann schaut er mir lange in die Augen, schweigend, mit sich ringend.

Und gerade, als ich beißend sagen will, dass ich die telepathische Kommunikation leider nicht beherrsche, stützt er die Ellenbogen auf den Knien auf, lässt den Kopf sinken und verbirgt das Gesicht in den Händen.

»Ich habe das alles viel zu lange mitgemacht«, sagt er dumpf. »Du hast ja keine Ahnung, wie lange. Es reicht, Svea. Mir reicht's. Es steht mir bis obenhin.«

Der Rest der Erleichterung, die ich bei dem offenen, befreienden Gespräch mit meinen Freunden in der *Wellenbar* verspürt habe, löst sich in Nichts auf.

Bange Fragen stürmen auf mich ein: Gibt mein Vater etwa auf? Einfach so? Und was genau gibt er auf, meine Mutter, unsere Familie, mich? Warum habe ich bloß nie etwas von den Problemen mitgekriegt, die er mit Mama hatte? Vielleicht hätte ich helfen können, irgendwie, zu Anfang, als noch etwas zu retten war. Aber wann war das überhaupt, der Anfang? Wann hat alles in unserer Familie begonnen, so furchtbar aus dem Ruder zu laufen?

Verdammt, was weiß ich eigentlich von den Menschen, die ich liebe?!

Meine Mutter hat nicht nur einmal geklaut. Das zumindest habe ich erfahren, als die Ladung ankam, ein harmlos aussehender Brief, der sie dazu aufforderte, sich binnen einer Woche im Gefängnis einzufinden, um ihre Haftstrafe anzutreten. Mama war, nachdem sie die Ladung gelesen hatte, viel zu aufgelöst, um mich weiter belügen zu können – und so hat sie mir in groben Zügen die ganze Geschichte erzählt. Zumindest ihre Version davon.

Alles hatte sich hinter meinem Rücken abgespielt, denn »ich wollte dich nicht damit belasten, Schätzchen«. Meine Mutter hat oft gestohlen, »aber natürlich nur in großen Geschäften, denen der Verlust nun wirklich nicht wehgetan hat, Svea. Ich bin schließlich keine Verbrecherin.« Es ist meistens gut gegangen, und dann war Mama für ein paar Wochen zufrieden. Aber dann hat die Frustration über unser beschränktes Familieneinkommen sie wieder übermannt, denn »ich habe es einfach nicht eingesehen, dass ich auf alles, alles verzichten soll«. Sie tat es wieder. Und wieder.

Und wurde erwischt.

Als das zum dritten Mal geschah, musste meine Mutter vor Gericht. Mir erzählte sie etwas von Besorgungen auf dem Festland, doch in Wahrheit wurde sie verurteilt: zu einer ersten Geldstrafe. Später zu einer zweiten, dann zu einer dritten. Danach zu einer Haftstrafe auf Bewährung.

Und schließlich, als auch dem gnädigsten Richter klar sein musste, dass sie es anders nicht lernen würde, kam das Urteil, von dem sie bis zum letzten Augenblick geglaubt hatte, dass es nur ein Irrtum sein könne: elf Monate Gefängnis. Ins Gefängnis, sie? Zu den Schwerverbrechern? Wegen einer dummen Tasche, eines lumpigen Rocks, den paar Euro Schaden? Ach was!

Nichts davon hatte ich, ihr gutgläubiges, naives Kind, in all den Jahren mitbekommen. Nur das Ende, die Katastrophe, die Strafe, die natürlich kein Irrtum war.

Und jetzt blicke ich zu meinem Vater, der zusammengesunken auf der Couch hockt, und frage mich zum ersten Mal, wie es *ihm* damit ging. Mit dem Wissen, dass Mama das Glück unserer Familie mutwillig aufs Spiel setzte, jedes Mal von Neuem, wenn sie nach den Dingen griff, die sie sich so dringend wünschte. Hat er sich verraten gefühlt? Gedemütigt, weil er seiner Frau nicht bieten konnte, was sie sich wünschte? Hat er versucht, ihr zu helfen? Oder hat er zugeschaut und alles verdrängt, so lange, bis er erkannt hat, dass er meine Mutter schon längst nicht mehr liebt?

Leise frage ich: »Verlässt du Mama? Besuchst du sie deshalb nicht im Gefängnis – weil du dich von ihr scheiden lassen willst?«

Papa hebt den Kopf. Dann steht er auf, kommt um den Couchtisch herum zu mir und nimmt mich in die Arme. Wir sind fast gleich groß, seine Bartstoppeln kratzen an meiner Stirn.

»Ich weiß es nicht«, sagt er heiser. »Wir haben so viel falsch gemacht, deine Mutter und ich, und jetzt … Ich weiß einfach nicht, ob es noch einen Sinn hat.« Er seufzt. »Aber ich denke, wir müssen irgendwie weitermachen, zumindest fürs Erste. Müssen unser Leben weiterleben. Auch wenn mir das im Moment nicht besonders gut gelingt, das gebe ich zu.«

Ich schweige, schlucke meine Tränen runter. Papa bringt ein wenig Abstand zwischen uns und streicht mir über die Wange. »Das Leben ist nun mal nicht so, wie wir es gerne hätten. Damit müssen wir uns abfinden, wir alle. Wir müssen uns bescheiden, Svea. Deine Mutter hat das nie begriffen.«

Eine Erinnerung zuckt durch meinen Kopf. Etwas ganz Ähnliches wie Papa habe auch ich einmal gesagt, zu Nick, doch er hat mir widersprochen.

Wir müssen für unsere Träume kämpfen, wir müssen uns auflehnen gegen diejenigen, die uns kleinhalten wollen.

Ich höre Nicks Worte so deutlich, als stünde er neben mir, und plötzlich wird mir klar: Papa ist es, der mich kleinhalten will. Er denkt zwar, es sei zu meinem Besten, doch das ist es nicht. Ich möchte Papas schicksalsergebene Haltung nicht zu der meinen machen, möchte mich mit der Trostlosigkeit meiner Situation nicht abfinden! Ich möchte kämpfen, für meine Zukunft, meine Träume, meine Selbstbestimmung.

Nick ist es, dem ich glauben will – dem hoffnungsvollen, mutigen, starken und unerreichbaren Nick.

18

Nick

Montagmorgen, »Werte und Normen«. Seit der ersten Klasse habe ich mich nicht mehr so auf die Schule gefreut, sogar meine Eltern sind mir für den Moment egal.

Ich stehe mit Christian, Hannes und ein paar anderen in dem Raum, den wir während der Projektzeit mit unseren Team-Partnern nutzen werden, und sehe beim Herumstehen hoffentlich gut aus. Zumindest habe ich mir heute Morgen echt Mühe mit meinen Klamotten gegeben. Was mir vor mir selbst schon fast peinlich war: Noch nie stand ich volle fünf Minuten vor meinem Kleiderschrank und habe mich mit der Frage herumgeschlagen, ob meine Muskeln wohl in diesem oder eher in jenem Shirt am besten zur Geltung kommen. (Und das werde ich niemals jemandem erzählen, nicht mal Christian. Okay, *vor allem* nicht Christian. Der würde sich über mich kaputtlachen, und zwar zu Recht.) Wie auch immer, jetzt lungere ich pseudo-entspannt herum, danke Gott im Stillen dafür, dass Astrid nicht hier, sondern im Nebenzimmer auf ihren Partner wartet, und halte Ausschau.

Nach einem Mädchen, das offensichtlich gar nichts davon hält, früher hier aufzukreuzen als unbedingt nötig.

Ich fixiere die Tür (zum Teufel mit meiner Lässigkeit), warte und warte und warte und … jep, da ist sie! Zusammen mit …

Hallo?

WER IST DER KERL NEBEN IHR?

Aufgebracht mustere ich Sveas Begleiter. Er ist groß, gut gebaut, hat schwarze Locken und blaue Augen, trägt eine Lederjacke und Jeans. Ist dieser Adonis etwa unser neuer Referendar? Denn ein Schüler ist er definitiv nicht, er sieht um einiges älter aus als wir.

Aber wenn er ein Referendar ist, dann, verdammt noch mal, macht er sich gerade strafbar! Referendaren ist es nämlich mit Sicherheit nicht erlaubt, den Arm um eine hübsche Schülerin zu legen und ihr etwas ins Ohr zu säuseln. Etwas, das sie dazu bringt, ihm ihr Gesicht zuzuwenden und ihn … zu küssen?!

Svea küsst den Lederjacken-Adonis.

Der Kerl ist ihr Freund.

Fuck, fuck, fuck!

Ich bin nicht der Einzige, der das Paar im Türrahmen neugierig beäugt, aber ich bin mit Sicherheit der Einzige, der dabei vor Eifersucht schäumt. Adonis drückt Svea noch einmal an seine durchtrainierte Brust. Er schenkt ihr ein Lächeln, bei dem Annette, die neben mir steht, verzückt aufseufzt (sie war schon immer ein albernes Schaf). Dann dreht er sich um und geht.

Grimmig starre ich ihm hinterher. Er hat wirklich *sehr* breite Schultern, der Idiot.

Svea schlendert in die Klasse, ignoriert die Blicke der anderen, entdeckt mich und kommt langsam auf mich zu. Sie strahlt vor Schönheit, und das finde offensichtlich nicht nur ich – ihr Freund gerade sah aus, als hätte er sie am liebsten an Ort und Stelle vernascht. Widerling.

Mit zusammengepressten Kiefern erwarte ich sie. Mein cooles Shirt kratzt im Nacken, und ich verfluche mich, dass ich es extra für Svea angezogen habe. Das hätte ich mir auch sparen können, offensichtlich steht sie auf Biker-Typen. Surfer sind ihr wohl nicht gut genug.

»Hallo, Nick.« Ihre Bernsteinaugen gleiten kurz über meinen Oberkörper, dann bohren sie sich in meine. »So ein Zufall, wir sind in einem Team. Tja, lässt sich nicht ändern, also würde ich vorschlagen, wir machen das Beste daraus. Ein paar Stunden gemeinsamer Arbeit werden uns schon nicht umbringen. Was meinst du?«

Ihre Stimme, süß und sanft bei allem Spott, beschleunigt meinen Herzschlag. Doch ich lasse mir nichts anmerken, stecke bloß die Hände in die Hosentaschen und grinse.

»Klar. Tun wir einfach so, als würden wir uns nicht kennen. Wegen eines nächtlichen Ausrutschers sollten wir uns nicht die Projektnote versauen lassen. Also: Ich bin Nick Pietersen. Und du?«

Svea runzelt die Stirn und geht rasch zu einem Tisch in einer einsamen Ecke. Ich bin gezwungen, ihr wie ein Hündchen zu folgen, trotzdem weiß ich, dass dieser Punkt an mich ging. Denn Svea hat einen Ruf zu verlieren, und vor allem einen attraktiven Freund. Ich nicht. Mein Ruf ist schon versaut, und mit meiner Freundin – das wird mir in diesem Augenblick klar – werde ich Schluss machen, sobald ich sie das nächste Mal sehe.

Ich möchte endlich klare Verhältnisse schaffen.

Selbst wenn Svea nicht mehr Interesse an mir hat als an einer Kellerassel.

Als wir weit genug von den anderen weg sind, dreht sie sich zu mir um und zischt: »Vielleicht könntest du langsam mal aufhören, auf diesem dämlichen Ausdruck herumzureiten. Auch anzügliche Bemerkungen über ›Ausrutscher‹ haben ein Verfallsdatum, weißt du?«

»Hey, entspann dich, dein Kerl ist doch weg.« Ich zucke mit den Schultern. »Er kriegt also weder was von Ausrutschern noch von Anzüglichkeiten mit.«

»Und das soll auch so bleiben«, sagt Svea schnippisch. »Jörn ist nämlich der perfekte Freund, und ich will ihn auf gar keinen Fall verlieren.«

Der perfekte Freund, so, so. Ich atme tief durch, bevor meine Eifersucht mich zu einer Entgegnung treibt, die ich bereuen werde. Ich habe kein Recht auf Eifersucht.

»Schön, dass du so glücklich mit ihm bist«, sage ich mit gleichgültiger Stimme. Leider kann ich es mir nicht verkneifen, hinzuzufügen: »Dass du auf ältere Männer stehst, überrascht mich allerdings.«

»Jörn ist kein älterer Mann«, versetzt Svea. »Er ist einfach erwachsen. Kein kleiner Junge mehr, der nur spielen will, verstehst du?«

Das war wohl auf mich gemünzt.

Ich zwinge mich, einen lockeren Ton anzuschlagen, als ich sage: »Solch ein grausames Bild hast du von mir? Das würde ich gerne geraderücken. Vielleicht sollten wir beide uns besser kennenlernen.« Ich lächele charmant. »Wir könnten uns zum gemeinsamen Tafelputzen melden. Oder zum Müllsammeln nach der Pause. Dabei kann man sich prima unterhalten.«

»Klingt sehr verlockend, aber bisher erschien mir dein Interesse an mir doch eher gering.« Svea schluckt. »Also spar dir die Mühe. Geh mit Astrid Müll sammeln, die kann das bestimmt richtig gut.«

Moment mal.

Was hat sie da gesagt?

»*Mein* Interesse erschien dir gering?« Mein charmantes Lächeln ist wie weggewischt. »Und was ist mit dir? Du hast doch gesagt, dass wir es vergessen sollen! Und jetzt wirfst du mir vor, dass ich genau das versucht habe?«

Sveas Blick verdunkelt sich. Sie dreht den Kopf zur Seite, mustert einen Kratzer auf dem Fußboden.

»Ich werfe dir gar nichts vor«, sagt sie abweisend. »Du hast mich mithilfe von Astrid bewundernswert schnell abgehakt, und ich bin weiterhin mit Jörn zusammen. Alles ist gut. Warum also streiten wir?«

Weil ich Astrid nicht liebe. Weil ich dich will. Weil ich gar nichts abgehakt habe, nicht eine Sekunde, nicht eine Berührung.

Als ich nicht antworte, schaut Svea mir fragend in die Augen. Reflexartig will ich meinen Schutzschild hochziehen, möchte meine verletzten Gefühle hinter einer herablassenden Miene verbergen.

Doch ich tue es nicht.

Ich erwidere einfach nur ihren Blick.

Und da verschiebt sich die Wirklichkeit, genau wie in jener Nacht am Strand, und ich frage mich verwundert, was ich hier eigentlich mache. Warum stehe ich abwartend herum, einen ganzen Meter von Svea entfernt, wo es doch das Natürlichste auf der Welt wäre, sie in meine Arme zu schließen? Und warum fühlt *sie* das nicht ebenfalls? Ich bin der Richtige für Svea, so wie ich der Falsche für Astrid bin, und es macht mich irre, dass ich dieses tief in mir wurzelnde Wissen nicht mit der Tatsache zusammenbringe, dass Svea einen anderen hat. Dass sie mich gar nicht braucht, weil sie mit ihrem Lederjacken-Schönling glücklich ist.

Sie schlägt die Augen nieder und schüttelt leicht den Kopf, als wolle sie mit aller Macht ausbrechen aus dem, was zwischen uns pulsiert. Dann setzt sie sich auf den nächstbesten Stuhl, verschränkt die Hände auf dem Tisch und sagt schroff: »Lass uns einfach dieses blöde Projekt durchziehen, okay?«

»Kein Problem«, antworte ich, und meiner Stimme ist nichts anzuhören von dem Gefühlsdurcheinander, in dem ich bis zum Hals stecke wie in Treibsand. »Die paar Stunden pro Woche kriegen wir schon irgendwie rum.«

Svea lächelt schwach, und ich lasse mich auf den Stuhl neben ihr fallen, strecke meine Beine aus und warte vollkommen relaxt auf Frau Hollenkamp. Zumindest sieht es so aus.

Hoffe ich.

Heimlich jedoch atme ich wie ein liebeskranker Verrückter Sveas Duft ein. Sie riecht nach Blumen und Rauch, genau wie damals am Strand. Ob sie Raucherin ist? Ich habe sie noch nie mit Zigarette gesehen. Mann, ich weiß wirklich überhaupt nichts von ihr!

Aber das wird sich ändern, so wahr ich hier sitze. Noch ist nicht aller Tage Abend. Ich werde Svea kennenlernen während dieses Projekts, ich werde nicht lockerlassen, werde ihren Panzer knacken, und ich möchte, dass Svea auch mich kennenlernt, besser als jeden Mann zuvor.

Und wenn ihr blöder Freund mir die Knochen dafür bricht.

19

Svea

Warum ich mich nicht einfach krankgemeldet habe, ist mir ein Rätsel.

Ich sitze neben Nick und platze fast, so sehr drängt es mich, ihn mit all den Fragen zu bombardieren, die seit Wochen in meinem Kopf kreisen. Doch *er* hängt total entspannt auf seinem Stuhl, denkt ganz offensichtlich an alles, nur nicht an mich, und lächelt Frau Hollenkamp zu, die gerade die Klasse betritt.

Merkwürdigerweise färben sich ihre Wangen bei Nicks Anblick mädchenhaft rosa. Ich bedenke Nick mit einem misstrauischen Seitenblick. Was läuft denn da? Verdreht Nick jetzt etwa schon den Lehrerinnen den Kopf? Du liebe Güte, reichen ihm unsere Mitschülerinnen denn nicht?!

Er bemerkt, dass ich ihn mustere, dreht mir den Kopf zu, und sein sexy Verführer-Lächeln vertieft sich. Volle Lippen, blitzendes Ozeangrün … Ich werde noch röter als Frau Hollenkamp und schaue schnell wieder nach vorn.

Nicht, dass mich wieder dieses komische Gefühl überfällt.

Diese plötzliche, wundervolle Illusion, mit Nick in einem Paralleluniversum zu schweben, in einer stillen Welt, die nur uns beiden gehört. Einer Welt, in der ich ungestraft in seinen Augen versinken darf. Einer Welt, in der ich ihm meine Seele öffne, ihm einen langen Blick auf die Wahrheit gewähre, und in der Nick mich *nicht* dafür verachtet.

Ich sag's ja: die totale Illusion.

Frau Hollenkamps kleine Einführungsrede zu unserem Projekt habe ich mittlerweile verpasst, und ich ärgere mich, dass meine Konzentration so tausendprozentig auf Nick fixiert ist. (Der heute übrigens, Gott weiß warum, noch besser aussieht als sonst. Ob das an seinem engen Shirt liegt?) Somit starte ich leider nicht halb so souverän in unsere Teamarbeit, wie ich mir das eigentlich vorgenommen hatte.

Dabei hatte mein Plan anfangs so gut geklappt: Jörn hat seine Rolle mit Begeisterung und Leidenschaft gespielt – fast ein bisschen zu viel Begeisterung und Leidenschaft, wenn ich so darüber nachdenke –, und jeder, der uns beobachtet hat, muss nun überzeugt davon sein, dass wir ein strahlendes, glückliches Paar sind.

Auch Nick.

Doch leider hat Nick nicht wie gewünscht reagiert. Klar, mit blöden Bemerkungen seinerseits hatte ich gerechnet. Aber nicht damit, dass Nick mich in die Defensive treiben und ich mich schuldig fühlen würde.

Ich meine, warum bitte sollte ich mich schuldig fühlen? Okay, ich habe ihn damals zurückgestoßen, aber er war es schließlich, der sofort zu seiner Tussi zurückgerannt und nun mit ihr glücklich ist.

Und weil ich mich weder schuldig fühlen noch Nick über Gebühr beachten will, dürfte mein dummes Herz auch nicht so stürmisch klopfen. Und noch weniger dürfte ich diesen Sog spüren, dieses Ziehen, das von Nick auszugehen scheint und das mich dazu drängt, mich aufseufzend in seine Arme zu werfen …

»… ein besonders anspruchsvolles Thema für euch ausgedacht«, sagt Frau Hollenkamp fünfzig Zentimeter vor unserem Tisch. Ich blinzele erschreckt. Stand die nicht gerade noch vorne an der Tafel? *Meine Güte, Svea, wach auf!*

Frau Hollenkamp reicht Nick das Blatt, auf dem unser Thema steht, und Nick wirft einen flüchtigen Blick darauf.

»Gut«, nickt er dann. »Klingt interessant. Danke, Frau Hollenkamp.«

Schüler und Lehrerin lächeln sich an, und ich verdrehe demonstrativ die Augen. Nicks Einvernehmen mit der guten Frau ist ja kaum auszuhalten! Zudem fühle ich mich ausgeschlossen, denn das Thema unseres Projekts geht schließlich auch mich etwas an, obgleich das weder Nick noch Frau Hollenkamp zu kümmern scheint.

»Zeig mal her«, sage ich unwirsch, und er reicht mir, immer noch lächelnd, das Blatt. Ich verkneife es mir zurückzulächeln, und beuge stattdessen meinen Kopf über das Papier. Im Bemühen, das oberpeinliche Gespräch auszublenden, das sich zwischen Nick und Frau Hollenkamp entspinnt – seit wann ist es einer Autoritätsperson erlaubt, so unverhohlen mit einem minderjährigen Schüler zu schäkern? Unfassbar! –, vertiefe ich mich in unser Thema.

Und erstarre.

»Setzen Sie sich mit folgender Hypothese zum Thema Gerechtigkeit auseinander: Die einzig sinnvolle Reaktion auf ethisch verwerfliches Verhalten liegt in einer umgehenden Bestrafung durch den Staat (Bsp.: Freiheitsstrafe).«

Es gibt Tausende von Hypothesen zum Thema Gerechtigkeit.

Warum also bekomme ich ausgerechnet diese hier, die mit der Freiheitsstrafe? Im Ernst, hat Frau Hollenkamp das extra gemacht, gerade mir diese Aufgabe zu stellen, mir mit meiner Knacki-Mutter?

Aber nein, meine Lehrer wissen ja nichts davon.

Ich habe schlicht und einfach Pech.

Und keine Ahnung, wie ich dieses verfluchte Projekt überleben soll.

»Bist du etwa immer noch nicht über ihn hinweg?«, fragt Rieke, als ich mich in der Pause bei ihr und Timon über Nick beschwere.

Ich werfe meiner Freundin einen bösen Blick zu, denn bis zu diesem Moment hatte Timon keine Ahnung davon, dass ich Nick Pietersen je etwas anderes als verächtliches Desinteresse entgegengebracht habe. Doch Rieke zuckt nur mit den Schultern. Seit wir in der *Wellenbar* über meine Mutter gesprochen haben, hält sie es offensichtlich für völlig unnötig, Timon von irgendetwas, das mich betrifft, auszuschließen.

»Wie kommst du darauf«, frage ich, »dass ich nicht über ihn hinweg sein sollte? Weil ich es krank finde, dass der Typ mit einer Lehrerin flirtet?«

»Nö, weil du ziemlich eifersüchtig aussiehst, wenn du uns davon erzählst.«

Ich verdrehe die Augen, um Rieke zu zeigen, was ich von ihrer Beobachtungsgabe halte. »Das hat überhaupt nichts mit Eifersucht zu tun! Es ist schlichtweg nicht normal, dass ein Junge mit jedem weiblichen Wesen flirtet, das nicht bei drei auf den Bäumen ist.« *Vor allem, wenn nicht* ich *dieses Wesen bin.*

Timon, der neben Rieke steht, mustert mich nachdenklich. Er hat seinen Psychologenblick aufgesetzt, eine Prise wissenschaftliche Neugierde, eine Prise Verständnis, eine Prise Mitgefühl, und ich weiß nicht, ob ich das nett finden soll oder demütigend.

Also beschließe ich, in die Offensive zu gehen. »Timon, du bist der zukünftige Seelenklempner: Gibt es für das Verhalten von Frauenhelden wie Nick nicht irgendeinen Fachbegriff? Ich meine, abartig ist das doch schon.«

Er tippt sich mit dem Finger gegen die Nase. »Du stehst also auf Nick Pietersen, ja?«

»Nein!« Ich bin kurz davor, mir die Haare zu raufen. »Im Gegenteil, am liebsten würde ich Frau Hollenkamp bitten, mir einen anderen Partner zuzuteilen! Nick ist so überheblich, so schrecklich entspannt, und ich …« *verliebtes Schaf kann in seiner Nähe vor Aufregung kaum atmen!* »… möchte mich gerne voll und ganz auf unser Projekt konzentrieren, statt ihn beim Schäkern mit unserer Lehrerin zu beobachten. Genau. Und außerdem …«

»Ähm, Svea …«

»Bitte unterbrich mich nicht, ich meine es ernst! Es macht mich echt fertig, dass er bei einem so wichtigen Thema wie Unrecht und Strafe nicht imstande ist, *einmal* an etwas anderes zu denken als ans Flirten und …«

»Du sprichst hoffentlich nicht von mir«, höre ich eine leise dunkle Stimme an meinem rechten Ohr.

Erschrocken wirbele ich herum.

Und schaue aus zwei Handbreit Entfernung in Nicks strahlende tiefgrüne Augen.

20

Nick

»Keine Panik, bin bloß ich.« Grinsend trete ich einen Schritt zurück und hebe die Hände. »Hey, schau mich nicht an, als sei ich Freddy Krueger.«

»Nein … äh, ich …« Svea bricht ab und holt tief Luft. Dann hebt sie das Kinn und fragt kühl: »Wolltest du etwas Bestimmtes?«

»Das Blatt mit unserem Thema«, sage ich und halte es ihr hin. »Ich dachte, vielleicht möchtest du es ja mit nach Hause nehmen.«

»Das Blatt? Ach so. Klar. Das Blatt.«

Eins zu null für mich: Svea ist verwirrt.

»Nimm es ruhig«, sage ich und lächele. »Ich hab's mir kopiert.«

Sie greift so zögernd danach, als sei das Papier Schneewittchens vergifteter Apfel, und sagt kaum hörbar: »Danke, Nick.«

Und das ist der Moment, in dem ihre Freunde sich diskret zurückziehen. Sehr gut. Manche Menschen wissen eben genau, wann sie überflüssig sind.

Zufrieden schlage ich vor: »Als Belohnung für meine Kopierdienste könntest du dich mit mir unterhalten. Du willst zwar nicht in meiner Gesellschaft Müll sammeln und auch nicht mit mir die Tafel putzen, aber wie wäre es, wenn wir beide einfach faul und friedlich umherschlendern würden?«

Zweifelnd blickt Svea mich an.

Sie wird doch wohl nicht schon wieder Nein sagen?

Ohne nachzudenken, werfe ich den letzten Rest meines Stolzes über Bord. »Ich verspreche dir auch, dass ich keinerlei Bemerkungen über nächtliche Ausrutscher machen werde. Ich werde absolut vergessen, dass Ausrutscher auch nur existieren! Großes Ehrenwort.«

Heilige Scheiße, habe ich schon jemals derart unwürdig um ein Gespräch mit einem Mädchen gebettelt? Klare Antwort: nein. Früher wäre ich lieber gestorben, als mich so zu erniedrigen.

»Na gut«, sagt Svea, schaut sich suchend nach ihren verschwundenen Freunden um und wendet sich dann wieder mir zu. »Laufen wir halt ein bisschen rum.«

Es klingt nicht begeistert, aber es ist ein Ja. Ich atme erleichtert auf. Denn wenn Svea und ich uns erst einmal außerhalb des Unterrichts miteinander unterhalten, wenn ich ihr beweisen kann, dass ich nicht mehr der Aufreißer bin, für den sie mich hält, dann habe ich eine Chance.

Möglicherweise habe ich schon halb gegen den Biker-Macho gewonnen!

Frohgemut setze ich mich in Gang.

Während Svea schweigend neben mir herläuft, knetet sie das Themenblatt in ihren Händen. Es ist bereits ziemlich zerknittert, und ich blicke sie von der Seite an und frage: »Bist du nervös?«

Ihre Augenbrauen schießen in die Höhe. »Wegen dir? Träum weiter, Nick.«

»Oh ja«, sage ich ruhig. »Das tue ich, verlass dich drauf.«

Was wohl nicht ganz die Antwort ist, die sie erwartet hat, denn ich registriere, wie ihr der Atem stockt. Unwillkürlich bleibt sie stehen und sucht meinen Blick.

Wir sind keine zehn Meter weit gekommen, aber ans friedliche Schlendern denken wir beide nicht mehr. Um uns herum drängeln, schleichen und schreien die anderen Schüler, doch wir stehen da wie auf einer Insel, schauen uns forschend in die Augen, und gerade schießt mir die Frage durch den Kopf, ob ich sie jetzt wohl um ein richtiges Date bitten darf, ob sie Ja sagen würde oder ob sie mich ohne mit der Wimper zu zucken abblitzen lassen würde, weil sie schließlich einen Freund hat, als es hinter mir quietscht: »Nick, Süßer, du hast uns jetzt echt lange genug hingehalten!«

Oh no.

Fortuna liebt mich nicht, oder mein Karma ist mies. Wahrscheinlich trifft beides zu.

»Nora.« Langsam drehe ich mich um. »Sorry, aber es passt gerade nicht so gut.«

Nora und ihre drei Freundinnen – alle aus der elften Klasse, alle begeisterte Surfer-Groupies, alle sehr hübsch und sehr offenherzig – verziehen in perfektem Gleichklang die Lippen zu beleidigten Schmollmündern. Früher hätte ich das heiß gefunden. Jetzt lässt es mich völlig kalt.

»Es passt ja nie«, murrt Nora, »mit irgendeinem Mädchen bist du immer im Gespräch. Aber jetzt sind wir mal dran. Du wolltest mit uns spielen, schon vergessen?«

Leider klingt das ziemlich zweideutig. Sveas Augen werden schmal, und ich stöhne innerlich auf.

»Du wolltest uns den Schmetterschlag beibringen!«, fährt Nora fort, und ihre Freundinnen nicken anklagend. »Nächste Woche haben wir die Volleyball-Prüfung in Sport, und du hast noch kein einziges Mal mit uns geübt!«

Dunkel erinnere ich mich, dass ich ihnen das in einem anderen Leben tatsächlich mal versprochen habe. Mein Blick fliegt von dem schmollenden Quartett zu Svea, die sich halb von uns abgewandt hat. Shit, was muss sie jetzt von mir denken?

»Morgen, okay?«, sage ich hastig zu Nora. »Oder … oder später. Nach der Schule.« *Nur nicht jetzt, wo ich es fast, fast geschafft habe, mich mit der Frau meiner Träume zu verabreden. ZIEH LEINE, NORA!*

»Wir wollen aber jetzt üben, wir haben extra den Ball besorgt.« Nora wirft das gebleichte Haar zurück, fast erwarte ich, dass sie wie ein trotziges Kleinkind mit dem Fuß aufstampft. Du meine Güte. Und *die* fand ich mal sexy?

»Die Pause ist gleich zu Ende«, argumentiere ich verzweifelt, »das lohnt sich doch gar nicht mehr.«

»Ach, ich muss sowieso zurück zu Rieke und Timon«, schaltet sich Svea ein. »Kümmere du dich ruhig um die Schmetterbälle. Seine Versprechen muss man halten, nicht wahr?«

Sie lächelt kühl, dreht sich um und geht.

Das ist ja wirklich gut gelaufen.

Trostlos starre ich Svea hinterher, während Nora auf mich einplappert und ihr aufdringliches Parfum mir in die Nase steigt. Um das Maß meines Verdrusses voll zu machen, würde es jetzt nur noch fehlen, dass Astrid auftaucht und mir wegen der vier Groupies eine Szene macht.

»Was geht denn hier ab?«, höre ich prompt ihre misstrauische Stimme.

Nein, denke ich und schließe die Augen, mein Karma ist nicht mies.

Es ist absolut unterirdisch.

21

Svea

Zumindest in der Seehundstation ist die Welt noch in Ordnung. Es ist Samstag, und ich bin Torben dankbarer denn je für die heitere Gelassenheit, die er um sich herum verbreitet, selbst heute, am großen Putztag.

Obwohl ich von der Schulwoche und der Hausarbeit (die Papa in letzter Zeit gänzlich mir überlassen hat) ziemlich müde bin, habe ich mich auf den Putztag gefreut. Eigentlich ist es ja eine Schinderei: Wir müssen das gesamte Wasser auslassen, das riesige Becken schrubben, bis man das Gefühl hat, an jedem einzelnen Finger Schwielen zu haben, dann müssen wir die umgesiedelten Heuler einzeln wiegen und sie schließlich alle zurück ins Becken hieven.

Aber es riecht nach Salzwasser, die Heuler erinnern mich an meinen großen Traum, den ich wider besseres Wissen immer noch nicht aufgegeben habe, und wir arbeiten friedlich nebeneinander her. Und so fühle ich mich trotz des Schweißes, der mir von der Stirn tropft, und der Seehundkacke, die an meinen Gummiclogs klebt, besser als an jedem anderen Ort der Welt.

Auf jeden Fall besser als zu Hause.

Und um Klassen besser als in der Schule, wo mich die Teamarbeit mit Nick langsam, aber sicher an meine Grenzen bringt.

Zwei Doppelstunden unseres Projekts habe ich mittlerweile hinter mich gebracht, und es ist denkbar schlecht gelaufen. Nicht, dass wir streiten würden – nach der Sache mit den Schmetterball-Mädels gehen wir nun mit eisiger Höflichkeit miteinander um. Genauer gesagt, *ich* bin eisig. *Er* ist höflich. Doch trotz aller zur Schau gestellten Kälte bekomme ich mein Herzrasen in Nicks Nähe einfach nicht in den Griff. Nick hingegen ist, wie immer, die Lässigkeit in Person.

Ab und zu berührt er mich, zufällig natürlich, und dann zucke ich zurück. Nicht, weil mir das Gefühl seiner Haut an meiner unangenehm wäre, sondern weil ich es, im Gegenteil, viel zu sehr genieße.

Ja, es ist nicht zu leugnen: Auf eine kranke, masochistische Art genieße ich es, mit Nick zusammen zu sein. Ich genieße es, in seine Ozeanaugen zu schauen, wenn ich mit ihm spreche – genieße es, wenn sein Lächeln nicht Frau Hollenkamp, sondern mir gilt – genieße es, wenn ich spüre, wie er mich nachdenklich von der Seite mustert – genieße es sogar, wenn wir urplötzlich wieder in unsere Parallelwelt abdriften, bei einem zu langen Blick, einem allzu beredten Schweigen.

Und deshalb habe ich ständig Angst, dass ich trotz aller Vorsicht irgendwann einmal schwach werde. Dass die Erinnerung an unsere Verbundenheit am Strand meinem Verstand hinterrücks den Todesstoß versetzt und ich Nick anflehe, es doch bitte, bitte, bitte mit mir zu versuchen, mit mir zusammen zu sein, mit mir ganz allein!

Es ist erbärmlich.

Sogar Rieke hat mir gestern geraten, Nick und seine vielen Frauen endlich zu vergessen, wenn ich mich nicht ins Unglück stürzen wolle. Andere Mütter hätten auch schöne Söhne undsoweiterundsofort.

Tja. Leichter gesagt als getan.

Ich schrubbe fester an der Beckenwand herum. Ein monogamer Nick, die Meeresbiologie, eine heile Familie: lauter unerfüllbare Träume, die meine Seele einfach nicht aufgeben will, obwohl ich das dringend tun sollte.

»Alles in Ordnung mit dir?«, brummt Torben.

Aufgeschreckt blicke ich zur Seite. Ruhig und gleichmäßig säubert Torben nicht weit von mir seinen Teil der Wand.

»Natürlich«, lüge ich. »Warum fragst du?«

Torben rückt seine Mütze auf dem signalroten Haar zurecht, stützt sich auf den Stiel seines Schrubbers und schaut mich an. »Weil du dem Schmutz so heftig zu Leibe rückst, als hätte er dich persönlich beleidigt. Und das gibt mir zu denken.«

Ich schlucke hart. Torben mag mich, dessen bin ich sicher. Er kennt mich seit drei Jahren, er hat eine Menge Lebenserfahrung, ich schätze ihn sehr und seine Meinung würde mir helfen. Und deshalb …

»Torben«, sage ich langsam, bevor ich es mir anders überlegen kann, »wolltest du immer schon Tierpfleger in einer Seehundstation werden? War das dein Traum?«

»Jo.«

»Und … und gab es nie etwas, das sich dir in den Weg gestellt hat? Hattest du nie Zweifel, ob du das Richtige tust, wenn du deinen Träumen folgst? Hast du dich nie für egoistisch gehalten und deine Träume für vermessen?«

»Ganz schön viele Fragen. Fangen wir mal mit der ersten an.« Torben wiegt den Kopf. »Hindernisse, doch, die gab es schon. Meine Eltern hätten mich lieber in einem Handwerksberuf gesehen denn als Tierpfleger. Aber es ist mein Leben, nicht ihres, richtig?«

Ich nicke zögernd.

»Und mit den Träumen, Svea, ist das so eine Sache«, fährt Torben bedächtig fort. »Meine Meinung ist, dass kein Traum egoistisch oder vermessen ist, solange er niemandem schadet. Wer sollte dir vorschreiben dürfen, wofür du dich ins Zeug legst?«

Er schaut nachdenklich in den grauen Himmel. »Natürlich zweifle auch ich ab und zu, wie jeder Mensch. Ich würde gerne ein bisschen mehr Geld verdienen. Ich wünsche mir manchmal, öfter in den Urlaub fahren zu können oder bei Schietwetter in einer trockenen, gemütlichen Werkstatt zu arbeiten, statt hier in der Kälte die Runde zu machen. Ja, und ich hätte gerne mehr Zeit für meine Frau. Aber alles in allem«, Torben blickt mir in die Augen und lächelt, »war es wohl richtig für mich, Tierpfleger zu werden. Denn wenn ich damals auf meine

Eltern gehört hätte, wenn ich vernünftig gewesen wäre und jetzt Tische schreinern würde … tja, dann würde ich mich Tag für Tag fragen, ob ich es nicht zumindest hätte *versuchen* sollen.«

Ich schweige.

Torben klopft mir aufmunternd auf die Schulter. »Gib nicht auf, Mädchen. Du wirst schon noch Meeresbiologin, wenn es das ist, was dir zu schaffen macht. Du beißt dich überall durch, davon bin ich überzeugt. Tust du hier doch auch seit Jahren.«

Er zwinkert mir zu. »Und jetzt schrubb weiter. Die Wand muss heute noch sauber werden.«

Als ich gegen Abend mit schwieligen Fingern und Muskelkater in den Kaffeeraum wanke, bin ich nicht nur erschöpft, sondern auch ziemlich nachdenklich. Wenn Torben recht hätte … dann würde das bedeuten, dass ich vielleicht doch nicht so rücksichtslos bin wie meine Mutter. Denn *meine* Ziele, die beruflichen und die romantischen, sind zwar hoch gesteckt. Doch sie schaden nun wirklich niemandem. Okay, höchstens Nick, den ich gerne bewusstlos küssen würde, und Astrid, die aber ohne Nick sowieso besser dran wäre, so oft, wie er sie schon betrogen hat. Sind die Volleyball-Tussis nicht der beste Beweis dafür, dass er stets mehrgleisig fährt? Ehrlich, Astrid könnte froh sein, dass ich ihr Nick abnehme!

»Fit und fett, alle beide«, dringt Jörns Stimme in meine Traumgedanken. »Super.«

Ich hole mir einen Kaffee – bitter, aber auch nicht schlechter als unser Kaffee daheim – und setze mich zu ihm an den Tisch, der so groß ist, dass sämtliche Stationsmitarbeiter an ihm Platz haben. Theoretisch, denn praktisch machen nie mehr als zwei, drei von uns gleichzeitig Pause. Auch jetzt sind alle außer Jörn und mir beim Arbeiten oder haben sich bereits in den Feierabend verabschiedet.

»Wer ist fit und fett?«, erkundige ich mich, und Jörn zeigt auf die Liste, in der die heute gewogenen Heuler eingetragen sind.

»Kitty und Kali. Ihre Kondition ist gut, und sie wiegen beide über fünfundzwanzig Kilo. Kann nicht mehr lange dauern, bis sie ausgewildert werden. Es fehlt nur noch das Okay des Tierarztes.«

»Oh. Toll«, sage ich halbherzig. Anders als Torben und Jörn, die absolut professionell mit den Auswilderungen umgehen, habe ich stets ein wenig Abschiedsschmerz, vor allem bei meinen Lieblingen. Dabei ist es das, was ich ihnen von Herzen wünsche: gesund und frei zu sein.

Jörn lehnt sich zurück. Er mustert mich unter halb gesenkten Lidern, seine Finger spielen mit dem Bleistift in seiner Hand.

»Unser kleines Theaterstück am Montag«, sagt er gedehnt. »War es von Erfolg gekrönt?«

Der abrupte Themenwechsel erwischt mich kalt. Ich blinzele Jörn an und suche nach einer Antwort.

Dabei hätte ich es mir denken können, dass Jörn mich bei der ersten Gelegenheit darauf ansprechen würde. Er ist nicht der Typ, der einen gespielten Kuss genießt und schweigt. Nein, Jörn genießt die Knutscherei – und tritt sie danach gründlich aus.

»Ähm, ja. Danke«, sage ich schließlich steif. »Wir wären dann also quitt, Jörn.«

»Nicht ganz.«

Ich runzele die Stirn. »Und warum nicht?«

Jörn schaut mir tief in die Augen und sagt: »Du hast mir noch gar nicht verraten, *warum* ich so tun sollte, als sei ich dein Freund. Welchen Kerl wolltest du denn eifersüchtig machen?«

Unwillig erwidere ich seinen durchdringenden Blick. Zugegeben, es war nett von Jörn, mir am Montag zur Seite zu springen, und dass er hammergut aussah in seiner Lederjacke, war mehr als hilfreich. Trotzdem schulde ich ihm keine Erklärung, denn den Gefallen, auch wenn er ungewöhnlich war, hatte ich schließlich bei ihm gut.

»Das geht dich nichts an«, sage ich kurz.

Jörn lächelt, seine blauen Augen funkeln. »Seid ihr zusammen, du und Das-geht-mich-nichts-an?«

»Nein. Und auch *das* geht dich nichts an.«

»Vielleicht doch.«

Ich hebe eine Augenbraue und hoffe, dass das arrogant genug aussieht, um ihn zum Schweigen zu bringen.

Tja, umsonst gehofft. »Svea, Baby«, sagt Jörn, und das übermütige Funkeln macht einem bittenden Hundeblick Platz. »Wenn du Liebeskummer hast und dich einsam fühlst, dann könnten wir doch … Ich meine, unser Kuss am Montag. Der war doch nicht bloß gespielt. Da war

Gefühl dabei, echtes Gefühl, jedenfalls von meiner Seite. Und bei dir, hey, ich kenne dich, du hast doch auch …«

»Stopp!«, unterbreche ich ihn hastig. Jörn nennt mich wieder Baby? Und er redet von echten Gefühlen? Nur das nicht! Ich meine, er kann mir mit seinem Gestotter doch nicht ernsthaft sagen wollen, dass …

»Ich und du, Baby, wir könnten einen zweiten Anlauf wagen.«

Okay. Er kann.

»Ich vermisse dich, Svea. Es tut mir leid, was ich dir damals im Bett vorgeschlagen habe. Ich dachte halt, wir könnten es einfach mal ausprobieren, aber jetzt sehe ich ein, dass das Ganze … hm, keine so gute Idee war.«

Ich atme tief durch. »Jörn. Du wolltest nicht irgendwas, du … du wolltest Sex zu dritt! Für mich ist das nichts, was ich ›einfach mal ausprobieren‹ möchte, okay? Jedenfalls nicht in einer ernsthaften Beziehung, wenn Gefühle im Spiel sind.« Zähneknirschend setze ich hinzu: »Und dann noch mit deinem besten Freund, du lieber Himmel!«

»Ich gebe ja zu, das war vielleicht etwas gewagt, aber, Svea …«

»Und du hattest ihn sogar schon gefragt! Du hast ihm erzählt, ich sei in dieser Hinsicht völlig offen.« Ich verziehe das Gesicht. »Allein das ist mir nach wie vor so mega-peinlich, dass ich gar nicht daran denken mag. Abgesehen davon, dass es gelogen war, denn Sex mit dir und deinem Kumpel wäre das Letzte, worauf ich jemals Lust haben könnte.«

»Schon kapiert. Keine Chance mehr, was?« Jörn seufzt und lehnt sich auf seinem Stuhl zurück. »Das ist echt schade, Baby. Du bist solo, ich bin solo … und eigentlich hatten wir im Frühling doch eine gute Zeit zusammen. Bis zu meinem Vorschlag, meine ich.«

Ich schaue ihn an, und plötzlich muss ich lachen.

»Ach, Jörn. Du kapierst es einfach nicht, oder? Ich will nicht mit jemandem zusammen sein, nur um nicht allein zu sein! Ich will einen Freund, dem wirklich etwas an mir liegt, und bei dem ich das Gefühl habe … das Gefühl …«

… dass er der Mann ist, auf den ich immer gewartet habe, der Mann, nach dem mein Herz sich Tag und Nacht verzehrt. Ich bin nämlich eine verdammte Romantikerin geworden, seit ich mit genau diesem Mann eine einzige Stunde am nächtlichen Strand verbracht habe.

»… dass ich, äh, eben so sein darf, wie ich bin«, schließe ich lahm.

»Das dürftest du bei mir durchaus«, sagt Jörn großzügig. »Sei ruhig ein bisschen prüde, irgendwie finde ich das sogar niedlich.«

Als er meinen Blick sieht, lacht er und hebt die Hände. »Schon gut, ich geb's auf. Aber eines muss ich noch loswerden.«

»Und das wäre?«

»Auch wenn du ziemlich enge Moralvorstellungen hast, Svea, deine Küsse sind nach wie vor fantastisch.« Er grinst. »Also, wenn du mich mal wieder brauchen solltest, um jemand anderen eifersüchtig zu machen – frag mich ruhig. Ich stehe allzeit bereit.«

»Na, dann ist ja alles gut«, sage ich schwach. »Und, ähm, danke für das Angebot.«

»Keine Ursache«, sagt er höflich und nippt an seinem Kaffee.

Ich sinke auf meinem Stuhl zusammen. Habe ich Jörn tatsächlich dafür gedankt, dass er angeboten hat, mich bei Bedarf zu küssen?

Ehrlich, mein Leben wird mit jedem Tag seltsamer.

22

Nick

»So ein schöner Herbsttag, nicht wahr? Ein richtiger Sonnen-Sonntag.«

Meine Mutter lächelt, und ich grummele etwas in mein Müsli. Sie hat extra Obst geschnippelt, Ananas, Äpfel, Bananen, damit ich mal wieder was Gesundes esse, und auch wenn dieses Bemühen angesichts der vielen blauen Flecke meiner Kindheit absurd anmutet, tue ich ihr den Gefallen und esse, was sie für mich vorbereitet hat.

Mich allerdings auch noch über das Wetter zu freuen, das bringe ich beim besten Willen nicht fertig. Nicht, wenn Uli mit am Frühstückstisch sitzt, was mir zuverlässig die Laune verdirbt.

Ich hebe den Kopf und begegne seinem lauernden Blick.

Eisern halte ich ihm stand. Bis mein Vater es ist, der einknickt und wegschaut.

Ha! Es geht doch nichts über einen kleinen Sieg am Morgen.

Schon merkwürdig, denke ich und schaufele mein Müsli in mich hinein. Obwohl ich immer noch nicht weiß, wie ich meine Mutter gegen ihren Willen beschützen soll, hat sich die Stimmung zu Hause in den letzten Tagen verändert, und zwar deutlich. Uli scheint instinktiv zu spüren, dass ich ihm die tyrannische Alleinherrschaft über unsere Familie nicht mehr durchgehen lasse, und ich spüre instinktiv, dass ich ihm diesen Entschluss wohl werde beweisen müssen. So umkreisen mein Vater und ich uns wie zwei Löwen, wachsam und drohend. Noch hat keiner von uns angegriffen, doch wir wissen beide, dass der Zeitpunkt kommen wird.

Bald.

»Triffst du Astrid heute?«, fragt meine Mutter in die angespannte Stille hinein. »Sie war schon lange nicht mehr zum Essen hier. Warum eigentlich nicht?«

»Weil ich keine Lust habe, ihr etwas vorzuspielen. Sonntagsbraten, glückliche Familie und so weiter.«

Der Blick meiner Mutter huscht nervös von mir zu meinem Vater. »Was redest du denn da, Liebchen. Vorspielen! In jeder Familie gibt es Probleme der einen oder anderen Art. Astrid kann ruhig kommen, sie …«

»Außerdem habe ich gestern Schluss gemacht.«

Uli lässt die Kaffeetasse sinken. »Meine Güte, Nicolas. Bist du nicht langsam zu alt für dieses Hin und Her? Astrids Mutter ist meine Patientin. Ich habe keine Lust, mir schon wieder ihr Gejammer über dich anzuhören. Beim letzten Mal hat sie gesagt, du würdest ihre Tochter regelmäßig in ein Häufchen Elend verwandeln.«

Astrid hat sich in ihrem ganzen Leben noch nicht in ein Häufchen Elend verwandelt, jedenfalls nicht wegen mir, und das weiß ihre Mutter genauso gut wie mein Vater.

»Du hast recht, Uli, ich bin zu alt für das Hin und Her. Deshalb ist es auch endgültig aus. Denn weißt du, das ist meine neue Haltung – ich mache ernst mit meinen Entschlüssen.« Ich schaue meinem Vater fest in die Augen. »Koste es, was es wolle.«

Uli ist nicht blöd, er begreift sofort, dass ich nicht mehr von Astrid spreche. Seine Augen verengen sich, die Luft zwischen uns ist plötzlich zum Schneiden dick, und meine Mutter springt hastig auf.

»Möchte noch jemand etwas Obst? Oder Kaffee? Uli, Nick? Ach, ich hole einfach noch ein bisschen von allem.«

Sie flüchtet in die Küche, und während ich mit dem schmalen stahlgrauen Blick meines Vaters ringe, denke ich, dass es schon immer so abgelaufen ist, ganz genau so: Kaum wird es gefährlich, tritt Mama die Flucht an.

Oder bleibt und zieht die Vorhänge zu.

Oder verrät mich auf eine andere Weise – indem sie die Schuld danach *mir* zuschiebt, indem sie alles verdrängt, indem sie mir einschärft, meinen Kindergärtnerinnen, Lehrerinnen, Freunden zu erzählen, ich sei vom Apfelbaum gestürzt.

Jetzt bin ich ein Mann, und sie ist es, die angeblich gestürzt ist. Nur, dass es bei ihr die Kellertreppe war.

»Lehn dich nicht zu weit aus dem Fenster, Nicolas.« Die Stimme meines Vaters ist gefährlich leise. »Du bist immer noch mein Sohn. Du lebst von *meinem* Geld. Du wirst von *meinem* Geld studieren, und du wirst dir von *meinem* Geld die Butter für deine Brötchen kaufen.«

»Ich scheiß auf dein Geld«, sage ich kalt. »Wenn du Mama noch ein einziges Mal misshandelst, bist du dran.«

Er schnaubt. »Spar dir deine Einschüchterungsversuche. Wir leben hier nicht im wilden Westen, Nicolas.«

»Nein. Aber auf einer sehr kleinen Insel, auf der Neuigkeiten jeglicher Art schnell die Runde machen. Was meinst du, Uli: Wie viele Patienten lassen sich wohl freiwillig von einem Zahnarzt behandeln, der seine Familie verprügelt?«

Es ist das erste Mal, dass ich meinem Vater offen drohe, und er sieht aus, als würde er mir dafür am liebsten die Faust in den Bauch rammen. Doch er bleibt sitzen, bebend vor Zorn und unterdrückter Aggression. Der Löwe wird alt, begreife ich mit plötzlicher Klarheit. Er wird alt, spürt seine Schwäche und bekommt Angst vor dem eigenen Nachwuchs.

Zu Recht. Denn er hat siebzehn Jahre lang alles dafür getan, sich diese Angst zu verdienen.

»Hier kommt das Obst«, sagt meine Mutter zaghaft.

23

Svea

Heute hat es von morgens bis abends geregnet, sodass die Aufenthalte im Hof ausfallen mussten. Da ist mir aufgefallen, wie sehr ich mich daran gewöhnt habe, zweimal täglich raus zu dürfen, mich aufs Gras zu setzen, das Gesicht der Sonne entgegenzuhalten. Das klingt komisch, nicht wahr? Aber die Zeiten im Hof sind mir tatsächlich zu einer täglichen Freude geworden.

Ansonsten geht das Gefängnisleben seinen Gang. Offenbar gewöhnt der Mensch sich an alles, denn ich bin nicht mehr so verzweifelt wie am Anfang. Du kannst deinen Vater also beruhigen, falls er sich Sorgen machen sollte. Es ist zwar öde hier drin und ich bin nach wie vor der Meinung, ich gehöre nicht hierher, aber zumindest die Werkmeisterin an meinem Arbeitsplatz ist recht nett. Um ehrlich zu sein, habe ich ihr sogar schon zwei-, dreimal mein Herz ausgeschüttet. Und manches von dem, was sie gesagt hat, brachte mich schon zum Nachdenken. Zeit genug, um nachzudenken, habe ich ja jetzt.

Ich werde dich in den nächsten Tagen einmal anrufen,

Svea. Zwar muss ich mit den paar Euro, die ich pro Monat ausgeben darf, gut haushalten (verrückt, als sei ich ein Kind, das Taschengeld bekommt), aber ich möchte so gerne deine Stimme hören. Du fehlst mir sehr, Svea. Und dein Vater fehlt mir auch. Kannst du ihm das vielleicht sagen? Natürlich nur, wenn das in Ordnung für dich ist.

Ich liebe euch. Noch gute neun Monate ohne euch, und wenn ich alles richtig mache hier drinnen, dann sind es nur noch sechs. Ein paar davon (hoffentlich) im offenen Vollzug.

Sechs Monate. Das schaffe ich, Svea.

Ja, das schaffe ich.

Nick und ich beugen uns gemeinschaftlich über das Thesenpapier, an dem wir arbeiten. Er sitzt sehr nah neben mir, er riecht nach Salz und Sonne, und ich muss mich schwer zusammenreißen, um nicht zu schnuppern und zu seufzen, sondern nachzudenken.

Und nachzudenken ist bei dieser Teamarbeit dringend nötig: Denn Nicks Ansichten zu Vergehen und Strafe sind dermaßen unerbittlich, dass ich unbedingt dagegenhalten muss.

Er stimmt der Hypothese, dass der Staat ethisch verwerfliches Verhalten umgehend bestrafen müsse, hundertprozentig zu.

Ich lehne diese Hypothese zu hundert Prozent ab.

Na ja, vielleicht nicht zu hundert. Aber zu achtzig (siebzig?) bestimmt. Natürlich sollten Verbrecher nicht frei herumlaufen und ungehindert Schaden anrichten dürfen, aber wenn ich mir meine Mutter so anschaue … dann frage ich mich, ob es in ihrem Falle nicht doch eine Alternative zum Wegsperren gegeben hätte.

Es ist schwierig, mit Nick darüber zu diskutieren, ohne allzu viel von meiner Familie zu verraten. Sobald ich Beispiele anführe (von denen ich selbstverständlich vorgebe, sie gerade erst erfunden zu haben), bricht mir der Schweiß aus.

Wie zum Beispiel jetzt, als ich mit unbewegter Miene vorschlage: »Man könnte Menschen, die keine Gefahr für andere darstellen, ja auch zu einer Therapie zwingen. Das wäre in manchen Fällen bestimmt erfolgversprechender, als sie wegzusperren. Bei uneinsichtigen, aber gewaltlosen Wiederholungstätern zum Beispiel.«

Und zack: Schweißausbruch. Ich hoffe nur, mein Deo hält, was die Werbung verspricht.

Nick runzelt die Stirn. »Du schlägst doch nicht ernsthaft einen Zwang zur Therapie vor, oder? Ich bin ziemlich sicher, eine Therapie muss freiwillig gemacht werden, sonst kann sie nicht wirken.«

»Ich rede nicht von Zwang. Vielleicht würde die Täterin … äh, oder der Täter ja freiwillig hingehen.«

»Wenn der Täter so besserungswillig wäre, hätte er sich wahrscheinlich gar nicht erst in eine solche Situation gebracht.« Grimmig schüttelt Nick den Kopf. »Nein, gerade bei Wiederholungstätern hilft nur die harte Tour.«

Ach ja? Und woher will er das wissen, bitte schön?

»Das kann man doch so pauschal nicht sagen!«, brause ich auf. »Kennst du alle Wiederholungstäter dieser Welt?

Vielleicht sind welche dabei, die zum Beispiel immer wieder … stehlen, weil sie … weil sie enttäuscht sind von ihrem Leben. Denen müsste man die guten Seiten ihres Daseins aufzeigen, um sie zu der Einsicht zu bringen, dass sie es gar nicht nötig haben zu stehlen! *Das* wäre sinnvoll. Aber das schafft man bestimmt nicht im Gefängnis!«

Ich merke selbst, dass meine Argumentation schwammig und chaotisch ist, aber verdammt, noch mehr ins Detail gehen *darf* ich nicht, oder?

»Wir reden hier aber nicht von armen Opfern, denen das Leben übel mitgespielt hat, sondern von Tätern«, sagt Nick. »Soll man diese Täter, nachdem sie ihre Verbrechen begangen haben, etwa freundlich darauf hinweisen, dass sie doch auch als ehrbare Bürger Spaß am Leben haben könnten? Glaubst du wirklich, das reicht aus?«

So wie er es ausdrückt, klingt mein Vorschlag tatsächlich naiv und unrealistisch. Ich presse die Lippen aufeinander.

»Manche Menschen«, fährt Nick unnachgiebig fort, »brauchen keine verständnisvollen Gespräche, sondern einen ordentlichen Tritt in den Hintern. Und bei manchen kommt man überhaupt nur mit Drohungen weiter. Sonst verhalten sie sich bis in alle Ewigkeit wie die letzten Arschlöcher, glaub mir.«

Oha. Das klang jetzt aber gar nicht mehr objektiv und distanziert! Ich mustere Nick erstaunt, doch er weicht meinem Blick aus. Fährt sich durch die verstrubbelten Haare, wirft ein paar Stichworte aufs Papier.

Und plötzlich habe ich das untrügliche Gefühl, dass nicht nur mir das Thema unseres Projekts an die Nieren geht.

Wie aus dem Nichts taucht Frau Hollenkamp an unserem Tisch auf.

»Gibt es Probleme?«, fragt sie mit dieser zuckersüßen Mädchenstimme, die sie extra für Nick reserviert zu haben scheint. »Ihr beiden wirkt so nachdenklich. Ihr kommt wohl nicht weiter?«

Nick schaut flüchtig zu ihr hoch. »Doch, alles prima.«

»Das sieht mir aber nicht so aus«, beharrt Frau Hollenkamp und klingt nun wieder mehr nach Lehrerin, vielleicht, weil Nick ihr Lächeln nicht erwidert hat. »Wo hakt es denn?«

Wir schweigen.

Frau Hollenkamp seufzt, greift nach unserem Papier und überfliegt es. »Ah, ich sehe schon, zwei vollkommen gegensätzliche Positionen«, murmelt sie vor sich hin. »Mhm. Nun, das ist ja nichts Schlechtes, im Gegenteil, es führt dazu, dass alle Aspekte gründlich beleuchtet werden, und die Ansätze sind bereits …«

Ich schalte ab. Dass ich selbst und möglicherweise auch Nick an weit größeren Problemen herumkauen als an einer blöden Hypothese, kann Frau Hollenkamp nicht wissen. Also kann sie uns auch nicht helfen. Nicht da, wo es nötig wäre.

Ich werfe Nick einen verstohlenen Seitenblick zu. Er kippelt auf seinem Stuhl, einen unergründlichen Ausdruck in den schönen Ozeanaugen. Frau Hollenkamps

Gebrabbel scheint ihn ebenso wenig zu interessieren wie mich. Woran er wohl denkt?

»Ich hab's!«, verkündet Frau Hollenkamp triumphierend, lässt das Papier sinken und strahlt uns an. »Ihr kommt, wie ich sehe, auf keinen gemeinsamen Nenner, was den grundsätzlichen Nutzen von Strafe betrifft. Aber ich habe eine tolle Idee, wie ihr neue Impulse bekommen könntet!«

Etwas an ihrem Ton lässt mich misstrauisch werden.

»Ich habe eine Freundin, die mal als Sozialpädagogin in der Justizvollzugsanstalt für Frauen gearbeitet hat. Wie wäre es, wenn ich die fragen würde, ob ihr mal einen Tag dort hineinschnuppern …«

»Nein!«, sage ich scharf.

Nick hört auf zu kippeln und schaut mich an.

Frau Hollenkamp zieht die Augenbrauen hoch. »Lässt du mich bitte ausreden, Svea? Ich halte meine Idee für sehr, sehr gut. Theoretische Überlegungen sind das eine, doch die praktische Anschauung kann zu ganz neuen, überraschenden Einsichten führen.«

Es gibt im ganzen Bundesland nur eine einzige Justizvollzugsanstalt für Frauen. Die, in der meine Mutter einsitzt.

Und ich werde *nicht* dort hingehen, nur um eine gute Note zu bekommen.

Niemals.

»Es ist sehr schwierig, eine Besuchserlaubnis zu bekommen, ihr könnt euch also glücklich schätzen, dass ich diese Freundin habe«, sagt Frau Hollenkamp.

»Vielleicht sollten wir darüber nachdenken, Svea«, meint Nick.

»Nein«, wiederhole ich, während die Panik, die ich schon beinah besiegt zu haben glaubte, mächtiger in mir aufsteigt denn je.

»Warum nicht?«, will Nick wissen.

»Ich … Das gefällt mir einfach nicht, ich … Nein. Nein!«

»Svea.« Frau Hollenkamp stemmt die Hände in ihre Taille. »Darf ich dich daran erinnern, dass wir hier nicht im Kindergarten sind?«

Hauke und Erik drehen sich neugierig zu uns um.

Ich wische mir über die Stirn, sie ist feucht. Dafür ist mein Mund knochentrocken, und mein Herz rast. Was soll ich jetzt sagen, wie meine Ablehnung rechtfertigen? Ich fühle mich in die Enge getrieben, hilflos, ratlos.

Ich versuche zu schlucken, habe keine Spucke mehr im Mund, sage heiser: »Bitte, Frau Hollenkamp, wir kriegen das hin, auch ohne Praxisbezug. Ich bin sicher, Nick und ich können uns irgendwie einigen und …«

»Aber darum geht es doch gar nicht!«, sagt Frau Hollenkamp verärgert. »Ihr sollt dieses Projekt nicht mit einem Minimum an Aufwand durchziehen, sondern euch wirklich reinknien! Deshalb dürft ihr ja mehrere Wochen daran arbeiten. Ihr sollt etwas dabei lernen!«

Es ist still geworden in der Klasse, mittlerweile verfolgen auch Sebastian, Ilka und mehrere Schüler der Parallelklasse unseren Disput. Das Gefühl, in die Enge getrieben zu werden, wird schlimmer. Mein Herz hört nicht auf zu rasen, das Blut rauscht mir in den Ohren, und die Panik … die Panik … Die Wände wabern, drehen sich, stürzen auf mich zu, als ich meinen inneren Kampf verliere. Meine Panik ist stärker als ich, ich kann mich nicht mehr dagegen wehren, und mir ist so schwindelig, dass ich kotzen könnte. Kaum weiß ich, was ich tue, als ich aufstehe, etwas von »Klo« murmele und aus dem Klassenzimmer wanke.

Als die Tür hinter mir zufällt, fange ich trotz des schwankenden Bodens an zu rennen. Durch die leeren Gänge, die Treppen runter, aus der schweren Eingangstür, an die frische Luft. Auf die Straße.

Nach Hause.

Wo es still und unordentlich ist, verlassen und traurig, aber immerhin sicher.

Sicher. Sicher. Sicher. Sicher. Sicher.

Das Wort und die körperliche Anstrengung bringen mich langsam runter. Mein Verstand beginnt knirschend wieder zu funktionieren.

Und als ich begreife, wie ich mich gerade verhalten habe – nämlich nicht nur peinlich, sondern vor allem *auffällig* –, da stöhne ich gequält auf. Höre auf zu rennen, bleibe mitten auf dem Bürgersteig stehen und stütze keuchend meine Hände auf die Knie.

Es dauert lange, bis ich es schaffe, mich aufzurichten und weiterzugehen. Ich rieche durchdringend nach Schweiß, und meine Wangen sind nass von Tränen, als ich endlich unsere Haustür aufschließe und den dämmerigen Flur betrete.

Ohne Jacke, ohne Rucksack. Denn beides liegt noch in der Schule.

Ach, Scheiße.

Dieser Freitag wird nicht mehr mein Freund.

24

Nick

Unschlüssig schwebt mein Finger über dem Klingelknopf.

Svea hat auf Frau Hollenkamps Vorschlag so extrem reagiert, dass ich nicht anders konnte als ihr nach Hause zu folgen. Frau Hollenkamp gegenüber habe ich vorgegeben, Svea sei schon die ganze Stunde über kotzübel gewesen, auch ihr Kreislauf habe Probleme gemacht, sodass es völlig unverantwortlich sei, sie allein … Mehr musste ich gar nicht sagen. Frau Hollenkamp, der das schlechte Gewissen ins Gesicht geschrieben stand, hat mich nicht nur gehen lassen, sondern förmlich aus der Klasse gescheucht.

Und deshalb stehe ich jetzt hier.

Habe ich Svea genügend Zeit gegeben, dass sie sich fassen kann? Oder ist es noch zu früh, ihr meine Hilfe anzubieten, ein offenes Ohr, tatkräftige Verteidigung, Trost?

Mein Unterbewusstsein entscheidet für mich, und mein Finger zuckt nach vorne. Ich klingele.

Hoffe, dass Svea die Tür nicht gleich wieder zuschlägt, sobald sie mich sieht.

Frage mich, ob sie Hilfe von einem wie mir überhaupt annehmen will.

Denn große Fortschritte hat unsere Beziehung seit meiner von Nora verursachten Pleite noch nicht gemacht. Ich bin mir nach wie vor nicht sicher, ob Svea mich attraktiv findet, oder zumindest nett. Ob sie irgendetwas an mir mag. Meine Ansichten zum Strafvollzug jedenfalls findet sie komplett daneben. Aber hey, soll ich mich verstellen und mit meiner Meinung hinter dem Berg halten, nur um ihr zu gefallen?

Selbst wenn ich es wollte, könnte ich es nicht. Denn sobald es um Täter geht, um Verbrechen und Strafe, steht mir mein Vater vor Augen. Mein verfluchter, gewalttätiger, unbestrafter Vater.

»Was machst *du* denn hier?« Ich zucke zusammen, so plötzlich hat Svea die Tür aufgerissen. Sie trägt nichts als einen kurzen, dunkelroten Bademantel, ihre nassen Haare sind glatt zurückgekämmt, und sie starrt mich völlig entgeistert an.

Oh mein Gott. Haltung, Nick!

»Nette Begrüßung.« Ich lege den Kopf schief. »Eigentlich wollte ich nur sehen, ob du okay bist. Aber es toppt all meine Erwartungen, dass du nicht nur okay bist, sondern sogar frisch geduscht.«

Frisch geduscht und unter diesem knappen Bademantel höchstwahrscheinlich nackt.

Heilige Scheiße.

Tapfer halte ich meinen Blick auf ihr Gesicht geheftet, während Svea unschlüssig scheint, was sie von meiner Bemerkung halten soll. Schließlich murmelt sie halbherzig: »Komm doch rein.«

Das lasse ich mir nicht zweimal sagen.

Ich trete hinter ihr in den Flur, der eng und düster ist und zehnmal in den Eingangsbereich unserer Villa passen würde. Svea wirft mir einen unsicheren Blick über die Schulter zu, bevor sie mich in ihr Zimmer führt. Ich versuche, mich nicht allzu neugierig umzusehen, doch ich kann nicht verhindern, dass mir im Wohnzimmer kalter Rauch in die Nase steigt (deshalb also riecht Svea ständig danach), dass mir die Schäbigkeit der Möbel auffällt, das Fehlen jeglicher Blumen oder Kerzen. Ob ihre Mutter nicht auf Schnickschnack steht? Meine eigene Mutter pflastert unser gesamtes Haus damit.

»Bitte sehr«, sagt Svea steif, als wir in ihrem kleinen Zimmer stehen, und weist auf einen Schreibtischstuhl. Sie selbst setzt sich aufs Bett, mit geradem Rücken und züchtig zusammengepressten Knien.

»Möchtest du etwas trinken?«, fragt sie und hält ihren Blick angestrengt auf den Teppichboden gerichtet.

»Nein danke.«

Ich beuge mich auf dem klapprigen Schreibtischstuhl vor, stütze die Unterarme auf meine Oberschenkel und mustere sie. Dass sie so förmlich mit mir umgeht, mir etwas zu trinken anbietet wie einem Fremden, kommt mir total abwegig vor. Nicht nur, weil sie im Bademantel vor mir sitzt, sondern weil ich sie bereits in meinen Armen gehalten und geküsst habe, einmal am Strand und tausendmal in meinen Träumen. Herrgott, wir *kennen* uns doch! Irgendwie.

Außerdem ist sie vor nicht einmal zwei Stunden in der Schule ausgeflippt.

Und deshalb ist es an der Zeit, Klartext zu reden.

»Ich möchte wissen, warum du vorhin weggelaufen bist, Svea.«

Erschrocken löst sie ihren Blick vom Teppichboden, sieht mich an wie das Kaninchen die Schlange. Die Sekunden verstreichen, wir schauen uns in die Augen, und einen Moment lang denke ich, ja, endlich, sie gibt ihren Widerstand auf, sie vertraut sich mir an!, doch da schüttelt sie langsam den Kopf und sagt: »Es war nichts. Mir war … komisch. Der Magen und … und der Kreislauf.«

Ausflüchte? Vergiss es, Süße.

»Lustig, genau das habe ich auch Frau Hollenkamp erzählt.« Ich fixiere sie. »Aber es ist nicht die Wahrheit. Habe ich recht?«

Keine Ahnung, warum ich es so sehr darauf anlege, Svea zu knacken, hier und jetzt. Vielleicht, weil wir auf ihrem Terrain sind, in ihrem Schutzkreis. Wenn sie es in ihrem eigenen Zimmer nicht schafft, sich von mir helfen zu lassen, wo dann? Und ich spüre, ich *weiß*, dass sie kurz davor ist, es mir zu erzählen: das, wovor sie wegläuft, seit wir uns kennen. Das, was sie dazu gebracht hat, mich in jener Nacht so rüde zurückzustoßen.

Plötzlich steigt ein fieser Verdacht in mir auf. Ich zähle eins und eins zusammen: ihr Plädoyer für Milde statt für

Strafe. Ihre Abneigung gegen Gefängnisse. Ihr Lederjacken-Freund. Verflucht, kann es etwa sein, dass …

»Ist er kriminell?«, stoße ich zwischen zusammengebissenen Zähnen hervor. »Dein Freund, Svea. Dreht er irgendwelche krummen Dinger?« *Denn wenn er das tut, und wenn er dich da mit reinzieht, dann gnade ihm Gott.*

Sveas Augen werden groß. Und dann … fängt sie an zu lachen.

Sie lacht?!

»Mein Freund«, gluckst sie, »mein Freund ist nicht kriminell, nein. Was würdest du denn unternehmen, wenn er es wäre?«

»Das willst du gar nicht wissen«, knurre ich und bin gleichzeitig eingeschnappt und erleichtert. Ich hoffe nur, sie merkt mir meine Verwirrung nicht an.

Svea lächelt, ihre Augen glänzen, und ich frage mich, womit zum Teufel ich es gerade geschafft habe, sie aus ihrem Tief zu reißen. Ich werde einfach nicht schlau aus dem Mädchen!

Trotzdem kann ich nicht anders als zurückzulächeln, so froh bin ich, dass Trauer und Angst aus Sveas Augen verschwunden sind. Wir lächeln und blicken uns an, lächeln und versinken ineinander, lächeln und … wenn ich sie jetzt küssen würde, einfach so, was würde sie wohl tun?

Ob ich es darauf ankommen lassen soll?

Und warum zögere ich überhaupt noch? Ich war noch nie der Typ, der Angst vor Zurückweisung hat, und ich hatte auch noch nie Grund dazu. Oh Mann, jedes andere

Mädchen läge bereits unter mir auf diesem Bett! Und zwar mehr als willig.

»Er ist gar nicht mein Freund«, sagt Svea leise. »Schon lange nicht mehr.«

Unwillkürlich atme ich auf. Trotzdem kann ich mir die Frage nicht verkneifen: »Dann küsst du alle deine Kumpels so innig?«

»Es war eine Art ... Abschiedskuss«, sagt Svea verlegen.

Ich ziehe die Brauen hoch, worauf sie herausfordernd das Kinn vorschiebt und kontert: »Wenn wir schon vom öffentlichen Knutschen reden: Was, bitte schön, ist mit Astrid?«

»Astrid und ich haben uns getrennt. Endgültig.«

»Ha! So endgültig wie nach unserer Nacht am Strand, was? Und wer ist ihre Nachfolgerin? Die Tussi mit den Schmetterbällen? Oder eine ihrer hohlköpfigen Freundinnen?«

Ich muss lächeln, denn sie ist verdammt süß, wenn sie eifersüchtig ist. Doch Svea lächelt nicht zurück. Es scheint ihr wirklich ernst zu sein.

So ernst wie mir.

Und deshalb verlasse ich meinen Platz am Schreibtisch und gehe langsam auf sie zu.

Als ich vor ihr stehe, legt sie den Kopf in den Nacken und blickt mich an, mit großen Augen, unverwandt. Sie wartet auf meine Antwort, und mir wird klar, dass sie mir nichts gewähren wird – keinen Kuss, keine Berührung, rein gar nichts –, bevor sie nicht genau das von mir gehört hat, was sie hören will.

Verflucht. Ich war noch nie gut darin, meine Gefühle auszudrücken. Die meiste Zeit meines Lebens wollte ich sie ja nicht einmal wahrnehmen! Ich wollte sie knebeln, ungefährlich halten. Das war meine Strategie.

Doch jetzt ist alles anders.

Ich schaue auf Svea hinunter. Auf ihr zartes, entschlossenes Gesicht, ihre Bernsteinaugen, die feuchten, dunkelbraunen Haare, die sich an den Spitzen bereits wieder zu kringeln beginnen. Auf die Hände, die den dunkelroten Bademantel vor ihren Brüsten zusammenhalten. Oh Gott, ich bin verrückt nach ihr. Ich will mit ihr zusammen sein, ich habe die Spielchen so satt! Und wenn sie von mir verlangt, dass ich ihr all das offenbare – dass ich mich ohne Rettungsring ins tiefe Wasser werfe, auf die Gefahr hin, dass sie mich ertrinken lässt –, dann …

Werde ich es eben tun.

Ich öffne den Mund, um Svea zu gestehen, was ich noch nie zuvor gefühlt, geschweige denn zu einer Frau gesagt habe, als das Schrillen des Telefons in der Diele uns beide zusammenzucken lässt.

Was für ein beschissenes Timing.

Ich klappe meinen Mund wieder zu, fahre mir durch die Haare und verfluche stumm den Anrufer, wer auch immer er sein mag. Hätte der Blödmann mit dem Griff zum Hörer nicht noch *eine* Minute warten können?

Svea zuckt mit den Schultern und lächelt zu mir hoch. »Ich muss da nicht rangehen, es kann sowieso nicht für mich sein. Eigentlich wäre ich ja gerade in der Schule.«

Also lassen wir es klingeln, und als der Anrufbeantworter anspringt, bereite ich mich darauf vor, dass die Unterbrechung gleich vorüber sein wird. Dann werde ich mein Geständnis ablegen, mich als der verliebte Schwachkopf outen, der ich seit unserer Nacht am Strand bin, und sie endlich, endlich in meine Arme ziehen.

»Svea, hier ist Papa«, ertönt es scheppernd durch die offene Tür. Der AB ist wohl auch nicht von bester Qualität. »Wenn du von der Schule kommst, pack doch bitte ein paar Sachen für Mama zusammen. Ich habe überraschend für morgen freibekommen, und da dachte ich mir … ähm, na ja, ich war ja noch gar nicht dort und du hast mir letztens sehr erfolgreich ins Gewissen geredet. Also besuche ich sie morgen. Aber allein, wenn es dir nichts ausmacht, denn es täte uns gut, deiner Mutter und mir, mal wieder in Ruhe zu reden. Hab gerade dort angerufen und mich angemeldet. Wie auch immer, heute Abend wird es spät, wir haben eine Feier hier im *Fischkopp*, darum wäre es mir recht, wenn du das mit der Kleidung erledigen könntest. Wir haben bald Oktober, Mama braucht ihre Herbst- und Winterkleidung, die Liste müsste bei den anderen Unterlagen liegen, pass aber auf, dass du dich an die Anzahl der erlaubten Kleidungsstücke hältst. Nicht, dass ich alles wieder mit heimnehmen muss. Wer weiß, wie streng die in dieser Hinsicht sind. Also, bis dann. Und danke, mein Schatz.«

Er legt auf, der Anrufbeantworter piepst, und Svea sitzt totenbleich auf ihrem Bett.

Wovon zum Teufel hat ihr Vater gesprochen?

Svea dreht den Kopf zur Seite, sie ringt sichtlich um Fassung. »Frag nicht«, sagt sie heiser. »Stell einfach keine Fragen!«

Ich murmele etwas Zustimmendes, aber das scheint sie nicht zu beruhigen. Im Gegenteil, sie sieht aus, als würde sie gleich umkippen. Alles ist noch schlimmer als vorhin in der Schule, und ich begreife instinktiv, dass Svea dringend hier rausmuss. Sie braucht frische Luft, Bewegung, und vor allem einen Tapetenwechsel.

Also fasse ich einen Entschluss. »Okay. Zieh dich an, föhn dich, ich warte im Wohnzimmer auf dich. Und dann gehen wir zu mir.«

»Zu …?«

»Woanders können wir nicht hin«, sage ich bestimmt, »denn wir schwänzen gerade die Schule, schon vergessen? Bei mir zu Hause sieht uns keiner. Mein Vater ist nicht da, und meiner Mutter erzählen wir, ähm, dass wir für unser Projekt recherchieren müssen. Am Computer.« Wobei es mir scheißegal ist, ob Kathrin mir diese platte Lüge abnehmen wird oder nicht. »Was wir dann wirklich machen, werden wir sehen. Ich lasse dich jedenfalls nicht allein, so durcheinander, wie du bist.«

Svea schweigt, und ich fürchte schon, mein Vorschlag ist auf taube Ohren gestoßen. Fürchte, sie schmeißt mich einfach raus, aus ihrem Zimmer, ihrem Leben, ihrem überwältigenden Kummer.

Doch da steht sie vom Bett auf, bleibt zehn Zentimeter von mir entfernt stehen, schaut mir in die Augen und sagt leise: »Ich danke dir.«

Ich werde ganz schwach.

Am liebsten würde ich sie auf der Stelle küssen, aber ich beherrsche mich, denn es wäre der falsche Zeitpunkt. Svea soll mich nicht küssen, weil sie traurig und überrumpelt ist. Sie soll mich küssen, weil sie es *will*.

Also vertröste ich mich selbst auf später, zwinkere ihr nur zu und gehe dann schnell ins Wohnzimmer.

Bevor das Testosteron in meinem erhitzten Körper mich dazu treiben kann, dass ich es mir in letzter Sekunde anders überlege.

25

Svea

Woher weiß man eigentlich, dass man träumt? Wenn man fliegen kann, in einen Terroranschlag gerät oder einen Filmstar küsst? Wenn einem also alles, was man erlebt, völlig unwahrscheinlich erscheint?

Dann stehen die Chancen gut, dass ich gerade *nicht* wach bin. Denn Nick hat mich im Bademantel gesehen (unter dem ich vollkommen nackt war), er schien mir kurz davor zu sein, mich zu küssen (nachdem er mich wochenlang wahlweise provoziert, ignoriert oder mit gleichgültiger Höflichkeit behandelt hat), mein dämlicher Vater hat um ein Haar alles verraten (wobei er nicht »Gefängnis« gesagt hat, das ist mein einziger Trost), und Nick hat danach nicht befremdet das Weite gesucht, sondern mich zu sich nach Hause eingeladen.

Also? Ein Traum, ganz eindeutig!

Dennoch fühlt es sich ziemlich wirklich an, wie ich da neben Nick im Bus sitze, sein Knie warm an meinem, unsere Hände, die auf unseren Oberschenkeln ruhen, nur Zentimeter voneinander entfernt. Die Luft zwischen uns vibriert, vielleicht ist es auch nur das Ruckeln des Busses, aber in mir selbst vibriert es ohne Zweifel. Ich bin voll knisternder Erwartung, voll herzklopfender Aufregung, voll Jammer über meine Eltern und Scham über mein peinliches Austicken – kurz: randvoll mit den widersprüchlichsten Gefühlen und ohne einen blassen Schimmer, wie dieser irre Tag sich noch entwickeln wird.

Nick legt seine Hand leicht auf meine. »Wir sind da.«

Schon ist die Hand wieder weg und Nick steht auf. Ich will nach ihm greifen, die Berührung erwidern, wenn auch zu spät, aber ich lasse es bleiben.

Ich kann mir nicht trauen, ich bin zu durcheinander.

Nichts wünsche ich mir in diesem Moment mehr, als meine Eltern einfach ihrem Schicksal zu überlassen, keine gute Tochter mehr zu sein, sondern mich nur noch darum zu kümmern, endlich mit Nick zusammenzukommen. Und das erschreckt mich. Trotzdem habe ich das drängende Gefühl, dass ich nicht mehr warten kann. Dass das, was zwischen Nick und mir schwelt und glüht, kurz vor der Explosion steht.

Aber hey, die Explosion muss ja nicht unbedingt im Bus stattfinden.

Als wir aussteigen, merke ich erst, wo wir gelandet sind: im Villenviertel unserer Insel, nicht weit vom Oststrand, wo wir uns geküsst haben. Wir gehen eine breite Straße mit weißen Einfamilienhäusern entlang, und ich sehe mich unauffällig um. Alles hier ist großzügig, schön und gepflegt. Im Hintergrund hört man das Rauschen der

Nordsee, die Herbstsonne legt einen goldenen Schimmer über Fassaden, späte Rosen und sorgfältig gestutzte Rasenflächen. In einem der Vorgärten arbeitet ein Gärtner, er recht rotes und gelbes Herbstlaub zusammen. Ein Gärtner, du lieber Himmel! Ob die hier auch Köchinnen und Chauffeure haben?

Ich werfe Nick einen Seitenblick zu. Er bewegt sich mit gelassener Selbstverständlichkeit durch eine Welt, die mir völlig fremd erscheint, obwohl sie nur ein paar Busstationen von der meinen entfernt ist. Schmerzhaft durchzuckt mich die Erkenntnis, dass dies wohl die Welt ist, nach der meine Mutter sich gesehnt hat – dass es das ist, wonach sie in Wirklichkeit gegriffen hat, wenn sie nicht widerstehen konnte.

Es war nicht die Tasche, der Ring, das Seidentuch.

Es war das Gefühl, nicht in ein spießiges kleines Häuschen zu gehören, sondern in ein Leben, das aus mehr besteht als aus Verzicht, Resignation und demütigem Zurückstecken.

Mama wollte Sterne statt zerbrochener Träume.

Die Erkenntnis stimmt mich nachdenklich, und obwohl ich nach wie vor nicht billige, was meine Mutter getan hat, beginne ich sie zu verstehen. Ob Papa je versucht hat, Mamas Motive zu begreifen? Ob ich mit ihm darüber sprechen sollte? Denn wenn Mama entlassen wird, werden wir neu anfangen müssen – wir können nicht nahtlos dort weitermachen, wo wir so abrupt aufgehört haben. Wie kann Mama sich ändern, wenn das Leben, das sie nicht ertragen hat, das gleiche bleibt?

Mitten in meiner Grübelei fällt mir ein, dass ich meine Eltern noch vor wenigen Minuten ihrem Schicksal überlassen wollte, ohne mir je wieder Gedanken über sie zu machen. Na, das klappt ja toll. Ich verziehe das Gesicht. Eine schlechte Tochter zu sein ist gar nicht so leicht, wie man glauben sollte.

Vor dem protzigsten Haus der ganzen Straße machen wir Halt. Doch erst als Nick den Vorgarten betritt, geht mir auf, dass dieses Pseudo-Schlösschen wohl sein Heim sein muss.

»Hübsch hier«, krächze ich erschlagen.

Er zuckt bloß mit den Schultern. »Wie sagt man so schön? Es ist nicht alles Gold, was glänzt.«

Wie meint er das nun wieder?

Stirnrunzelnd folge ich ihm den gekiesten Gartenweg entlang, vorbei an Buchsbaumkugeln und ausladenden Hortensienbüschen. Sehe ihn den Schlüssel aus der Hosentasche fummeln, aufschließen, höre den Schrei einer Frau.

Und ohne Vorwarnung bricht die Hölle los.

26

Nick

Sowie ich sie schreien höre, weiß ich, was geschehen ist: Uli hat sich in der Praxis geärgert.

Und nun gönnt er sich eine kleine Pause daheim und reagiert sich ab.

An meiner Mutter.

Ich vergesse Svea, achte nicht auf das Krachen der Tür, die ich mit dem Fuß gegen die Wand getreten habe, folge nur dem Schrei. Er kam aus dem Wohnzimmer, und eine Sekunde später bin ich dort.

Er hat sie über das Sofa geworfen wie eine Puppe. Ihr Arm liegt schützend über ihrem Gesicht, doch es nützt ihr nichts, denn er hat es nicht auf ihr Gesicht abgesehen – zu verräterisch, Uli hört ja nie auf zu denken, selbst jetzt nicht. Stattdessen drischt er auf ihre Arme ein, ihren Bauch, ihre Brust, während sie erfolglos versucht, ihre Schreie zu unterdrücken.

Die Welt um mich herum verschwimmt in rotem Nebel.

Die Nachbarn, Uli, denk doch an die Nachbarn … Lieb-

chen, jeder Vater ist dann und wann angespannt, du musst das verstehen, und ich glaube schon, dass es ihm leidtut, danach … Uli, beherrsch dich doch, das arme Kind… Wo ist nur die Salbe? Komm her, mein Kleiner, schschsch, ist ja gut, es ist vorbei… So ein wildes Kind, ständig klettert er auf Bäume und fällt herunter, jaja, die Jungs … Diesen Fraß soll ich essen?! Was glaubst du, wer du bist, dass du mir so etwas vorsetzen darfst, he? … Du wirst es schon noch begreifen, Kathrin, wer hier die Hosen anhat, und wenn ich's in dich reinprügeln muss …

Brüllend wie ein Tier stürze ich mich auf meinen Vater.

Ich reiße ihn zu Boden, der Überraschungsmoment ist auf meiner Seite, schon liegt Uli auf dem Rücken, hilflos, mit aufgerissenen Augen. Er röchelt unter dem Gewicht meines Körpers.

»Ich mach dich fertig!« Wie von Sinnen schlage ich ihm ins Gesicht. »Ich mach dich fertig, du Arschloch, ich habe dich gewarnt!«

Noch ein Schlag, hart und hemmungslos. Der Kopf meines Vaters fliegt zur Seite. Blut schießt aus seiner Nase.

»Ich habe dir gesagt, du fasst sie nicht mehr an! Ich habe dich gewarnt, du mieser Drecksack, ich bring dich um, ich …«

Hände zerren an meinen Armen, an meinen Schultern, ziehen mich von meinem Vater weg, der liegen bleibt und sich stöhnend an sein malträtiertes Gesicht fasst. Ich wehre mich, will mich wieder auf ihn stürzen, will ein für alle Mal beweisen, dass der Albtraum zu Ende ist, mein Albtraum, der Albtraum meiner Mutter, doch da höre ich Sveas Stimme an meinem Ohr.

»Es ist gut, Nick. Es ist gut. Lass ihn. Wir gehen zur Polizei und zeigen ihn an. Aber lass ihn jetzt. Du bist nicht wie er, lass ihn, Nick. Komm zu mir, steh auf, komm hoch zu mir. Na komm schon. Komm.«

Und ich lasse mich hochziehen, lasse ihre Arme mich umfangen, ihr Flüstern mich umhüllen. Spüre, wie der mörderische Zorn in mir abebbt, wie Tränen über meine Wangen laufen, höre meine Mutter schluchzen, sehe, wie sie sich vom Sofa aufrappelt und zum Fenster wankt, um die Gardinen zuzuziehen.

Immer die verfluchten Gardinen.

Denk an die Nachbarn, Liebchen. Erzähl es bloß nicht rum, oder willst du etwa fortziehen von hier, aus diesem schönen, schönen Haus? Willst du, dass Papa seine Praxis aufgeben muss, weil niemand mehr zu ihm in Behandlung kommt? Jeder von uns verliert manchmal die Beherrschung, mein Liebchen. Das sollte man nicht überbewerten.

Mein Vater setzt sich langsam auf, mit blutverschmiertem Gesicht, und meine Mutter dreht sich vor den zugezogenen Gardinen zu uns um. Svea steht neben mir, die Arme um meinen zitternden Oberkörper geschlungen.

»Bitte nicht«, flüstert meine Mutter, ihr Blick irrt von mir zu Svea und zurück. »Bitte nicht die Polizei. Kein Aufsehen, nicht … die Polizei.«

Fassungslos starre ich sie an.

Und in dem Moment, da sie den Blick niederschlägt, weiß ich, dass ich gescheitert bin.

Meine Mutter wird sich nicht von mir retten lassen, niemals. Sie hat sich mit Haut und Haaren meinem Vater verschrieben, ihm und dem Leben, das er ihr zwischen seinen Prügelattacken bietet. Sie hat sich verkauft, für eine Villa, den Status als Zahnarztgattin und einen tadellosen Ruf, und an allem, was uns beiden passiert ist, trägt sie ihren Teil der Schuld. Denn mein Vater hätte sich niemals so weit vorgewagt, nicht damals bei mir, nicht jetzt bei ihr, wenn er sich nicht absolut sicher gewesen wäre, dass er auf die Loyalität und Verschwiegenheit seiner Frau zählen kann.

Ich bin allein, schießt es mir durch den Kopf. Ich bin allein.

Ich habe keine Familie mehr.

27

Svea

Wie betäubt steht Nick da, und ich streichele sanft über seine Oberarme, seinen Rücken, flüstere ihm beruhigende Worte zu. Ziehe ihn weg von seinen Eltern, der Mutter, die unsere Hilfe ablehnt, dem Vater, der Nicks und meinen Blick meidet und es nicht wagt, aufzustehen oder etwas zu sagen, weil Nick stärker ist und ihn umbringen könnte.

Was allen in diesem Raum klar ist.

»Komm mit mir«, sage ich leise und schiebe Nick aus der ersten Tür, der zweiten, zurück in den sonnigen Herbsttag, bis wir dicht nebeneinander die ruhige, breite Straße hinuntergehen.

Langsam erwacht er aus seiner Benommenheit, und das Leben kehrt in seine Augen zurück.

Wir laufen ziellos durch das Villenviertel, und keinen von uns kümmert es mehr, dass wir die Schule schwänzen und uns jemand sehen könnte. Wir sind aus unserem Alltag gefallen, beide, hinein in die Albträume, die wir sonst sorgfältig vor anderen Menschen verbergen. Wie wir uns normalerweise geben, was wir darstellen, welche Rollen wir spielen, zählt nicht mehr. Wir sind nur noch Nick und Svea, und ich denke keine Sekunde darüber nach, ob es richtig ist, nun nach seiner Hand zu greifen.

Ich tue es einfach.

Da bleibt Nick stehen, nimmt auch meine andere Hand und sagt rau: »Tja, Svea. Wohin sollen wir gehen, da keiner von uns sein Zuhause erträgt?«

Seine Worte schneiden mir ins Herz. Dennoch versuche ich mich an einem Lächeln. »Wie wäre es mit dem Ort, an dem wir beide uns kennengelernt haben?«

Wenig später sitzen wir am Oststrand.

Obwohl die Herbstsonne ihr Bestes gibt, ist es vollkommen einsam hier, noch einsamer als im Sommer. Lediglich Möwen, Austernfischer und Eiderenten bevölkern Strand und Wasser. Und das ist gut so, denn neugierige Gesichter könnten wir im Moment nicht ertragen.

Bereits auf dem Weg hierher hat Nick angefangen zu reden, und es war, als hätte sich eine Schleuse in ihm geöffnet. Er erzählte mir von seiner Kindheit, von Angst und Ohnmacht. Vom ständigen Gefühl, im Stich gelassen und verraten zu werden von denen, die er liebte. Von Scham, von Rachegefühlen und vom verzweifelten Vorsatz, niemals so zu werden wie sein cholerischer, brutaler Vater.

»Ich habe noch nie jemanden misshandelt«, sagt er jetzt und schaut mit zusammengekniffenen Augen übers Meer. »Ich suche keinen Streit, weder nüchtern noch betrunken, und ich hasse Schlägereien. Aber vorhin…« Er stockt. »Uli bringt das Schlechteste in mir hervor, Svea. Als er da auf dem Wohnzimmerboden lag … Ich weiß nicht, wo es geendet hätte, wenn du mich nicht von ihm weggezerrt hättest.« Trostlos blickt er mich an. »Ich bin genauso ein Schwein wie mein Vater.«

Ich schüttele den Kopf. »Nein, Nick, das bist du nicht. Jeder von uns hat Angst, die gleichen Fehler zu machen wie seine Eltern, aber du – du bist anders als dein Vater. Vollkommen anders. Du wolltest deiner Mutter helfen, das ist alles.«

Heftig widerspricht Nick: »Das ist *nicht* alles! Ich habe ihn so sehr gehasst, als ich ihn vor diesem Sofa gesehen habe, über meiner Mutter … Ich habe mich daran erinnert, wie ich es war, der sich schluchzend unter seinen Hieben zusammengerollt hat, und ich wollte es ihm zurückgeben. Ich wollte mich endlich dafür rächen. Ich … ich hätte ihn am liebsten umgebracht.«

»Aber du hast es nicht getan. Du hast aufgehört.«

»Nur, weil du da warst.«

»Nein. Du wärst auch von allein zur Besinnung gekommen, ganz sicher.«

»Und woher willst du das wissen?«

»Weil du dich nicht mit Selbstvorwürfen zerfleischen würdest, wenn du wirklich so wärst wie dein Vater.«

Nick schweigt. Er scheint noch lange nicht überzeugt zu sein, dass Gene und Vorbild seines Vaters ihn nicht vollkommen versaut haben. Sein Blick ist offen und schutzlos, und ich erkenne die Verletzungen aus siebzehn langen Jahren in seinen Augen.

Doch ich erkenne auch das Gute, Hoffnungsvolle, Starke. Und ich weiß, dass es überwiegt.

Die Sonne lässt Nicks Haar aufleuchten. Ich hebe die Hand und streiche es ihm aus der Stirn. Immer noch haben wir uns nicht geküsst. Trotzdem fühlt es sich absolut selbstverständlich an, dass ich Nick berühre.

Dass ich ihm vertraue.

Dass ich Gleiches mit Gleichem vergelte und es ihm sage.

»Ich fürchte mich auch, Nick. Davor, am Ende nicht besser zu sein als meine Mutter, weil ich mich genauso nach den Sternen strecke wie sie.«

Ich schaue ihm fest in die Augen. »Sie ist im Gefängnis, Nick. Sie hat geklaut, all das Zeug, das für sie der Inbegriff von Luxus war. Vielleicht ist sie einfach vor der Angst weggerannt, dass sie versagt hat; dass ihr ganzes Leben ein Misserfolg war. Wie auch immer, jetzt ist sie für fast ein Jahr im Knast, und niemand darf es wissen, denn wenn es rauskommt, verliert mein Vater seinen Job.«

»Das ist es also«, sagt Nick ruhig.

Er wirkt nicht angewidert, nicht einmal geschockt, doch nach dem, was er mit seinen eigenen Eltern mitgemacht hat, wundert mich das auch nicht.

Unverwandt blickt er mich an. »Nach welchen Sternen streckst du dich, Svea?«

Ich zögere nur kurz. »Ich möchte Meeresbiologin werden. Das Studium ist schwierig und die Berufsaussichten sind schlecht, aber … trotzdem. Trotzdem! Ich will später nicht irgendeinen blöden Job haben, sondern einen

Beruf, der mich glücklich macht. Der einen Sinn hat, auch wenn ich nicht viel dabei verdiene. Ich möchte nicht mittelmäßig leben, einfach so vor mich hin vegetieren. Ich möchte etwas bewegen, verändern, zum Guten hin.«

So, das wäre der eine Stern, denke ich und lecke mir über die Lippen. Aber es gibt ja noch einen zweiten. Rücke ich mit dem auch noch raus? Ach, was soll's. Dieser Freitag hat sämtliche Regeln außer Kraft gesetzt, und angesichts dessen, was Nick und ich mittlerweile voneinander wissen, kommt mir kokette Zurückhaltung nur mehr albern vor.

»Da ist noch etwas, das ich will.« Meine Stimme zittert nur ein ganz kleines bisschen. »Und das bist du, Nick.«

Das Grün seiner Iris verändert sich, wird sanft und hell. Er legt seine Hand auf meine Wange, beugt sich zu mir herüber.

Und küsst mich.

Ich schließe die Augen. Rieche seinen Salz-und-Sonne-Duft, schmecke endlich wieder seinen Mund, fühle seine Hand an meiner Haut, und was bisher nichts als eine ziehende, hartnäckige Ahnung war, strahlt nun als unumstößliche Gewissheit in mir auf: Genau hier gehöre ich hin. In Nicks Arme, an seine Lippen; ohne Verstellung, bloß und nackt.

Wir gehören zusammen.

Ich lächele an Nicks Mund, so glücklich bin ich mit einem Mal. Fort sind meine Eltern, fort die seinen, fort die Erinnerungen an den Knast, an seine schreiende Mutter, an all unsere Sorgen. Und Nick scheint es ähnlich zu gehen, denn er küsst mich noch inniger. Seine Finger schieben sich in meine Locken, und ich schlinge wie eine Ertrinkende die Arme um seinen Hals.

Zu meinem Glücksgefühl gesellt sich leise Erregung, als ich anfange, Nick zu streicheln. Ich fühle die warme, glatte Haut seines Nackens, ertaste den Ansatz von Bartstoppeln auf seinen Wangen, höre seinen Atem. Spüre, wie er meinen Rücken liebkost, erst sanft, dann fester. Dränge näher zu ihm hin … und verliere mit ihm zusammen das Gleichgewicht, da unsere Hände viel zu sehr mit unseren Körpern beschäftigt sind, um sich abzustützen. Wir fallen in den Sand, bleiben verlegen lachend liegen und sehen uns an.

Und als die Wirklichkeit sich diesmal verschiebt, da wehre ich mich nicht dagegen. Nick und ich sind in unserem eigenen Universum, und alles ist gut. Wir sind geborgen, geschützt und niemals einsam – nicht, solange wir einander haben. Ich löse meinen Blick von seinen Augen, schaue auf seine leicht geöffneten Lippen und frage mich verwundert, warum ich so lange gebraucht habe, um es zu begreifen: Nick ist ebenso der Meine, wie ich die Seine bin.

Als Nick mich diesmal küsst, lasse ich den letzten Rest meines Alltagslebens davontreiben. Ich spüre Nicks Mund und seine Hände, fühle ihn, rieche ihn und will mehr von ihm, viel mehr. Jede meiner Zellen strebt zu Nick hin, und als er mich mit einem unterdrückten Stöhnen an sich presst, rolle ich mich auf ihn. Ich möchte ihm so nahe sein wie nur möglich, möchte ohne zu zögern dem Begehren nachgeben, das sich sintflutartig in mir ausbreitet. Ich will Nick alles versprechen, ihm alles schenken und alles von ihm fordern, und seltsamerweise hege ich nicht den Hauch eines Zweifels, ob das okay ist. Zwar haben wir die typische Annäherungsphase übersprungen – kein Händchenhalten, kein Kino, kein Kuss mit geschlossenen Lippen –, doch wir haben einen tiefen Blick in die Seele des anderen geworfen.

Und das ist unendlich mehr wert.

Ich bin keine Jungfrau mehr, doch noch nie, nicht in meinen langen Beziehungen, nicht in den kürzeren, war ich mir meiner Gefühle so sicher wie in diesem Augenblick. Heftig atmend liege ich auf dem Jungen, dem ich schon so lange gehöre, ohne dass ich es wahrhaben wollte. Ich stütze meine Unterarme im Sand ab und schaue ihn an, hungrig und staunend. Himmel, diese tiefgrünen Augen, diese langen Wimpern, diese dichten dunklen Brauen … und diese schönen, großen, warmen Hände, die sich um meinen Po schließen … Wie von selbst beginnt mein Becken, sich an seinem zu reiben.

Wir sind an einem öffentlichen, wenn auch zuverlässig menschenleeren Strand, wir sind gerade erst zusammengekommen, und ich habe es noch nie irgendwo anders getan als im Bett. Und doch erscheint es mir vollkommen normal, dass Nick und ich in unserer Lust, unseren Bewegungen nicht innehalten. Dass wir nicht vernünftig sind, sondern alles zulassen, verliebt und erregt und glücklich trotz all des deprimierenden Mists, der hinter uns liegt.

Der Mist zählt nicht.

In diesem Moment zählen nur wir.

Wir wälzen uns herum, Nick liegt auf mir, meine Beine schlingen sich um seine Hüften. Ich stöhne in sein Haar, fühle Sandkörner auf der Zunge, harte Rückenmuskeln unter meinen Händen, Feuchtigkeit zwischen meinen Beinen, und ich bin bereit, hier und jetzt zu besiegeln, woran ich uneingeschränkt glaube: Alles, was je zwischen Nick und mir geschehen wird, ist richtig und gut.

»Svea«, keucht Nick an meinem Ohr. »Ich … hab nichts dabei.«

Nichts dabei? Wovon redet er?

Nur langsam erreicht mein fliegendes Selbst wieder eine Ebene, auf der mein Gehirn es schafft, seiner Aufgabe nachzukommen und zu denken. Zum Beispiel an so lästige, wenngleich unverzichtbare Vorsichtsmaßnahmen wie …

»Kondome«, sagt Nick zerknirscht. »Ich hab keine Kondome dabei.«

Das darf doch nicht wahr sein.

Daran soll unsere gleichsam mystische Vereinigung also scheitern – an etwas so Simplem wie Kondomen?

Widerstrebend höre ich auf, mich unter Nick zu bewegen.

»Vielleicht findest du ja noch eines in deinem Portemonnaie?«, schlage ich vor, denn mal ehrlich, haben Männer mit einer Vergangenheit wie Nick nicht *immer* Kondome dabei?

»Also hör mal«, knurrt Nick, »wofür hältst du mich?«

Ups. Das war wohl ein »Nein«.

»Hm. Dann könnten wir … na ja, wir könnten zu mir gehen. Was hältst du davon?« Ich ziehe seinen Kopf zu mir herab und knabbere an seinem Ohrläppchen. Sofort spüre ich zwischen meinen Beinen, wie sehr ihm das gefällt.

Heiser fragt er: »Bist du denn mit Kondomen ausgestattet, zu Hause in deinem keuschen Mädchenzimmer?«

»Nein«, flüstere ich. »Aber erstens ist mein Zimmer nicht keusch, und zweitens könnten wir einen Umweg über die Apotheke machen.«

Nick schweigt, sein Körper auf mir kommt zur Ruhe.

»Svea«, sagt er dann zögernd, »dein Vorschlag ist mehr als verlockend, aber … möchtest du denn zu dir nach Hause gehen? Ich meine, vorhin, da wolltest du doch nichts als weg. Und zu mir nach Hause können wir auch nicht.« Er seufzt, streicht mir mit dem Zeigefinger über die Wange. »Wir sind heimatlos, meine Schöne.«

Einige Sekunden lang schauen wir uns nur an, beide mit der Realität beschäftigt, die wir in unserer lustvollen Euphorie so erfolgreich verdrängt hatten.

Und dann fasse ich einen Entschluss.

»Du weißt jetzt alles von mir«, sage ich leise. »Ich habe keinen Grund mehr, dich von irgendetwas in meinem Leben fernzuhalten. Was also kann mir noch passieren, wenn du bei mir zu Hause bist? Außerdem … Ich glaube, sooo schlimm sind meine Eltern gar nicht. Es wäre also keine Katastrophe, wenn du meinen Vater kennenlernen würdest.«

Und noch während ich es ausspreche, weiß ich, dass es die Wahrheit ist.

Mama und Papa sind mit Sicherheit nicht die besten Vorbilder, aber immerhin schlagen sie mich nicht halbtot. Nie hat es in meiner Familie Gewalt gegeben, kein einziges Mal haben meine Eltern die Hand gegen mich erhoben. Und deshalb ist mein Zuhause trotz aller Mängel immer noch ein sicherer Zufluchtsort.

Nicht nur für mich, sondern auch für Nick.

Denn so viel ist sicher: Nick hat einen Zufluchtsort bitter nötig.

28

Nick

Sie ist mein.

Sie vertraut mir absolut.

Und obwohl mein Leben heute in tausend scharfkantige Stücke zerbrochen ist – was früher oder später wohl unvermeidlich war –, könnte ich die ganze Zeit über jubeln, einfach nur, weil ich Hand in Hand mit Svea durch die Straßen laufe.

Ich lächele vor mich hin, während wir uns der Apotheke nähern, wo wir kaufen wollen, was wir für das vollkommene Glück noch brauchen. Doch als wir vor der altmodischen Eingangstür stehen, zögert Svea.

»Nick, ähm, hast du schon oft Kondome hier gekauft?«, fragt sie und blickt mich unsicher an.

»Ja, klar«, sage ich. »Stört dich das?«

Svea zuckt mit den Schultern, jäher Zweifel zeichnet sich auf ihrem Gesicht ab.

»Warst du alleine dabei?«, fragt sie weiter. »Oder bist du mit deinen Freundinnen hergekommen, so wie jetzt mit mir?«

Bin ich austauschbar?, lautet die wahre Frage dahinter, und plötzlich wünsche ich mir brennend, ich hätte eine weniger bewegte Vergangenheit.

»Sowohl als auch«, gestehe ich widerwillig, stecke die Hände in die Hosentaschen und räuspere mich. »Aber, Svea, mit den anderen Mädchen, sogar mit Astrid – das war immer nur Ablenkung. Spaß. Ein Zeitvertreib, eine Möglichkeit, nicht denken zu müssen. Von Bedeutung war es nicht.«

Während ich rede, betrachte ich angestrengt die Straßenlaterne. Christian hält mich für einen tollen Hecht, aber mal ehrlich, was bin ich? Ein Playboy, der ein Mädchen nach dem anderen benutzt hat. Jetzt muss ich dafür geradestehen, vor Svea, und wie ein toller Hecht fühle ich mich ganz und gar nicht dabei.

»Und mit mir?« Sie stellt sich vor mich hin, zwingt mich, sie anzusehen. »Ist es mit mir von Bedeutung, Nick? Mit uns?«

Ich blicke in ihre goldbraunen Augen, sehe den Ernst und die Zuneigung darin und kämpfe mit mir. Mir ist klar, dass ich mich mit jedem Geständnis, mit jedem liebevollen Wort noch weiter an sie ausliefere – und das ist etwas, das ich doch eigentlich nie riskieren wollte.

Und trotzdem sage ich rau: »Ja, Svea. Mit dir ist es von Bedeutung. Das, was wir tun wollen, und das, was ich für dich empfinde.«

Da lächelt sie. Zieht meine rechte Hand aus der Hosentasche, verschränkt ihre Finger mit meinen und atmet tief durch.

Und keine zwei Minuten später stehen wir zusammen vor der ältlichen Apothekerin.

Ich lege eine Packung Gefühlsechte neben die Kasse und öffne mein Portemonnaie. Wie immer, wenn ich Kondome hier kaufe, nimmt die Apothekerin mein Geld mit versteinerter Miene entgegen und trägt mir auf, doch bitte meine lieben Eltern von ihr zu grüßen. Und wie immer nicke ich und denke, dass ich das ganz sicher *nicht* tun werde.

Mit süßsaurem Lächeln wendet Frau Hinnert sich an Svea. »Dich habe ich ja lange nicht mehr gesehen. Und deine Mutter auch nicht, geht es ihr gut?«

Aus dem Augenwinkel nehme ich wahr, dass Svea zusammenzuckt.

»Man trifft sie gar nicht mehr bei *Touren-Hans*«, fährt die Apothekerin unbeirrt fort. »Hat sie etwas Neues gefunden? Sie arbeitet wohl sehr viel, so selten, wie man sie zu Gesicht bekommt. Auf dem Festland?«

Svea räuspert sich, bringt aber angesichts der aggressiven Fragerei kein Wort heraus.

»Oder ist sie krank?«, will Frau Hinnert wissen. »Soll ich helfen? Ich bringe ihr auch gerne etwas vorbei, wenn sie nicht selbst kommen kann.«

Okay, denke ich, als ich sehe, wie Svea blass wird. Jetzt reicht's.

Beschützend lege ich meinen Arm um sie. »Frau Kossmann geht es bestens«, sage ich fest zu Frau Hinnert. »Wir werden ihr einen schönen Gruß von Ihnen ausrichten, genau wie meinen Eltern. Aber jetzt müssen wir gehen, denn wie Sie sich denken können«, ich klopfe auf meine Jackentasche, in der ich die Kondome verstaut habe, »haben Svea und ich viel zu tun.«

Ich grinse anzüglich.

Und mit Befriedigung registriere ich, wie der neugierigen alten Schachtel die Kinnlade runterklappt.

»Das war so was von peinlich!«, rügt Svea mich, als wir die letzten Meter bis zu ihrem kleinen Haus laufen.

»Warum? Frau Hinnert hat es nicht besser verdient. Beim nächsten Mal wird sie dich in Ruhe lassen.«

Svea bemüht sich vergeblich darum, streng zu schauen. Schließlich gibt sie es auf und kichert. »Sie wird ihren schönen Feierabend damit verbringen, über die heutige Jugend zu schimpfen. Die arme Frau!«

»Und erst ihr armer Mann!«, sage ich. »Der muss sich das Gezeter schließlich anhören. Gottlob ist er fast taub.«

Lachend schließt Svea die Haustür auf.

Sie zieht mich an beiden Händen in die düstere Diele, und kaum fällt die Tür hinter uns ins Schloss, ist es mit meiner Lässigkeit vorbei. Das Wissen, dass Svea und ich es tun werden, bald, *jetzt*, macht mich vor Lust fast irre, und so drücke ich sie gegen die Wand und presse meinen Mund auf ihren.

»Überfällst du jede Frau im Dämmerlicht, sobald du mit ihr allein bist?«, neckt sie mich nach ein paar Minuten Knutscherei atemlos.

»Nein«, murmele ich und küsse ihren Hals. »Nur dich.«

Meine Hände liebkosen ihre perfekt gerundeten Brüste, was den gespannten Reißverschluss meiner Jeans in Gefahr bringt zu zerspringen. Und obwohl ich weiß, dass ich zu schnell bin, greife ich nach dem Bund ihres Pullovers und ziehe ihn ihr ungeduldig aus. Sie steht im BH vor mir, einem schlichten Ding, von dem ich ihren Busen rasch erlöse, und dann *sehe* ich sie … nur noch in Jeans … und noch während ich in Bewunderung vor ihren nackten Brüsten, ihren Schultern, ihrem Bauch, ihrem ganzen vollkommenen Oberkörper erstarre, lehnt sie sich gegen die Wand und lächelt, halb schüchtern, halb lasziv.

Dieses Lächeln bringt mich um den Verstand.

Tja. Nur so ist es zu erklären, dass ich einerseits viel zu rasch vorgehe und zum anderen schlagartig sicher bin, die perfekte Stellung für unser erstes Mal gefunden zu haben.

Eine Stellung, die sogar für mich noch neu ist.

Eine Stellung, für die wir uns nur noch die restliche Kleidung herunter reißen müssen, bevor ich meine Hände unter Sveas süßen, kleinen Hintern schiebe und sie hochhebe, sodass sie ihre Beine um meine Hüften schlingen kann … und ich sie im Stehen nehme, bis sie vor Lust vergeht.

So zumindest lautet der Plan.

Nicht zum Plan gehören die Gedanken, die mir durch den Kopf schießen, als ich merke, dass es bei Weitem nicht so einfach ist, sich auf diese Art zu lieben, wie man sich das nach der Sichtung diverser Filme so vorstellt. Scheiße, es ist sogar verdammt kompliziert! Kräftezehrend, selbst bei einem so schlanken Mädchen wie Svea. Und ziemlich wackelig.

Etwas ratlos stehen wir da, Svea klammert sich an mir fest, und als ich mich probeweise bewege, fällt mir auf, dass keiner von uns beiden eine Hand frei hat, um meine Erektion an die richtige Stelle zu dirigieren. Ich fische also ein wenig im Trüben, und als ich endlich das Gefühl habe, dem Ziel ganz nahe zu sein, bekomme ich Angst, ich könne Svea wehtun. Shit, warum habe ich da nicht früher dran gedacht? Dass es für sie ganz bestimmt nicht erregend ist, immer wieder gegen eine harte Wand gestoßen zu werden …

Und dann, viel zu spät, fällt mir das größte Hindernis von allen ein.

Wie zum Teufel soll ich es schaffen, mir *so* ein Kondom überzustreifen?!

Meine Gedanken fahren Karussell, und mit leichter Panik registriere ich, dass Besorgnis und Stellungsschwierigkeiten einem Ständer überhaupt nicht guttun. Meiner hängt nun auf Halbmast, und ich verfluche mich selbst, dass ich nicht einfach mit Svea ins *Bett* gegangen bin – dass ich nicht abwarten konnte – dass ich sie unbedingt auf der Stelle besitzen wollte, nur, um nicht in letzter Sekunde eine Zurückweisung zu erfahren.

Um nicht zu scheitern, auf welche Art auch immer.

Hey, seit wann denke *ich* darüber nach, beim Sex zu scheitern? Ich bin es weder gewöhnt, zurückgewiesen zu werden, noch mache ich mir Gedanken über meine Leistungen im Bett. Ich habe stets darauf vertraut, dass ich es schon bringen werde, und es hat immer alles geklappt, zur allseitigen Zufriedenheit.

Doch diesmal ist es Svea, mit der ich Sex haben möchte, und das, erkenne ich schockartig, ändert alles. Denn bei Svea will ich ums Verrecken nicht versagen – oder auch nur langweilig sein, oder mittelmäßig. Stattdessen möchte ich ihr den besten, intensivsten, fantasievollsten, hemmungslosesten Sex bieten, den sie jemals hatte, sodass sie nicht nur alle Männer vergisst, mit denen sie je zusammen war, sondern auch ihre Probleme, und das, was sie vorhin bei mir zu Hause mit ansehen musste, und überhaupt alles, was dazu angetan sein könnte, sie auch nur im Mindesten unglücklich zu machen.

Wenn *ich* mit Svea schlafe, soll sie im siebten Himmel sein.

Und dieser Anspruch setzt mich, gelinde gesagt, ein wenig unter Druck.

Okay, er setzt mich extrem unter Druck, denn wo mein stolzer Ständer war, befindet sich nun nichts mehr, was der Rede wert wäre. Die Lust, die mich vor wenigen Minuten noch hat handeln lassen wie einen Neandertaler, hat dem vernichtenden Eingeständnis Platz gemacht, dass ich gerade kläglich versage.

Ich, Nick Pietersen, versage beim Sex.

Ausgerechnet bei ihr!

Das darf nicht passieren, verflucht noch mal, ich muss ihn wieder hochkriegen! Unbedingt, sofort, höher als hoch, ach Scheiße, was ist, wenn es nicht funktioniert? Was wird Svea von mir denken, wenn sie merkt, dass …

»Äh, Nick?«, flüstert Svea und beißt sich auf die Unterlippe. »Lässt du mich mal runter? Ich … kann das nicht so gut, ähm, an der Wand, und wenn es dich nicht stört, könnten wir doch … einfach … ins Bett gehen?«

Unglücklich schaue ich in ihre Bernsteinaugen. Ich weiß nicht, wie ich mich rechtfertigen soll, also lasse ich bloß traurig und sehnsüchtig meinen Blick über sie gleiten, über ihre Wangen, ihren Mund, über das ganze Gesicht, das mir perfekter vorkommt als alles, was ich je gesehen habe.

»Klar, lass uns ins Bett gehen«, bringe ich hervor und setze sie ab, vorsichtig und gedemütigt.

»Nick?«

»Hm?« *Oh Gott, Svea, meine Süße, meine Schöne, wie kann ich das nur je wieder gut machen?*

»Es war ein völlig verrückter Tag.« Sie runzelt die Stirn, sucht nach den richtigen Worten. »Wir beide haben uns alles gestanden, all das, was sonst niemand von unserem Leben weiß. Du hast deinen Vater geschlagen, dein Zuhause verloren. Ich habe mich entschlossen, mit dir zu schlafen, gleich heute, obwohl ich mir sonst … äh, schon gerne ein paar Wochen Zeit lasse.« Svea bricht ab. Sie sieht verlegen aus, und sie ist so hübsch dabei, dass es mir das Herz bricht.

»Kurz und gut«, fährt sie stockend fort, »wir sind keine Maschinen, die nach alldem auf Knopfdruck funktionieren, und vielleicht brauchen wir – also ich – und du auch – ein bisschen mehr Ruhe? Zeit. Die wir ja haben, mein Vater kommt erst spätabends zurück, du hast ihn auf dem AB gehört, und deshalb … Warum sagst du denn gar nichts? Ach Mann, ich rede nur Mist.«

»Nein, Svea.« Meine Stimme ist rau, so dankbar bin ich ihr, dass sie nicht alles abbricht, nach diesem grandios verunglückten Start. »Du redest keinen Mist, im Gegenteil. Du hast in allem recht, und es tut mir leid, dass ich so blöd war, so ungeduldig, so …«

»… stürmisch? Ach, das nehme ich als Kompliment.« Sie lächelt, schlingt mir die Arme um die Schultern und schmiegt sich an mich.

Splitterfasernackt, sanft und zärtlich.

Und meine zaghafte Versteifung erhebt sich.

29

Svea

Nick und ich ziehen in mein Zimmer um. Unsere Kleider nehmen wir mit und werfen sie in eine Ecke, nur die Kondome kommen auf den Nachttisch. Es ist seltsam, komplett nackt mit Nick durchs Haus zu laufen, zumal wir heute Morgen in der Schule noch höflich und distanziert über unsere Hypothese diskutiert haben.

Doch seither ist so viel geschehen, dass ich mich über gar nichts mehr wundere.

Okay, außer vielleicht über Nicks *unglaublichen* Körper. Ich lasse mich aufs Bett fallen und riskiere einen langen, umfassenden Blick. Meine Güte, angezogen ist Nick ja schon heiß, aber ausgezogen ist er Verführung pur. Innerlich beglückwünsche ich mich dazu, dass Nick in seiner Freizeit exzessiv zum Kitesurfen geht statt, sagen wir, Computerspiele zu programmieren.

Dass ich so scharf auf ihn bin, ist mir allerdings auch ein bisschen peinlich, und ich lenke Nick von meinen rosa Wangen ab, indem ich ihn zu mir herunterziehe und küsse. Gottlob ist es ziemlich warm in meinem Zimmer –

als ich vorhin geduscht habe, habe ich die Heizung aufgedreht –, und so können wir uns hinlegen, ohne sofort züchtig unter die Decke schlüpfen zu müssen.

Wir küssen uns intensiver, unsere Arme und Beine verknoten sich.

Und dann beginnt Nick mich zu streicheln. Nicht fordernd wie im Flur, sondern langsam und zart und sehr erregend. Zugegeben, das hier ist wesentlich besser als unser gescheiterter Versuch, es im Stehen zu tun. Keine Ahnung, ob ich es war, die sich dämlich angestellt hat, oder ob Nick mit dieser Art, sich zu lieben, ebenso wenig Erfahrung hat wie ich – jedenfalls bin ich froh, dass wir nun hier liegen. Es ist unser erstes Mal zusammen, und ich finde, wir können uns die anspruchsvolleren Stellungen getrost für später aufheben. Zumal ich mir im Augenblick nichts Schöneres vorstellen kann, als mich vollkommen auf Nicks Hände zu konzentrieren, die mich unermüdlich streicheln, überall.

Die keinen Zentimeter meines Körpers auslassen und geduldig erforschen, was mir am besten gefällt.

Die mich dazu bringen, laut zu stöhnen, obwohl ich mich im Bett normalerweise gut im Griff habe.

Aber mal ehrlich, wie soll ich mich beherrschen, wenn Nick mich küsst und an meiner Unterlippe knabbert … mit seiner Zunge meinen Hals hinabfährt … meine linke Brust erreicht … und die Brustwarze … während seine Hand zwischen meine Beine taucht und er mich dort liebkost, genau im richtigen Tempo, genau mit dem richtigen Druck …

Dabei leise zu bleiben, wäre unmenschlich, und so versuche ich es gar nicht erst, sondern lasse mich fallen und zeige Nick durch meine Lust, wie unglaublich er ist.

Bis mir einfällt, dass ich mich vielleicht ein winziges bisschen egoistisch verhalte.

Schuldbewusst öffne ich die Augen, greife nach unten und bekomme sofort zu fassen, wonach ich suche. Doch Nick keucht auf, hält mein Handgelenk fest und sagt abgehackt: »Nicht. Bewegen. Bitte … nicht … bewegen!«

Ich muss lächeln. Offensichtlich erregt es nicht nur mich selbst, wenn Nick mich streichelt.

Dennoch beschließe ich, dass es an der Zeit ist, mich aktiver zu verhalten. Ich richte mich auf, drücke ihn aufs Bett zurück und greife nach dem ersten Kondom. Und als er bereit ist, setze ich mich vorsichtig auf ihn.

Berückt schließe ich die Augen. Ich spüre Nick in meiner Tiefe, und ich weiß, genau hiernach habe ich mich gesehnt. Ich habe Nick in meinen Körper eingelassen, in meine Seele und mein Herz, und nun bin ich vollkommen erfüllt von Liebe und Begehren. Er legt seine Hände an meine Hüften, und ich bewege mich auf ihm, langsam erst, dann schneller und schneller.

Keuchend liegt Nick unter mir, und ich werde immer drängender, verlangender, blende alles außer ihm aus, bin süchtig nach diesem Jungen, süchtig nach dem Ziel, auf das wir zutreiben … und bemühe mich doch verzweifelt, nicht zum Höhepunkt zu kommen. Denn es ist einfach zu schön. Es darf nicht enden! Ich bin im Himmel, und dort möchte ich bleiben. Ich will nicht, dass es vorbei ist, ich will, dass es ewig dauert, ich will … aaah, ich will … ich will …

Und dann komme ich doch, ungestüm, glückselig und viel zu laut.

Was Nick so anmacht, dass einen Wimpernschlag später auch er aufstöhnt.

Erschöpft breche ich über ihm zusammen. Er legt seine Arme um mich und hält mich fest, was auch nötig ist, denn ich schwebe, und dabei denke ich – oder flüstere ich es? –, nur dich will ich, Nick, nur dich, für immer und ewig und diesen Augenblick.

Nur dich, Nick. Nur dich.

Immer nur dich.

30

Nick

Als sie sich auf mich gesetzt hat, habe ich an Mathe gedacht.

Was blieb mir auch anderes übrig, wenn ich mich nicht bereits nach der ersten Sekunde in sie ergießen wollte wie ein blutiger Anfänger? Wendetangenten, Integralfunktionen und Binomialverteilung … Sehr unsexy, sehr dazu angetan, mich noch ein wenig länger durchhalten zu lassen.

Bis Svea zum Höhepunkt kam und ich sie dabei spüren, hören, anschauen durfte. Svea, meine Svea, meine Liebe, so fremd und doch so vertraut … und so unfassbar heiß, dass keine Integralfunktion der Welt mehr eine Chance hatte.

Jetzt sitzen wir aufgekratzt und glücklich zusammen am Küchentisch, es stinkt nach Kippen, und auf unseren Tellern liegt krümeliges Brot mit Aldi-Scheibenkäse. Doch da ich seit heute Morgen nichts mehr gegessen habe und mir mittlerweile fast alles recht wäre, bin ich mit unserem kargen Nachmittags-Mahl vollkommen zufrieden. Außerdem sitzt mir das süßeste Mädchen der Welt gegenüber, mit geröteten Wangen und wilden braunen Locken, nur notdürftig bekleidet mit ihrem dunkelroten Bademantel. Da würde ich mit Freuden sogar Schuhsohle essen.

»Bist du sicher, dass dein Vater keine seiner Pausen nutzt, um kurz heimzukommen?«, frage ich und spüle einen Bissen Krümelbrot mit Leitungswasser herunter. »Er wäre möglicherweise nicht begeistert davon, einen Mann in Boxershorts in seiner Küche vorzufinden.«

Svea grinst und wirft einen anzüglichen Blick auf meinen nackten Oberkörper. »Das fällt dir reichlich spät ein, hm? Immerhin sitzt du im Moment ganz harmlos herum. Im Gegensatz zu vorhin im Flur.«

Ich grinse auch, wenngleich etwas verlegen. »Vorhin konnte ich nicht denken.«

»Und jetzt schon? Eine beruhigende Vorstellung.« Sie lacht und lehnt sich zurück. »Dann lass uns das ausnutzen und uns unterhalten. Erzähl mir was von dir. Ich kenne dich doch gar nicht, Nick Pietersen.«

»Süße, du kennst mich besser als mein ältester Freund.«

»Na ja, ich kenne deine dunklen und, äh, intimen Seiten. Aber sonst?« Sie schüttelt den Kopf und lächelt, doch es ist ein ernstes Lächeln. »Wir sind von null auf hundert gesprungen, Nick. Alles dazwischen haben wir ausgelassen. Den Small Talk, unsere Hobbys, unsere Freunde, die Musik, die wir hören, die Filme, die wir mögen, die Nichtigkeiten, mit denen wir uns die Zeit vertreiben, wenn wir uns mal keine Sorgen über unsere verkorksten Eltern machen. Also sag mir, Nick«, sie beugt sich vor und schaut mir in die Augen, »wer bist du?«

31

Svea

Nick lehnt sich entspannt gegen den Rahmen der Schlafzimmertür. Er beobachtet mich, wie ich die Klamotten meiner Mutter in eine große Reisetasche stopfe, und während ich mich immer wieder vergewissere, dass ich auch kein Stück zu viel einpacke – »fünf Mal Oberbekleidung, zwei Nachthemden, zwei Jogginganzüge, diverse Unterwäsche, vier Paar Schuhe ohne Stahlkappen …« –, erzählt Nick mir davon, dass er Richter werden will.

»Nicht, weil ich Macht haben oder jeden Kleinganoven in den Knast bringen möchte«, sagt er. »Sondern weil man Arschlöchern wie meinem Alten das Handwerk legen muss.«

Ich blicke von der Reisetasche hoch und nicke. Jetzt verstehe ich, warum Nick bei unserem Projekt von Anfang an die harte Linie gefahren ist: Während ich von meiner Mutter gesprochen habe und davon, dass man über Menschen wie sie nicht vorschnell urteilen sollte, hatte er die ganze Zeit über seinen gewalttätigen Vater im Sinn.

Ein Pulli mit Silberfäden, den ich an meiner Mutter noch nie gern gesehen habe, wandert zurück in den Schrank, bevor ich frage: »Weiß er das?«

»Dass ich Jura studieren möchte? Ja. Uli glaubt allerdings nicht, dass ich es durchziehen werde.« Nick lacht freudlos auf. »Er hält allgemein nicht sehr viel von mir.«

»Ich dafür umso mehr.« Ich lasse die Reisetasche im Stich, gehe zu Nick und verschränke die Finger in seinem Nacken.

»Und nur darauf kommt es an«, sagt Nick leise, bevor er seine Lippen auf meine drückt.

Als er mich nach geraumer Zeit wieder freigibt, hauche ich mit verschleiertem Blick: »Falsche Reihenfolge.«

»Wie bitte?«

Ich befehle meinem Körper, die Hitze herunterzufahren, und sage: »Na ja, wir gehen es schon wieder falsch an. Richtig wäre: Erst der Small Talk, dann das Knutschen, dann die tiefsinnigen Gespräche, dann der Sex. Wir machen das alles in der falschen Reihenfolge!«

»Hm. Ich fürchte, für Small Talk ist es schlichtweg zu spät.« Nick bemüht sich um einen zerknirschten Gesichtsausdruck, was ihm nicht sonderlich gut gelingt. »Tut mir leid, Svea. Du wirst dich damit abfinden müssen, dass du den oberflächlichen Nick, der über Games und heiße Schauspielerinnen schwafelt, niemals kennenlernen wirst. Ist das sehr schlimm für dich?«

»Entsetzlich! Dabei hätte ich so gerne gewusst, auf welche Schauspielerin du stehst.«

»Ich steh auf dich.«

»Du bist ein Schmeichler.«

»Oh nein«, sagt Nick und blickt mir auf den Mund. »Ich bin bloß …«

Er bricht ab, strubbelt sich verlegen durchs Haar.

Und dann küsst er mich, bis meine Knie so weich sind wie Butter.

Als es dämmert, losen wir mit Streichhölzern aus, wer von uns als Erster seinen Telefonanruf hinter sich bringen muss. Nick verliert und wählt die Handynummer seiner Mutter.

Nach einer Sekunde hebt sie ab.

»Ich bin's«, sagt er, sein Gesicht eine plötzliche Maske aus Vorsicht und Anspannung. »Ich wollte bloß sagen, ich komme dieses Wochenende nicht nach Hause. … Nein, vergiss es, Kathrin. … Nein. Ich muss jetzt aufhören.« Nach kurzem Zögern fügt er hinzu: »Wenn du Hilfe brauchst, ich lasse mein Handy eingeschaltet. Oder noch besser, gib dir einen Ruck und ruf endlich die Polizei an.«

Ohne die Antwort seiner Mutter abzuwarten, legt Nick auf.

Ich schlinge ihm von hinten die Arme um den Oberkörper und lege mein Gesicht an seinen Rücken. Eine ganze Weile stehen wir so da, schweigend, bis Nick sich gefasst hat.

Dann wendet er sich zu mir um. »Geschafft«, sagt er, lächelt schief und reicht mir das Telefon. »Du bist dran.«

Also rufe ich im *Fischkopp* an.

»Ist was passiert?«, fragt Papa gehetzt, als der Oberkellner es nach fünf Minuten endlich geschafft hat, ihn an den Apparat zu holen. »Du weißt doch, dass ich während der Arbeit ganz schlecht telefonieren kann.«

Ich versuche, meine Stimme fest und erwachsen klingen zu lassen, als ich sage: »Ja, das weiß ich. Es dauert auch nur einen Moment. Ich wollte dir nur mitteilen, dass mein … Freund hier übernachten wird. Nicht, dass du dich morgen früh wunderst, wenn du ihn am Küchentisch vorfindest.«

»Dein Freund«, wiederholt Papa verdattert. »Am Küchentisch.«

»Ja, äh, wenn wir zusammen frühstücken. Ich will damit sagen, dass er hier schläft und dann natürlich auch was zu essen braucht. Morgen. Deshalb der Küchentisch.« Arrhg! Kann man noch unbeholfener herumstottern?

»Hat er auch einen Namen, dein Freund?«, fragt Papa.

Das zumindest bringe ich ohne Stottern heraus. »Nick Pietersen.«

»Nick Pietersen … Das ist aber nicht der Sohn von Zahnarzt Pietersen, oder?«

»Doch.« *Nur dass dieser Zahnarzt nicht das ist, wofür du ihn hältst.* »Ich erklär dir alles am Sonntag, okay? Übrigens, da wird Nick auch noch da sein, er verbringt nämlich das ganze Wochenende bei uns.«

Papa schweigt.

Dann sagt er: »Ach.«

Und schließlich, nach einer langen Pause: »Nun gut, also Sonntag. Ich muss jetzt aufhören, Svea, aber gib mir doch bitte noch kurz deinen Freund.«

Mir schwant Übles. »Muss das …?«

»Es muss«, unterbricht mich Papa streng.

Widerwillig reiche ich den Hörer an Nick weiter. Der begrüßt meinen Vater höflich, bevor er gefühlte zehn Minuten lang nur zuhört. Schließlich sagt er mit unbewegter Miene: »Natürlich, Herr Kossmann. … Ja, das habe ich verstanden. … Ja, ganz sicher. Keine Sorge. … Gut. Bis morgen.«

Mit einem lang gezogenen »Puuuuh!« drückt Nick die Aus-Taste.

»Was hat er denn gesagt?«, frage ich unbehaglich.

»Ich glaube, dein Vater hat noch keine große Lust darauf, Opa zu werden«, sagt Nick und grinst.

Nachdem wir ein ausgewogenes Abendessen in Form von Back-Camembert mit Pommes Frites zu uns genommen haben, verziehen wir uns wieder in mein Zimmer. Wir liegen nebeneinander auf meinem Bett, Nick trägt Boxershorts und T-Shirt (was ich sehr sexy finde) und ich immer noch meinen roten Bademantel (was ich schlampig finde – aber Nick ist da ganz und gar nicht meiner Meinung). Mit dem Packen für Mama bin ich fertig, und so können wir guten Gewissens herumlungern. Draußen ist es dunkel, drinnen bollert die altersschwache Heizung, und ich erzähle Nick von der Robbenstation.

»Komisch, was? Mein ganzes Leben lang habe ich hier auf der Insel gelebt, aber erst in der Station habe ich gemerkt, wie sehr mich das Meer fasziniert.«

»Dass du das Meer liebst, hast du in der Station gemerkt?«, fragt Nick und streicht mir versonnen übers Haar. »Nicht am Wasser selbst? Am Strand, oder beim Schwimmen?«

»Nein, komischerweise nicht. Wenn ich am Strand bin, ist das irgendwie … Freizeit für mich«, sage ich. »Dann schaue ich zwar aufs Meer hinaus, aber ich blicke nicht unter die Oberfläche. All das, was sich in der Tiefe verbirgt, was darauf wartet, entdeckt zu werden, das finde ich nicht zwischen Strandkörben und Wassersportlern. Das gibt es nur ganz weit draußen, in der Tiefsee, dort, wo alles noch frei und wild ist.«

»Frei und wild klingt gut«, sagt Nick lüstern und beginnt, mit dem Gürtel meines Bademantels zu spielen.

Ich werfe ihm einen strafenden Blick zu, rutsche aber unwillkürlich näher zu ihm heran. »Hey, das war *nicht* erotisch gemeint! Ich erzähle dir gerade von meinen Zukunftsplänen!«

Der Gürtelknoten ist gelöst, doch Nick hält inne. Feierlich sagt er: »Und ich werde dir helfen, sie zu verwirklichen, Svea. Ich werde dir helfen, wo ich nur kann, denn du verdienst deine Sterne, jeden einzelnen von ihnen.«

Um meine Rührung zu verbergen, zupfe ich nun meinerseits an Nicks T-Shirt herum. Wie von selbst gleiten meine Hände unter den Stoff. Spüren weiche, glatte

Haut … harte Muskeln … aaah, warum fühlt er sich auch so gut an …

Ich reiße mich zusammen. »Jedenfalls liegen Forschungsfahrten auf dem hohen Meer für mich noch in weiter Ferne«, nehme ich den Faden unseres Gesprächs wieder auf. »Und deshalb helfe ich nun eben dort, wo ich der Wildnis so nahe wie möglich bin. Weißt du, unsere Heuler leben zwar in Betonbecken, aber wir zähmen sie nicht, denn sie sollen kein freudloses Dasein unter Menschen vor sich haben, sondern das Leben, für das sie bestimmt sind.« Ich halte inne. Nachdenklich füge ich hinzu: »Wilde Tiere haben es schon gut, nicht wahr?«

»Wieso?« Nick schiebt seinen Arm unter meinen Bademantel.

»Weil bei wilden Tieren alles ganz klar ist«, sage ich und schmiege mich enger an ihn. »Aber bei uns? *Wir* können nicht wissen, für welches Leben wir bestimmt sind. Wer sagt uns, für welches Ziel wir uns ins Zeug legen sollten und für welches nicht? Uns bleiben nur Versuch und Irrtum, und unsere Irrtümer können ganz schön folgenschwer sein.«

»Wir dürfen uns für absolut alles ins Zeug legen«, murmelt Nick in mein Haar. »Für alles, was uns wichtig ist.«

»Aber wir können so leicht scheitern«, flüstere ich, nun ernsthaft hin- und hergerissen zwischen meinem Bedürfnis, mit Nick über meine Sorgen zu sprechen, und dem Verlangen, seinen Hals zu küssen.

»Klar können wir scheitern.« Nicks Finger streichen unter dem Bademantel meine Wirbelsäule entlang. »Es kann gut sein, dass ich mein Studium nicht schaffe. Oder meine Noten sind nicht gut genug, um Richter werden zu können. Aber wenn ich es nicht probiere? Dann werde ich mich selbst dafür verachten, und am Ende meines Lebens werde ich meine Feigheit ganz sicher bereuen.«

Ich muss an Torben denken. So unterschiedlich die beiden Männer auch sind, Torben würde Nick voll und ganz zustimmen. Er würde sagen … Oooh … Er würde sagen … Du meine Güte, was treibt Nicks Hand da unten? Wie soll ich mich konzentrieren können, wenn er mich so anfasst?!

Mit meiner Nachdenklichkeit ist es vorbei, ich stöhne unter Nicks Berührung. Und als er sich sein T-Shirt über den Kopf zieht und ich freie Sicht auf sein Surfer-Sixpack habe, gebe ich auf. Es ist schon viel zu lange her, seit wir miteinander geschlafen haben, mindestens sechs Stunden, wenn nicht gar sieben.

Niemand kann immerzu tiefsinnig sein, denke ich und streife mir den Bademantel von den Schultern.

Alles hat seine Zeit.

32

Nick

Samstagmorgen. Ich habe noch immer keinen blassen Schimmer, welche Art von Musik Svea gern hört. Doch ich weiß nun, wie ich sie berühren muss, damit sie mir vor Verlangen in die Unterlippe beißt. Und mir geht langsam auf, dass, wenn man mit Svea zusammen ist, Sex und Philosophie erstaunlich gut zusammenpassen.

Wir haben uns gerade geliebt – ebenso wild und verzückt wie gestern, aber notgedrungen etwas leiser, da wir schließlich nicht mehr allein im Haus sind –, und nun liegt Svea wohlig erschöpft in meinen Armen. Träge fragt sie mich: »Findest du, das Leben ist gerecht?«

Wow.

Mit Astrid habe ich über wenig mehr als ihr neues Smartphone gesprochen, wenn überhaupt.

Svea fragt mich noch vor dem Frühstück, ob ich das Leben für gerecht halte.

»Ich bin mir nicht sicher«, gebe ich zu. »Wenn Gerechtigkeit bedeutet, dass jeder das bekommt, was er verdient, dann – nein. Leider nicht.«

»Macht dich das traurig?«, will Svea wissen. »Mich schon, manchmal. Wenn ich mich frage, warum gerade ich eine kleptomanische Mutter haben muss. Oder ein so wunderbarer Junge wie du einen prügelnden Vater.«

»Geht es da denn nur um Gerechtigkeit?«, frage ich zurück.

»Worum sollte es sonst gehen?« Svea hebt den Kopf. Ihre Trägheit ist verschwunden, die Neugierde geweckt.

»Um Verantwortung«, sage ich und staune, wie gut ein Gehirn noch vor dem ersten Kaffee funktionieren kann. »Darum, dass man die Verantwortung für sein Dasein nicht abgeben darf, auch wenn einem manches ungerecht erscheint. Verstehst du, man findet immer jemanden, dem man die Schuld geben kann, wenn im eigenen Leben was schiefläuft: die, die es besser haben als wir – die, die uns geschadet haben – die böse Gesellschaft – die miese Kindheit. Auf irgendjemanden kann man es immer schieben, irgendwie ist doch immer alles ungerecht.«

Svea scheint von meinen Worten angemessen beeindruckt. Das freut mich, es macht mich stolz – und es lässt mich unvorsichtig werden.

»Verantwortung ist ja auch etwas Positives«, sinniere ich eifrig weiter, »nicht bloß eine Last. Denn wenn ich selbst für mich verantwortlich bin, dann ist es kein anderer. Nichts ist mehr ungerecht, denn ich selbst bin der Schmied meines Glücks.« Ich bin nun so richtig in Schwung. »Das ist wahre Freiheit, oder nicht? Verantwortung zu übernehmen bedeutet also auch, frei zu sein.«

Boah, bin ich gut! Ich werfe Svea einen selbstgefälligen Blick zu.

Sie rollt sich auf den Bauch, stützt sich auf ihre Ellenbogen und sieht mich eindringlich an. »Aber wo endet unsere Verantwortung, Nick? Es gibt immer Menschen, die es *nicht* schaffen, Schmiede ihres Glücks zu sein, wie du so schön sagst. Bin ich dann nur mir selbst verpflichtet – oder zum Beispiel auch meinen Eltern, wenn die ihr Leben nicht im Griff haben?«

»Nur dir selbst!«, sage ich im Brustton der Überzeugung. »Deine Eltern haben ihr eigenes Schicksal. Das brauchst du dir nicht auch noch aufzubürden. Du solltest nicht lügen und dich verstellen müssen, nur um deine Mutter zu decken.«

»Ach, und was ist dann mit *deiner* Mutter? Warum willst du sie beschützen, wenn sie doch auch ihr eigenes Schicksal hat?«

»Äh …«

»Und was ist, wenn man Kinder hat?«, bohrt sie weiter. »Die Verantwortung endet keineswegs immer bei uns selbst. Für seine Kinder ist man sehr wohl verantwortlich!«

»Ja, aber … Das ist was anderes«, sage ich unsicher.

»Ha! Siehst du, das Ganze ist nämlich verdammt kompliziert!«

Sveas Augen blitzen triumphierend, ihre ungekämmten Locken stehen wild von ihrem Kopf ab. Sie sieht hinreißend aus in ihrer Leidenschaft.

Ich lege ihr die Hand in den Nacken und ziehe sie zu mir herab. Genug geredet.

»Weißt du was, meine Schöne? Lass uns doch einfach dankbar dafür sein, dass wir nicht alle existenziellen Probleme unseres Daseins unbedingt noch heute Morgen lösen müssen.«

»Willst du etwa die Waffen strecken?«, fragt sie und grinst. »Das gilt nicht, mein Lieber!«

»Ich strecke niemals die Waffen. Aber ab und zu eine Kampfpause dürfen wir uns doch gönnen, oder? Außerdem haben neben den großen Sinnfragen der Menschheit auch die kleinen ihre Berechtigung, etwa die: Wollen wir erst frühstücken oder uns noch ein bisschen miteinander vergnügen?«

»Zumindest darauf kann ich dir eine ganz klare Antwort geben.« Svea lacht.

Dann lässt sie zuerst ihre Hände meinen Körper hinabgleiten und schließlich ihre Zunge.

Ich sag's ja: Sex und Philosophie passen erstaunlich gut zusammen.

33

Svea

Als wir es endlich schaffen, für eine dringend nötige Dusche das Bett zu verlassen, ist mein Vater bereits aufgebrochen.

Ich habe ein schlechtes Gewissen, weil wir ihn allein haben frühstücken lassen, aber Nick wirkt insgeheim erleichtert. Was mich nicht wundert: Nach dem, was wir im Bett so alles getrieben haben, ist er wahrscheinlich nicht scharf darauf, meinem Vater in die Augen zu schauen.

Nun steht Nick sauber und nackt in meinem Zimmer und schlüpft widerstrebend in seine alte Hose.

»Ziemlich sandig«, sagt er und grinst, doch mir ist klar, was er denkt: Ewig kann er nicht das gleiche Zeug anziehen. Die erste von vielen kleinen und größeren Schwierigkeiten, wenn man Hals über Kopf von zu Hause geflüchtet ist.

»Ich könnte dir was von mir leihen«, schlage ich vor.

Nick lacht. »Klar. Einen String und ein rosa Shirt?«

Strafend blicke ich ihn an. »Ich dachte eher an das

hier«, sage ich und ziehe einen unförmigen dunkelblauen Kapuzenpulli aus dem Schrank. Er ist mit dem Schriftzug der Robbenstation versehen, ich habe ihn in dreifacher Ausführung, weil er ein Teil meiner Arbeitskluft ist, und er ist so weit geschnitten, dass er sogar Nick passen müsste.

Oder doch nicht, denke ich eine Minute später und muss mir das Lachen verkneifen. Nicks Waschbrettbauch liegt fünf Zentimeter frei, seine Arme sind für den Pulli zu lang und seine Schultern definitiv zu breit.

»Lächerlich«, brummt er missmutig.

»Aber sauber«, sage ich und greife nach seiner Hand. »Lass uns erst mal was essen, dann sehen wir weiter.«

Doch als wir auf halbem Wege in die Küche sind, klingelt es an der Haustür Sturm.

Nick zieht die Augenbrauen hoch. »Euer Postbote ist recht ungeduldig.«

»Der klingelt sonst nie«, entgegne ich, laufe zur Tür und öffne – um direkt in die besorgten Mienen meiner Freunde zu blicken.

»Svea! Ich habe dir *tau-send-mal* auf die Mailbox gesprochen!«, ruft Rieke vorwurfsvoll.

»Das Handy war aus«, sage ich verwirrt. »Was ist denn so dringend?«

»Was so dringend ist?« Rieke wirft die Hände in die Luft. »Du bist gestern aus dem Unterricht weggerannt! Du bist ausgeflippt! Alle reden darüber! Ich habe mir Sorgen um dich gemacht!«

Oh. *Das.*

Mir selbst kommt es so vor, als sei mein unrühmlicher Nervenzusammenbruch in der Schule vor einer halben Ewigkeit passiert. Aber natürlich war das erst gestern. Und natürlich kann niemand wissen, wie vollkommen anders meine Gefühlslage *heute* ist.

»Warum hast du mich nicht zurückgerufen?«, fragt Rieke und stemmt die Hände in die Hüften. »Warum war dein Handy aus, hm?«

Ich frage mich, wie ich ihr am würdevollsten erklären kann, dass ich die meiste Zeit mit Nick im Bett verbracht habe. Wo ich eher selten daran gedacht habe, zu telefonieren.

»Ähm«, setze ich an, doch da sagt Timon grinsend: »Ich schätze, sie war mit dem Typ im Mädchenpulli beschäftigt.«

»Hallo«, sagt Nick ungerührt und legt mir den Arm um die Schultern.

Rieke verschlägt es die Sprache. Mit offenem Mund starrt sie Nick und mich an.

Timons Grinsen wird noch breiter. »Na siehst du, Rieke, wir hätten gar nicht so überstürzt hierherkommen müssen. Besonders traurig sieht Svea jedenfalls nicht aus. Sie war schlicht und einfach ein Opfer ihrer Libido!«

»Oh Mann! Dann habe ich mir die ganze Nacht umsonst Sorgen gemacht?« Rieke schwankt sichtlich zwischen Ärger und Erleichterung.

Ich seufze. »Umsonst nicht, es gibt einiges zu erzählen. Also, worauf wartet ihr? Kommt rein.«

Bei Marmeladentoast, Kaffee und unverfänglichem Anfangsgeplauder bricht das Eis.

Nick, Rieke und Timon kennen sich bereits, wenn auch nur flüchtig, und obwohl Rieke uns die ganze Zeit über mustert, als könne sie es einfach nicht fassen, sieht sie doch nicht unzufrieden aus. Schließlich ist es eines ihrer erklärten Lebensziele, mich auf rosa Wolken schweben zu sehen.

»Habt ihr etwa schon …?«, flüstert sie mir zu, als Nick und Timon sich gemeinsam an der Kaffeemaschine zu schaffen machen, die nach dem Brühen der ersten Kanne den Geist aufgegeben hat. »Ich meine, weil er ja offensichtlich hier übernachtet hat. Und deinen Pulli trägt.«

Ich nicke verlegen und nuschele etwas von »Ausnahmesituation« und »echt verrücktem Tag«.

»Krass«, sagt Rieke, lehnt sich auf ihrem Stuhl zurück und betrachtet mich, als seien mir plötzlich Flügel gewachsen. »Vertraust du ihm denn? Ich meine, das hier war ganz bestimmt nicht sein erster One-Night-Stand. Wer weiß, wie schnell er wieder weg ist. Und was ist eigentlich mit Astrid?«

»Mit der ist es aus, und unsere Nacht war *kein* One-Night-Stand«, widerspreche ich ihr bestimmt. »Ach, Rieke, es war alles andere als das!«

Meine Freundin legt den Kopf schief. »Ich bin *nicht* in Nick verliebt!«, äfft sie mich nach. »Am liebsten würde ich Frau Hollenkamp bitten, mir einen anderen Partner zuzuteilen!«

Ich zucke zusammen. »Das habe ich gesagt? Na ja, das … äh, ist lange her.«

»Oh ja, sehr lange. Fast vierzehn Tage und eine heiße Nacht lang«, kichert Rieke.

Ich werde rot. Just in diesem Moment treten Nick und Timon an den Küchentisch.

»Die Kaffeemaschine läuft wieder«, informiert uns Nick, »allerdings wird sie es voraussichtlich nicht mehr lange machen. Wir haben Glück, wenn sie den Vormittag überlebt. Hey, Svea, ist irgendwas?«

»Nö, alles bestens«, sage ich hastig und streiche mir ein paar Haarsträhnen aus meinem roten Gesicht. »Sollen wir dann mal loslegen? Mit dem Erzählen, meine ich.«

Schlagartig wird es still in der kleinen Küche. Rieke lacht nun nicht mehr, Timon setzt sich schweigend neben sie, und beide sehen uns erwartungsvoll an. Nur das angestrengte Brodeln der Kaffeemaschine ist noch zu hören.

Ablenkungsmanöver geglückt, Stimmung zerstört, denke ich reumütig.

Nick zieht sich in Zeitlupe einen Stuhl heran. Doch erst als er mich mit verschlossener Miene fragt: »Was möchtest du deinen Freunden denn erzählen? *Alles*?«, begreife ich, dass er sich verraten fühlt.

Weil er fürchtet, dass ich nicht nur von meinen Geheimnissen sprechen werde, sondern auch von seinen.

»Ich erzähle ihnen alles, was mich betrifft«, antworte ich ernst. »Rieke und Timon sind meine besten Freunde, Nick. Ich vertraue ihnen, und ich kann Hilfe und Verständnis gebrauchen.«

Da hebt er den Kopf und sieht mich nachdenklich an. Öffnet den Mund, um etwas zu sagen, zögert, schließt ihn wieder.

Und stößt schließlich hervor: »Weißt du was? Ich habe es satt, das Arschloch zu decken. Also, wenn du deinen Freunden vertraust – erzählen wir's ihnen doch einfach.« Er lächelt grimmig. »Hilfe gebrauchen kann *ich* nämlich auch.«

Ich greife nach Nicks Hand und drücke sie.

Dann legen wir los.

Als wir geendet haben, schüttelt Timon minutenlang den Kopf, und Rieke blickt Nick vollkommen erschüttert an. Der Projektbesuch im Knast, der mir droht, erscheint uns allen gar nicht mehr so verhängnisvoll.

Das, was bei Nick zu Hause abläuft, ist um einiges schlimmer.

»Und ich dachte, du seiest ein absolutes Glückskind, Nick«, murmelt Rieke.

»So kann man sich irren«, erwidert er knapp.

»Was wirst du denn jetzt tun?«, will Timon wissen. »Zeigst du deinen Vater an?«

Frustriert gibt Nick zurück: »Wenn es nur nach mir ginge, würde ich das mit Freuden machen. Aber meine Mutter … Sie würde mich dafür hassen. Ich weiß nicht, ob es das wert ist.«

»Kapier ich nicht«, sagt Rieke. »Wie kann sie *dich* dafür hassen, dass dein Vater euch schlägt?«

»Tja, das ist Kathrins ureigene Logik. Mit einer Anzeige würde ich dafür sorgen, dass die heile Welt meiner Mutter sich vor aller Augen als Drecksloch entpuppt, versteht ihr? Also wäre ich daran schuld, dass alles zusammenbricht. Nicht mein Vater, denn der schlägt uns ja immerhin im Verborgenen.«

»Aber das ist absurd!«, ruft Rieke aufgebracht.

Nick zuckt bloß mit den Schultern.

Vorsichtig schalte ich mich ein. »Egal, was deine Mutter denkt, Nick, du solltest tun, was für dich das Beste ist. Für dich, nicht für deine Eltern.«

»Schön. Und was ist das Beste für mich?«, fragt er. »Eine Anzeige? Ewige, sinnlose Auseinandersetzungen mit meiner unbelehrbaren Mutter? Tägliche Kämpfchen mit Uli? Soll ich lernen, mir einfach die Ohren zuzuhalten, wenn er sie verkloppt? Oder soll ich abhauen und die Alten ihren Scheiß alleine regeln lassen? *Das* ist es nämlich, was ich am liebsten tun würde, verflucht noch mal!«

Aufgebracht springt er auf, wendet sich von uns ab und starrt durchs Fenster in den trüben Vormittag.

Ich schweige ratlos. Nick hat recht. Wer kann schon wissen, was das Beste ist, für ihn und für seine Mutter?

Doch gerade als ich denke, dass ich mit meinem Latein am Ende bin, meldet sich Timon zu Wort.

»Wenn du das am liebsten tun würdest«, sagt er und legt die Fingerspitzen aneinander, »dann ist der nächste Schritt doch vollkommen klar.«

»Ach ja?«, fragt Nick misstrauisch.

»Natürlich. Du musst ausziehen, am besten sofort.« Timon lächelt. »Und wir werden dir dabei helfen.«

34

Nick

Die Kaffeemaschine hat das Zeitliche gesegnet, Svea und Rieke erfinden und verwerfen die Hundertste Entschuldigung für ihren überstürzten Aufbruch aus der Schule, und ich sitze mit Timon vor Sveas Computer, wo wir die gesetzliche Lage zum Alleinleben Minderjähriger recherchieren.

»Na also!«, ruft Timon aus und reibt sich die Hände. »Da haben wir es doch schon. Deine Eltern sind unterhaltspflichtig, sie müssen dir also eine Wohnung und deine Lebenshaltungskosten bezahlen, ob sie wollen oder nicht.«

Ich kneife die Augen zusammen und überfliege die Seite, die Timon entdeckt hat. Sie ist in abschreckendem Juristendeutsch gehalten, aber hey, wenn ich Richter werden will, muss ich mich daran sowieso gewöhnen.

»Dann lies mal den nächsten Absatz«, sage ich schließlich. »Meine Eltern sind nicht nur unterhaltspflichtig, sondern sie haben auch das Aufenthaltsbestimmungsrecht für mich. Und das bedeutet, ich darf nirgendwohin ziehen, wenn sie es mir nicht erlauben.«

»Oh, sie werden es dir erlauben«, beteuert Timon.

»Und was macht dich da so sicher?«

»Die Existenz des Jugendamts.«

Ungläubig blicke ich ihn an.

»Du wirst«, sagt Timon, »deinen Eltern aufzeigen müssen, welche Möglichkeiten sie haben. Entweder sie kommen dir entgegen. Oder du tust, was du schon längst hättest tun sollen, und packst beim Jugendamt aus.«

Ich soll zum Jugendamt gehen? Hallo?!

»Damit ich in irgendeine beschissene Wohngruppe gesteckt werde, oder was?«, knurre ich. »Tolle Idee. Danke.«

Timon streicht sich eine schwarze Strähne aus der Stirn und blickt mir so nachsichtig in die Augen, als sei er mein verdammter Therapeut und ich ein ziemlich begriffsstutziger Patient. »Wer redet denn hier von Wohngruppen. Nein, nein, ich bin sicher, dein Vater wird bei der bloßen Drohung schneller einknicken, als du gucken kannst. Für den ist es doch das Wichtigste, dass nichts an die Öffentlichkeit gelangt, oder?«

»Schon, aber …«

»Außerdem, was hast du gegen Wohngruppen?«, ruft Rieke von ihrem Platz auf Sveas Bett. »Kann doch auch ganz lustig sein! So WG-mäßig.«

Ja, klar. Mit lauter Jungs aus zerrütteten Familien auf engstem Raum zusammen zu hocken, fühlt sich bestimmt an wie eine einzige Party. Ich bedenke Rieke mit einem finsteren Blick.

Der sofort weich wird, als er fünfzig Zentimeter weiter nach rechts gleitet und sich mit Sveas verfängt. Unwillkürlich lächele ich, und sie lächelt unter halb gesenkten Lidern zurück.

»In Ordnung«, sage ich, reiße meine Aufmerksamkeit widerwillig von Svea los und richte sie wieder auf Timon. »Nehmen wir an, ich fände deinen Plan, meinen Eltern mit dem Jugendamt zu drohen, *nicht* vollkommen abwegig. Wie würde es dann jetzt weitergehen?«

Timon beugt sich vor, seine grauen Augen blitzen. »Du hast nicht zufällig einen alten Kumpel, der mit dir durch dick und dünn geht? Der die Wahrheit über deine Familie kennt? Denn wenn du einen solchen Freund hättest«, er stößt mir mit dem Zeigefinger gegen die Brust, »dann wäre jetzt der Zeitpunkt gekommen, ihn um Hilfe zu bitten.«

Tja. Und so stehe ich am späten Nachmittag vor der Haustür unserer Villa, flankiert von Timon zu meiner Linken und Christian zu meiner Rechten.

»Das ist ein Scheißplan«, sage ich. »Er ist lächerlich, und er wird nicht funktionieren.«

»Angst?« Christian zieht die Augenbrauen hoch. »Ey, du bist kein kleiner Junge mehr, vergiss das nicht. Und wir sind nicht deine niedlichen Spielkameraden, die zum Legobauen und Safttrinken kommen. Schau uns an, Nick. Es *wird* funktionieren.«

Beinah widerwillig gehorche ich und betrachte meine Freunde, den neuen und den alten. Christian hat sich wie ein Bodyguard neben mir aufgebaut, breitbeinig, mit vor der Brust verschränkten Armen, und Timon auf meiner anderen Seite wirkt nicht viel umgänglicher: Zwar ist er nicht so durchtrainiert wie ich oder so hochgewachsen wie Christian, aber seine Miene würde jedem Berufskiller Ehre machen.

Meine wahrscheinlich auch, denn ich fühle mich, als strömte mir das Testosteron aus jeder Pore. Meine Muskeln sind zum Zerreißen gespannt, und die Aggression, die gestern in mir zum Leben erweckt wurde, lauert nur darauf, endlich wieder auf ihr Ziel zu treffen – loszuschlagen – es zu Ende zu bringen.

Und genau da liegt mein Problem.

Denn Christian irrt sich: Ich fürchte nicht meinen Vater, schon lange nicht mehr.

Ich fürchte mich vor mir selbst.

Meine Hände fangen an zu zittern, und ich balle sie zu Fäusten. Ich habe Angst, wieder auszurasten, meinem Vater etwas anzutun, etwas wirklich Schlimmes diesmal. Denn heute ist da keine Svea, die mich mit ihrem sanften Griff, ihren geflüsterten Worten davon abhält.

»Wie wäre es«, sagt Timon ungeduldig, »wenn du langsam mal aufschließen würdest? Wir haben den Mädchen versprochen, nicht zu spät zurückzukommen. Sie machen sich Sorgen um uns, Mann! Es wird ihnen nicht gefallen, wenn wir sie ewig warten lassen.«

»Über so was zerbrichst du dir den Kopf? Dass deine Freundin mit dir schimpfen könnte?« Christian lacht. »Was bist du – ein Kerl oder eine Flasche Weichspüler?«

»Ein Mann, der nicht nur an sich selbst denkt, sondern auch an andere«, versetzt Timon kühl. »Was im Übrigen der Grund dafür ist, dass ich hier mit Nick herumstehe und sogar *dich* in Kauf nehme, um ihm zu helfen. Also, ziehen wir das hier jetzt durch oder nicht?«

Christian ist immer noch belustigt, sagt aber ohne zu zögern: »Keine Frage. Was, Nick?«

Ich schlucke. Und bringe mit viel Überwindung hervor: »Klar, wir ziehen es durch. Aber falls ich … ausflippe, dann … ach, verdammt. Haltet mich einfach zurück, in Ordnung?«

Beide nicken.

Und mehr Ermutigung brauche ich nicht.

Ich atme tief durch und schließe auf.

35

Svea

»Hör mal, Rieke, das klingt doch gut: ein Zimmer, kleine Küche, Tageslichtbad, Strandnähe, zwei Monatsmieten Kaution, für … Oookay. Klingt doch nicht gut.« Ich lasse die Zeitung sinken und schüttele den Kopf. »Was denken sich die Vermieter bloß dabei, solche Preise zu verlangen? Ich meine, wer kann das bezahlen?«

»Leute wie die Pietersens«, sagt Rieke trocken. »Streich die Anzeige mal an, vielleicht findet Nick die Miete völlig in Ordnung.«

Seit Nick mit Timon losgezogen ist, um erst seinen Freund Christian zu treffen, sich frische Klamotten von ihm zu borgen und dann bei seinen Eltern einzufallen, durchforsten Rieke und ich den Immobilienteil der Samstagszeitung. Kann ja sein, dass wir auf Anhieb die perfekte Bleibe für Nick finden … Und wenn nicht, so haben wir doch immerhin etwas zu tun. Denn zu Hause zu sitzen und *nichts* zu tun, das geht gar nicht.

Nicht, wenn ich weiß, dass Nick gerade seinem Vater gegenübersteht. Dass er vielleicht die Nerven verliert und sich erneut mit Uli Pietersen prügelt. Dass der Plan nicht funktioniert, dass alles aus dem Ruder läuft.

Ich wünschte, er wäre schon wieder da, bei mir. Ich mache mir Sorgen um ihn, und ich vermisse ihn, so sehr, dass ich es selbst kaum glauben kann. Wir sind erst seit gestern zusammen, aber es fühlt sich an, als hätten wir uns schon ewig gesucht. Und jetzt, wo wir uns gefunden haben, darf uns nichts mehr trennen.

Plötzlich überfällt mich die irrationale Angst, dass uns nur sehr wenig Zeit zusammen vergönnt sein wird.

Mein Herz zieht sich schmerzhaft zusammen, und ich streiche mir über Stirn und Augen, zwinge mich, die düsteren Gedanken abzuschütteln. Das ist bestimmt nur die Anspannung, versichere ich mir selbst, nichts weiter! Ich meine, wer glaubt schon an dunkle Vorahnungen?

Energisch nehme ich mir wieder die Zeitung vor, kreise mit dickem schwarzem Edding die Anzeige für die Wohnung mit dem Wucherpreis ein und gehe den Rest der Ein- und Zweizimmerwohnungen durch, um Nick nachher ein schönes Ergebnis präsentieren zu können. Denn jede mögliche Wohnung steht für ein kleines Stück Hoffnung, ist der Beweis dafür, dass die Zukunft nicht bereits verbockt ist, sondern offen und strahlend.

Nicks Zukunft.

Und meine eigene.

Unwillkürlich denke ich an meinen Vater. Wie sein erster Besuch bei meiner Mutter wohl verläuft? Ob sie sich streiten, sich Vorwürfe an den Kopf werfen? Oder reißen sie sich zusammen, weil sie schließlich nicht allein miteinander sind, sitzen sie stumm und verlegen da wie Fremde, beide insgeheim erleichtert, wenn die zwei Stunden vorüber sind?

Mit einer Inbrunst, die mich selbst überrascht, wünsche ich mir, dass Mama und Papa sich einander wieder annähern. Ich meine, wäre das so unrealistisch? Immerhin ist es möglich, dass sie beide in ihren langen, einsamen Nächten doch das eine oder andere Mals ins Grübeln gekommen sind, über ihre eigenen Fehler, nicht nur über die des anderen. Der letzte Brief meiner Mutter klang zumindest nicht mehr ganz so selbstgerecht wie sonst, auch wenn Mama von der Bereitschaft, Verantwortung für ihr Handeln zu übernehmen, noch meilenweit entfernt zu sein scheint. Aber sie denkt nach, und das ist ein Anfang, etwas, worauf sich aufbauen lässt.

»Ein viel größeres Problem als die Mietpreise«, dringt Riekes Stimme in meine Gedanken, »ist die Zeit, Svea. Da müssen wir uns echt noch was überlegen.«

Die Zeit? Ich blicke sie verständnislos an.

»Na, irgendwo muss Nick schließlich leben, bis er eine eigene Wohnung gefunden hat«, erklärt Rieke ungeduldig. »Bei dir kann er zwar übers Wochenende bleiben, aber dein Vater wäre sicher nicht damit einverstanden, dass dein neuer Freund gleich mal für ein paar Wochen hier einzieht.«

Da hat sie leider recht. Wir brauchen eine Übergangslösung, und zwar schon in den nächsten Tagen. Mist. Das verspricht noch wesentlich komplizierter zu werden als die eigentliche Wohnungssuche.

»Zu einem Kumpel ziehen kann er jedenfalls nicht«, überlege ich. »Denn Teil des Deals ist es ja, dass Nick nichts herumerzählt, solange sein Vater auf seine Bedingungen eingeht. Was also könnte er den Eltern seiner Freunde als Erklärung dafür bieten, so überaus dringend von zu Hause wegzuwollen?«

Rieke stützt das Kinn auf die Fäuste. »Ich sag's ja, das ist ein Riesenproblem. Nick bräuchte ein Zimmer bei jemandem, der nicht nachfragt. Aber wo findet man das schon?«

»In einer Pension?«, schlage ich vor.

»Uh, eine Pension! Kennst du auch nur einen Menschen, der *noch* neugieriger ist als die Pensionswirte unserer Insel?«

Ich seufze. »Nein.«

Ein paar Minuten lang überlegen wir noch hin und her, doch keinem von uns fällt etwas Brauchbares ein.

»Danke jedenfalls, dass du dir mit mir den Kopf zerbrichst«, sage ich schließlich zu Rieke. »Du kennst Nick schließlich gar nicht richtig, seine Schwierigkeiten könnten dir völlig gleichgültig sein, und trotzdem durchforstest du die Zeitung mit mir und …«

»Oh bitte, ich werde noch rot«, unterbricht mich Rieke und wedelt abwehrend mit den Händen. »Wir sind doch Freundinnen, oder?«

Ich lächele. »Ja. Das sind wir.«

»Da fällt mir ein, kommst du morgen eigentlich in die Station?«, fragt Rieke. »Wir sind beide eingetragen. Aber wenn du lieber hier bei Nick bleiben willst, dann sage ich Torben einfach, dass …«

Ihre nächsten Worte rauschen an mir vorbei, denn in meinem Kopf hat plötzlich nur noch ein Gedanke Platz: *Torben! Das ist es.*

Aufgeregt greife ich nach Riekes Hand. »Ich hab's! Das ist die Lösung! Mensch, warum sind wir da nicht gleich draufgekommen?«

36

Nick

Als wir endlich mit harten, undurchdringlichen Mienen vor Uli und Kathrin im Wohnzimmer stehen, komme ich mir vor wie in einem drittklassigen Mafia-Film.

Zugegeben, wir tragen weder schwarze Anzüge noch Sonnenbrillen, und auch die Knarren fehlen, doch die Gesichter meiner Eltern könnten nicht erschreckter aussehen. Mein Vater ist so bleich, als hätte er letzte Nacht keine Sekunde lang geschlafen, nur die Stellen, wo ihn gestern meine Schläge getroffen haben, sind bläulich verfärbt. Sein stets makellos zurückgekämmtes blondes Haar hängt ihm in die Stirn, der stahlgraue Blick huscht unstet zwischen meinen Freunden und mir hin und her. Meine Mutter ist adrett gekleidet wie immer, aber ihre Augen sind geschwollen und rot vom Weinen. Ob sie Verletzungen hat, kann ich nicht erkennen.

Haben sie sich etwa Sorgen um mich gemacht?, schießt es mir durch den Kopf. Haben sie sich gefragt, wo ich bin, was ich jetzt vorhabe, wie es mir geht? Der kleine Junge in mir wünscht sich verzweifelt, dass es so wäre. Doch der Mann in mir weiß nur zu gut, dass der Grund für die Schlaflosigkeit meiner Eltern ein anderer ist: die Angst, ich könnte zur Polizei gerannt sein.

»Nicolas«, bringt Uli schließlich mit gespielter Jovialität hervor. »Ich bin froh, dass du es dir anders überlegt hast.«

Ich ziehe die Augenbrauen hoch.

»Du wolltest doch fortbleiben«, erinnert Kathrin mich mit dünner Stimme. »Das ganze Wochenende lang, das hast du am Telefon gesagt. Es ist schön, dass du doch nach Hause gekommen bist.«

»Ich werde nicht bleiben«, sage ich knapp. »Ich möchte nur ein paar Dinge mit euch klären.«

»Ach, nun setzt euch doch erst mal«, sagt Uli und wirft den Jungs und mir ein schleimiges Lächeln zu, eines von der Sorte, die sonst strikt für seine Patienten reserviert ist. »Möchtet ihr etwas trinken? Christian, dich habe ich ja lange nicht mehr gesehen. Wie geht es denn so?«

»Angespannt«, sagt Christian.

»Oh. Das … tja.« Mein Vater räuspert sich. Dann wendet er sich an Timon. »Und du, dich kennen wir noch gar nicht, bist du auch in Nicolas' Klasse?«

»Nein«, antwortet Timon gedehnt. »Ich bin bloß einer von denen, die Bescheid wissen, Herr Pietersen.«

Okay. *Jetzt* fühle ich mich wirklich wie in einem Mafia-Film.

Meine Mutter stößt einen kleinen Schrei aus und schlägt sich die Hand vor den Mund, und ich weiß nicht, ob ich lachen oder Kathrin am Arm packen und einfach mit ihr das Haus verlassen soll, ohne je wieder ein Wort mit meinem Vater zu wechseln.

Doch ich bleibe, äußerlich so unbewegt wie eine Statue.

Uli schluckt hart. Mit fahrigen Fingern versucht er, sein Haar zu glätten, was ihm gründlich misslingt. »Ihr wisst also Bescheid, hm? Dann … ja nun. Vielleicht sollten Nicolas und ich unter vier Augen darüber sprechen, was … was zu besprechen ist.«

Noch nie habe ich meinen Vater stottern gehört.

Ich verspüre kein Mitleid.

Hass allerdings auch nicht, bemerke ich erstaunt.

»Du kannst ruhig sagen, worum es wirklich geht, Uli.« Ich blicke meinem Vater in die Augen. »Niemand hier hat Bock auf verlogenes Geplauder. Sag doch, wie es ist: Du hast Kathrin und mich jahrelang verprügelt, gestern habe zur Abwechslung mal ich dich geschlagen, und jetzt müssen wir sehen, wie es weitergeht. Und dafür bin ich hier.«

Meine Mutter macht einen Schritt auf mich zu. »Nick! Du kannst doch nicht … vor deinen Freunden … Liebchen, das geht doch niemanden außer unsere Familie etwas an und …«

»Sei still, Kathrin!«, unterbricht mein Vater sie scharf. Noch einmal blickt er von mir zu Christian und Timon, erst abwägend, als spiele er im Geiste seine Möglichkeiten durch, und schließlich resigniert.

»Also gut. Was willst du von mir, Nicolas?«, fragt er, lässt sich in einen Sessel fallen und schaut ergeben zu mir hoch.

»Eines muss man Ihnen lassen, Herr Pietersen«, höre ich Timon sagen. »Sie wissen, wann Sie verloren haben.«

»Das ist Erpressung!«, faucht mein Vater eine Viertelstunde später.

»Irrtum, Uli«, sage ich und verschränke die Arme vor der Brust. »Das ist der Deal. Nimm ihn an oder lass es bleiben.«

Er presst die Lippen zusammen, und meine Mutter bemüht sich, auf dem Sofa unsichtbar zu werden. Timon, Christian und ich stehen nach wie vor breitbeinig und abweisend vor ihnen, eine norddeutsche Billigversion der Familie Corleone.

Gottlob ist mein Vater der Typ, der sich von so was beeindrucken lässt, und ich muss zugeben, dass es ganz danach aussieht, als würde Timons Plan aufgehen. Denn Uli ist weder gewalttätig geworden – was bei drei jungen Männern gegen einen mittelalten auch nicht sehr klug gewesen wäre –, noch hat er mich rausgeschmissen oder mir in irgendeiner Weise gedroht. Nein, es läuft alles genau so, wie Timon es mir prophezeit hat: Angesichts von zwei Mitwissern, die vor ihm stehen, und einer ungewissen Anzahl weiterer »Zeugen«, mit denen wir ihm gedroht haben, hat mein Vater nun richtig Schiss.

Und deshalb hat er mir zugehört.

So emotionslos wie möglich habe ich meinen Eltern aufgezeigt, wie die Zukunft meiner Familie aussehen könnte. Erste Variante: Ich ziehe sofort aus. Meine Eltern bezahlen mir eine kleine Wohnung und genügend Unterhalt, sodass ich nicht nebenher arbeiten muss, sondern mich auf mein Abitur konzentrieren kann. Zweite Variante: Sie weigern sich, und ich gehe zum Jugendamt. Dort erzähle ich alles, aber auch alles darüber, wie es in meiner Familie zugeht. Außerdem zeige ich meinen Vater umgehend bei der Polizei an.

Als ich an diesem Punkt angelangt war, schien mein Vater zu glauben, dass er das Ruder doch noch herumreißen könnte. »Und wie willst du deine Anschuldigungen beweisen, Herr Neunmalklug?«, zischte er. »Deine Aussage steht gegen meine. Und Kathrin wird mich niemals vor der Polizei belasten!«

Meine Mutter widersprach ihm nicht, was ich mit einem bitteren Geschmack im Mund registrierte.

Doch Christian sagte: »Aber ich werde Sie belasten, Herr Pietersen. Ich habe Hunderte von blauen Flecken an Nicks Körper gesehen, als wir noch Kinder waren. So oft fliegt kein Mensch vom Apfelbaum, auch nicht ein noch so wilder kleiner Junge.« Christian verzog angewidert den Mund, als sei Uli eine Kakerlake oder etwas ähnlich Unappetitliches. »Ich habe null Probleme damit, das auch der Polizei zu sagen, verstehen Sie?«

»Auch die Nachbarschaft würde sich bestimmt dafür interessieren«, sprang Timon uns bei und schenkte meinem Vater ein Haifischlächeln. »Meine Eltern sind im gleichen Tennisclub wie Sie, Herr Pietersen, wussten Sie das? Nick und ich haben uns heute ziemlich lange unterhalten, und Sie werden nicht glauben, welch erstaunliche

Gemeinsamkeiten wir aufgedeckt haben: Unsere Familien sind im gleichen Tennisclub, im gleichen Bridgeclub, wir haben die gleiche Hausärztin, die gleiche Apothekerin, die sich immer *sehr* interessiert nach unseren Eltern erkundigt, natürlich kennen wir auch die gleichen Lehrer, die gleichen schwatzhaften Kneipiers, die gleichen …«

»Schon gut, schon gut, ich hab's kapiert«, bellte mein Vater. Er stand aus seinem Sessel auf, ging zum Fenster, blickte mit dem Rücken zu uns hinaus und versank in brütendes Schweigen. Bis er sich abrupt umdrehte und mir vorwarf, ich würde ihn erpressen.

Und so stehen wir nun voreinander.

Wir starren uns an, ein letztes Kräftemessen vor der endgültigen Entscheidung.

Ich erwarte sie fast gelassen. Natürlich wäre es mir am liebsten, in eine eigene Wohnung zu ziehen, doch ich bin auch bereit, meine Drohung in die Tat umzusetzen und das Jugendamt um Hilfe zu bitten, Wohngruppe hin oder her. Alles ist besser, als in dieses Haus, in diese Familie zurückkehren zu müssen.

Und das scheint mein Vater zu spüren.

Er senkt den Blick und nickt, knapp und wütend.

Ein erlöstes Lächeln möchte sich auf meinem Gesicht ausbreiten, doch ich unterdrücke es. Freuen kann ich mich später. Wenn ich unter Menschen bin, die positive Gefühle nicht als Schwäche auslegen.

Wenn ich bei Svea bin.

Plötzlich habe ich es verdammt eilig, zu ihr zu kommen, um ihr zu berichten, dass alles gut gelaufen ist.

Außerdem möchte ich meinen Freunden danken, möchte eine Runde für sie schmeißen und feiern, danach will ich mit Svea ins Bett gehen, das am allermeisten, und mich ihrer Liebe versichern – kurz: Ich kann es gar nicht mehr erwarten, zu vergessen, was hinter mir liegt.

Doch eine Sache bleibt noch zu tun. Ein letzter, allerletzter Versuch.

Ich gehe zu meiner Mutter, bleibe vor dem Sofa stehen. Furchtsam schaut sie zu mir hoch, als sei ich es, der eine Gefahr für sie darstellt, nicht mein Vater.

»Komm mit mir.« Ich strecke ihr die Hand hin. »Du musst Uli nicht anzeigen, aber du brauchst auch nicht hierzubleiben. Wir suchen dir eine Wohnung, er kann dich nicht zurückhalten, nicht gegen deinen Willen. Komm mit mir. Bitte, Mama.«

Sie zuckt unter der liebevollen Anrede, die ich seit mindestens fünf Jahren nicht mehr benutzt habe, zusammen. Unsicherheit flackert in ihrem Blick auf, und einen Augenblick lang glaube ich, dass sie sich erheben wird, gegen meinen Vater, endlich. Dass sie dieses protzige, verfluchte Haus verlässt und ein neues Leben anfängt, ohne Gewalt, ohne Angst und ohne lange Blusen über blauen Flecken.

Doch der Augenblick vergeht, und meine Mutter bleibt wie erstarrt auf dem Sofa sitzen. Sie knetet lediglich ihre Hände, als sie sagt: »Deinem Großvater ist in meiner Kindheit auch oft die Hand ausgerutscht, Nick. Es gibt Schlimmeres auf der Welt, oder nicht? Manche Männer sind eben ein wenig … unbeherrscht. Warum sollte ich all das hier aufgeben, mein ganzes Leben, meine Ehe, nur weil …« Ihre Stimme bricht.

Als sie fortfährt, bringt sie kaum mehr hervor als ein Flüstern. »Er ist doch nicht immer so. Das ist doch nur eine Seite an ihm, eine von vielen, und die meisten anderen Seiten sind gut. Ich komme schon zurecht, wirklich. Früher sind fast alle Frauen und Kinder geschlagen worden, und es hat ihnen nicht geschadet! Es hat *mir* nicht geschadet, und dir auch nicht, Liebchen, nein, das hat es nicht. Bestimmt nicht. Es hat uns nicht geschadet.«

Ungläubig blicke ich auf meine Mutter hinunter. Einen fassungslosen Moment lang weiß ich nicht, was ich auf so einen Unsinn antworten soll.

Schließlich bringe ich hervor: »Es hat uns nicht geschadet? Oh doch, Kathrin, das hat es. Und dir offensichtlich am meisten.«

Ich trete einen Schritt zurück, kann ihre Nähe nicht mehr ertragen. Schließe für einen Moment die Augen und lasse meine Mutter los.

Sie hat sich entschieden, und mir selbst bleibt nur, das zu akzeptieren. Mich abzuwenden, in die Zukunft zu blicken und es selbst besser zu machen, jetzt und später – mit meiner Frau, meinen Kindern, mit ausnahmslos allen Menschen um mich herum. Ich *muss* es besser machen.

Und ich werde es besser machen.

Als ich die Augen wieder öffne, sehe ich ganz klar. Es ist, als sei ein Schleier fortgezogen worden – von meiner Mutter, meinem Vater, mir selbst, von dem verhängnisvollen Pakt, den wir stillschweigend geschlossen haben, als ich noch ein Kind war. Doch nun bin ich nicht mehr Teil dieses Paktes, denn ich habe das Schweigen gebrochen, ich habe Hilfe angenommen von meinen Freunden, den neuen und einem alten. Jetzt spüre ich keine Scham mehr, keine Ohnmacht und auch keinen Zorn. Nichts ist mehr übrig von der mörderischen Aggression, die mich gestern hier überwältigt hat.

Ich bin raus aus dem Spiel.

Die Erleichterung lässt meine Knie weich werden. Sollen Uli und Kathrin ohne mich weiterspielen, wenn sie nicht damit aufhören können. Sollen sie sich in ihrer selbst geschaffenen Hölle auf ewig im Kreise drehen.

Ich kümmere mich jetzt um mein eigenes Leben.

»In den nächsten Tagen rufe ich euch an«, sage ich fast heiter. »Die Einzelheiten können wir auch am Telefon regeln.«

Als ich mich umdrehe und mit Christian und Timon das Wohnzimmer verlasse, um bei mir oben noch das Nötigste zusammenzupacken – Kleidung, Schulzeug, Waschsachen –, fühle ich mich, als würde ich schweben. Ich stand meinem Vater gegenüber, und ich bin nicht ausgerastet. Ich musste mich nicht einmal zusammenreißen.

Denn ich bin nicht Uli Junior. Bin nicht Nicolas, bin nicht Mamas Liebchen. Ich bin Nick.

Einfach nur ich selbst.

37

Svea

Im trüben Dämmerlicht des Sonntagmorgens wache ich auf, mein Kopf ruht auf Nicks Brust. Feuchter Nebel wabert vor dem Fenster, Herbstkälte liegt in der Luft, doch mir kann die Melancholie nichts anhaben. Ich fühle mich geborgen, glücklich, sicher in Nicks Armen. Es ist genau so, wie ich es in jener Sternschnuppennacht am Strand geahnt hatte: Nick ist alles, was ich brauche, und ich bin alles, was er braucht. Zusammen werden wir es schaffen, uns gegen jeden Widerstand zu behaupten, wir werden uns gegenseitig ermutigen und Kraft geben. Ich lächele.

Und wenn es doch stimmt, dass es nur von kurzer Dauer ist?, wispert es furchtsam in mir. *Dass wir zu wenig Zeit miteinander haben werden? Dass es mit gebrochenen Herzen endet?*

Verflixte Schwarzmalerei! Ärgerlich setze ich mich auf, kämme mir zur Ablenkung das Haar mit den Fingern. Was natürlich gar nichts bringt, außer dass Nick von meinen Bewegungen aufwacht.

»Guten Morgen«, murmelt er, setzt sich ebenfalls auf und küsst meinen Nacken. »Was machst du da mit deinem Haar? Lass es doch, wie es ist. Mir gefällt es so.«

Ich muss lachen. »Klar, weil du selbst immer aussiehst, als hättest du im Leben noch keinen Kamm gesehen.«

Er zwickt mich in die Seite. »Frechheit«, knurrt er. Doch als ich ihm in die Augen blicke, lachen und leuchten sie in strahlend hellem Türkis.

Ich schlinge ihm die Arme um den Hals, und gemeinsam fallen wir zurück aufs Bett. Es ist Sonntag, da ist ausgiebiges Kuscheln erlaubt – vor allem nach einer Nacht wie dieser, in der wir nicht wirklich viel Schlaf bekommen haben.

Meine Gedanken wandern zurück zum gestrigen Abend.

Nachdem die Jungs mit Siegerlächeln und vollgepackten Reisetaschen zu Rieke und mir zurückgekehrt waren, haben wir gefeiert. Christian ist noch mal losgezogen, um Bier zu besorgen, das dann hauptsächlich er selbst und Rieke niedergemacht haben, und wir anderen waren für Musik und Essen zuständig. Am Ende stank die ganze Wohnung nach angebrannter Tüten-Paella (Mann, im Kochen bin ich echt eine Niete!), Rieke hat, ermutigt vom Alkohol, in voller Lautstärke eigenwillige Interpretationen ihrer Lieblingssongs zum Besten gegeben (was Timon deutlich weniger lustig fand als Christian), und Frau Roder von nebenan rief an, um sich über den infernalischen Lärm zu beschweren (»Wenn ihr wenigstens *schöne* Musik hören oder anständig musizieren würdet, Kinder, dann würde ich ja nichts sagen!«).

Alles in allem hatten wir richtig Spaß – besonders Nick und ich. Denn *unsere* Party war noch lange nicht vorbei, nachdem gegen dreiundzwanzig Uhr mein Vater heimgekommen war und meine Freunde höflich, aber bestimmt rausgeworfen hatte.

Wobei Spaß und Party, denke ich träumerisch, eigentlich nicht die passenden Worte sind für das, was in dieser Nacht zwischen Nick und mir geschehen ist.

Kann es überhaupt ein Wort dafür geben?

Sanft, langsam und ohne jede Unsicherheit haben wir uns geliebt. Wir haben uns dabei in die Augen geschaut, vom Anfang bis zum Ende, was neu für mich war und unglaublich intim. Und spätestens, als ich mich Nick beim Orgasmus rückhaltlos ergeben hatte, seinem aufgewühlten Blick, seiner absoluten Nähe, wurde mir klar, dass ich für jeden anderen Jungen verloren bin.

Aber weiß ich das nicht schon seit Wochen?

Nick murmelt etwas, doch als ich den Kopf hebe und nachfrage, lächelt er nur.

Trotzdem bin ich fast sicher, dass ich ein Wort herausgehört habe, das mein Herz zum Hüpfen bringt.

Mit Nick und meinem Vater am Frühstückstisch zu sitzen – nach dieser Nacht –, ist entschieden merkwürdig.

Zwar habe ich auch meine früheren Freunde zu Hause vorgestellt, zumindest wenn es sich ergeben hat. Doch bei mir übernachtet hat noch keiner. Auch für Papa ist die

Situation also ungewohnt, und das merkt man ihm an: Er bemüht sich, einigermaßen locker zu sein, doch seine Mundwinkel zucken nervös, und über Banalitäten sind wir noch nicht hinausgekommen.

»Die Brötchen von Bäcker Jonsten sind wirklich gut«, sagt er gerade zu Nick, der sich in den Herbstnebel gewagt hat, um unser Frühstück zu besorgen. Papa hatte zwar protestiert, doch Nick meinte, ein paar Brötchen und Instantkaffee – die Maschine ist ja kaputt – seien das Mindeste, was er im Gegenzug für zwei Nächte unter Papas Dach anbieten könne.

Nun erwidert Nick höflich: »Ja, Jonsten ist nicht schlecht. Allerdings ist die Bäckerei Riemer noch besser, finden Sie nicht? Leider hat sie sonntagmorgens geschlossen.«

»Früher hatten«, sagt Papa, »sowieso alle Bäckereien am Sonntag zu. Da aß man halt Brot. Gegessen wurde das, was auf den Tisch kam.«

Ich verdrehe die Augen. Papa ist ein Kind der 1970er-Jahre, aber mit seinen Plädoyers für Bescheidenheit tut er gerade so, als hätte er noch den Krieg mitgemacht.

Oder flüchtet er sich in abgedroschene Phrasen, um die Rede bloß nicht auf meine Mutter kommen zu lassen?

Ich treffe eine Entscheidung.

Unvermittelt sage ich: »Wir brauchen Nick nichts vorzuspielen, Papa. Er weiß, wo Mama ist.«

Mein Vater glotzt mich an wie ein Mondkalb.

Okay. Dieses Vorgehen war vielleicht *ein wenig* unsensibel.

»Sag das noch mal«, verlangt Papa. »Ich bin mir nämlich sicher, dass ich dich falsch verstanden habe.«

»Hast du nicht«, sage ich unbehaglich. »Ich wollte euch nicht verraten, Papa. Aber ich kann nicht damit leben, mich ständig verstellen zu müssen. Vor Fremden, okay, das schaffe ich. Aber vor Nick … und vor Rieke und Timon … Das geht nicht. Es geht einfach nicht, Papa, es … es macht mich kaputt.«

Ich bekomme keine Antwort.

Ist Papa entsetzt oder enttäuscht? Wahrscheinlich beides.

Da schaltet sich Nick ein. Mit ruhiger Stimme sagt er: »Nicht nur Ihre Familie hat ihre Geheimnisse, Herr Kossmann. Ich bin mein Leben lang geschlagen worden, von meinem Vater, und glauben Sie mir, es fällt mir nicht leicht, darüber zu sprechen. Aber ich denke, Sie und ich, wir können uns gegenseitig vertrauen. Sie gehen nicht mit meinem Geheimnis hausieren und ich nicht mit Ihrem.«

Nick ist wirklich unglaublich. Ich schenke ihm ein dankbares Lächeln.

Papa sagt dumpf: »Verstehe.«

Und dann sagt er lange Zeit gar nichts mehr.

Die Küchenuhr tickt.

Keiner von uns rührt sein Brötchen an, keiner trinkt seinen Instantkaffee, und die Zeit verlangsamt sich, wird zäh wie der Nebel vor dem Fenster.

Bis ich es nicht mehr aushalte.

Ich wende mich Nick zu und frage leise: »Würde es dir etwas ausmachen, duschen zu gehen? Nicht, dass ich dich aus der Küche schmeißen will, aber …« Ich verstumme, zucke mit den Schultern.

Und Nick begreift. Er schiebt seinen Stuhl zurück, steht auf und legt mir für einen Moment die Hand auf die Schulter, warm und beschützend. Dann geht er.

Papa schweigt noch immer.

Erst als Nick fort ist und aus dem Bad das Rauschen der Dusche zu hören ist, blickt mich mein Vater an.

»Wie konntest du nur, Svea?«, fragt er leise. »Was ist, wenn einer von deinen Freunden sich verplappert? Ich werde meinen Job verlieren, und was dann? Wovon sollen wir leben?«

»Das wird nicht passieren«, versichere ich ihm und bete im Stillen, dass ich niemals eines Besseren belehrt werde. »Kannst du denn gar nicht nachvollziehen, warum ich es erzählen musste? Zumindest meinen besten Freunden und dem Jungen, mit dem ich zusammen bin?«

Papa steht auf, greift nach unseren Tassen. Er geht zur Spüle, schüttet das kalte Gebräu in den Ausguss, setzt frisches Wasser auf und wartet, bis es kocht. Dann gießt er uns beiden einen neuen, heißen Kaffee auf, bedächtig, als erfordere diese simple Aufgabe seine ganze Aufmerksamkeit.

Ich lasse ihm die Zeit, die er braucht.

Was bleibt mir auch anderes übrig?

Und ich werde für meine Geduld belohnt. Denn als Papa mit den zwei dampfenden Tassen an den Tisch zurückkehrt, verzieht sein Mund sich zu einem schwachen Lächeln. »Lass uns reden, hm? Über uns, über deinen

Freund. Ich glaube, das ist dringend nötig. Meine Güte, dass Zahnarzt Pietersen ein solches Schwein ist, hätte ich im Leben nicht gedacht!«

Nick ist im Bad längst fertig, doch statt zu uns zu kommen, hat er sich taktvoll in mein Zimmer verzogen. Und obwohl ich ihn nur allzu gern neben mir wüsste, weiß ich doch, dass es besser so ist.

Denn Papa und ich reden so offen miteinander wie lange nicht mehr. Zum ersten Mal, scheint es mir, sieht er mich als Erwachsene an, als junge Frau, die ihre eigenen Entscheidungen trifft. Entscheidungen, die mein Vater akzeptiert, selbst wenn sie ihm nicht passen.

Nachdem er schließlich über alle Ereignisse der letzten Tage im Bilde ist (okay, über alles, was ihn als Vater etwas angeht) und noch versprochen hat, mir für Freitag eine Entschuldigung für die Schule zu schreiben (plötzliche, heftige Magen-Darm-Erkrankung), kommen wir auf seinen Besuch im Gefängnis zu sprechen.

Sofort greift er nach seinen Zigaretten.

»Deine Mutter war anders als sonst«, setzt er mit gerunzelter Stirn an. »Nicht nur, weil diese Aufpasserinnen in der Nähe waren. Sie war so … in sich gekehrt. Als hätte sie ununterbrochen nachgedacht, sogar während wir miteinander gesprochen haben. Sie saß mir gegenüber, aber sie war gar nicht richtig da.«

Er inhaliert, bläst den Rauch gegen die Decke. »Ich weiß nicht, ob mir das Sorge oder Hoffnung machen sollte. Nun, immerhin gibt es eine Person dort, die Werkmeisterin, der deine Mutter offensichtlich vertraut. Die beiden scheinen während der Arbeit viel miteinander zu reden. Die Werkmeisterin ist wohl auch der Grund dafür, dass Dagmar langsam einzusehen beginnt, dass sich in ihrer Vergangenheit, in ihrem Leben, nicht alles gegen sie verschworen hat. Sondern dass sie selbst schuld ist an ihrer Situation.«

Papa zieht noch einmal an seiner Zigarette, drückt sie dann aus. Den Blick fest auf den Aschenbecher geheftet, sagt er: »Sie möchte eine Ausbildung machen, wenn sie rauskommt, kannst du dir das vorstellen? Als Kauffrau für Marketingkommunikation. Drei Jahre. In ihrem Alter! Was soll man dazu sagen?«

Mein Herz macht einen Sprung. Mama möchte eine Ausbildung machen! Das ist ein Fortschritt, ein solch grandioser Fortschritt, dass ich nicht kapiere, warum Papa vor Freude nicht an die Decke hüpft.

Vorsichtig frage ich: »Findest du das denn nicht gut? Sie war doch immer so unzufrieden bei *Touren-Hans*.«

»Schon.« Papa schüttelt den Kopf. »Aber sie ist weit über dreißig … Kann sie sich da nicht bescheiden? Einfach zufrieden sein mit dem, was wir haben?«

Sich bescheiden.

Da ist er wieder, der Ausdruck, der zwischen Mama und dem Leben steht, das sie sich wünscht. Der auch zwischen mir und meinen Träumen steht, der mir ein schlechtes Gewissen macht, der mir den Mut raubt. Weil er mir das Gefühl gibt, dass zu träumen unweigerlich ins Verderben führen muss.

Heiße Wut steigt in mir auf.

Heftig sage ich zu meinem Vater: »Vielleicht bräuchtest *du* mal eine Werkmeisterin, mit der du lange Gespräche führst, Papa! Warum unterstützt du Mama nicht, wenn sie Pläne schmiedet? Mann, sie ist sicher nicht allein schuld daran, dass alles so verfahren ist! Kannst du ihr nicht zugestehen, dass sie mehr Ehrgeiz hat als du? Dass sie mehr möchte, als bis in alle Ewigkeit Fahrräder zu vermieten?!«

Ich bin jetzt so sauer, dass ich fast schreie. »Vielleicht ist sie einfach zu begabt für ihren blöden Job! Vielleicht sollte sie sich nicht *bescheiden*, sondern genau das tun, wonach es sie drängt! Lass sie doch diese Ausbildung machen, hilf ihr dabei, statt ihr immer, immer vorzubeten, dass sie undankbar ist! Da muss man ja verrückt werden, oder depressiv, oder anfangen zu klauen wie Mama, oder sonst was, verdammt noch mal!«

Ich springe auf, kann nicht mehr still sitzen, sonst platze ich. Wie ein Tiger im Käfig laufe ich in unserer kleinen Küche hin und her, einmal um den Tisch, zur Spüle, zum Fenster, zurück zum Tisch, bis mein Zorn sich ganz allmählich abkühlt.

Da fragt Papa, so ruhig und leise, wie ich selbst laut und aufgebracht war: »Sprichst du von deiner Mutter, Svea? Oder von dir selbst?«

Stumm schaue ich ihn an.

Denke an das Poster in meinem Zimmer, das Forschungsschiff aus meinen Träumen. An das teure Studium, von dem ich nach wie vor nicht weiß, wie ich es finanzieren soll – und ob ich nicht doch lieber arbeiten sollte, um meine Familie zu unterstützen. Ich denke daran, dass Nick so mutig war, den Schritt in eine selbstbestimmte Zukunft zu wagen. Ich denke an Torben, der mit Zufriedenheit auf sein Leben blickt, weil er sich nicht von seinen Eltern davon hat abhalten lassen, auf sich selbst – auf seine tiefsten Wünsche – zu hören.

»Ich spreche von uns beiden, Papa«, sage ich müde. »Wenn Mama über ihre Zukunft nachdenkt, dann hat sie sich zumindest noch nicht aufgegeben, und das finde ich gut. Ich bin stolz auf sie, dass sie sich jetzt bemüht. Dass sie eine Ausbildung ins Auge fasst, obwohl das nicht leicht für sie werden wird. Ja, Papa, ich bin stolz auf Mama, endlich bin ich stolz auf sie! Und ich möchte auch stolz auf mich selbst sein, wenn ich mich im Spiegel anschaue. Nicht traurig und verbittert, weil ich *mich bescheide.*«

Hat er mich verstanden? Begreift mein Vater, was ich mir wünsche, für jeden von uns – ein Leben, das diesen Namen verdient?

Denn wenn meine Worte umsonst waren, das weiß ich, werden wir uns nach diesem Morgen fremder sein als je zuvor. Trotz unseres schönen Gesprächs, trotz der Liebe, die ich für meine Eltern fühle und immer gefühlt habe.

Doch da sagt er mit belegter Stimme: »Was für ein kluges, starkes Mädchen habe ich da großgezogen! Auch wenn du diese Klugheit ganz offensichtlich nicht von mir geerbt hast.«

»Ach, Papa.«

Wir schauen uns an und müssen lachen. Dann schießen mir die Tränen in die Augen, und gleich darauf lache ich wieder.

Es fühlt sich großartig an.

38

Nick

»Astrid, bitte ruf mich nicht mehr an. Du weißt, das hat keinen Sinn.«

Ich werfe einen nervösen Blick zur Tür. Käme Svea jetzt in ihr Zimmer, dann wäre es mir doch sehr lieb, wenn sie mich nicht im Gespräch mit meiner Ex vorfinden würde. Auch wenn ebenjene Ex es war, die mich angerufen hat.

»Du bist gemein!«, jammert Astrid. »Sonst warst du auch nie so, wenn du eine deiner Freiheitsphasen hattest. Was ist denn jetzt anders?«

Was anders ist?, denke ich. Alles, Astrid. Denn jetzt gibt es in meinem Leben ein Mädchen, das ich auf gar keinen Fall wieder verlieren will.

Laut sage ich: »Das habe ich dir doch erklärt. Ich habe einfach begriffen, dass dieses ganze On-Off-Ding keinem von uns guttut, dir nicht und mir nicht. Du bist eine tolle Frau, du hast etwas Besseres verdient als mich. Du brauchst keinen Kerl, der alle paar Wochen mit dir Schluss macht.« Ich überwinde mich hinzuzufügen: »Ich habe mich oft genug wie ein Arsch benommen. Und das tut mir leid.«

»Von deinem Mitleid kann ich mir nichts kaufen, also spar's dir«, schnieft Astrid. »Ich weiß selbst, dass du manchmal ein Arsch bist. Aber ich will dich trotzdem.«

Ich bin überrumpelt von ihrer Offenheit. Mit dem Smartphone am Ohr stehe ich vom Bett auf und trete ans Fenster.

»Das ist, äh, schmeichelhaft«, sage ich unbeholfen. »Trotzdem ändert es nichts. Ich will dich nicht verletzen, aber es ist vorbei, und diesmal für immer.«

»Wie rücksichtsvoll von dir«, ätzt Astrid. »Du willst mich nicht verletzen, was? Das tust du aber, Herrgott! Willst du wissen, wie ich mich fühle, hm, willst du das?«

»Ich …«

»Beschissen!«, fällt sie mir ins Wort. »Beschissen fühle ich mich, und das seit Tagen! Ich kann nichts mehr essen, ich kann nicht mehr schlafen, und ich kann an nichts denken als an den Scheißkerl, der dafür verantwortlich ist.«

Das wäre dann wohl ich.

Noch während ich überlege, wie man das Mädchen, mit dem man Schluss gemacht hat, am unverfänglichsten trösten könnte, dringen seltsame Laute durch den Hörer.

Betroffen erkenne ich, dass Astrid weint.

Shit. Ich habe meine Ex noch kein einziges Mal weinen gehört.

»Ich liebe dich, Nick«, schluchzt sie zu meiner Bestürzung. »Ich habe es dir nie gesagt, weil ich dachte, du wüsstest es sowieso, aber ich liebe dich. Ich liebe dich, und ich möchte, dass alles wieder so ist wie früher. Bitte, Nick, bitte! Ich brauche dich!«

Himmel, das fängt jetzt echt an, mich zu überfordern. Seit wann *liebt* Astrid mich?! Ich meine, wir hatten eine schöne Zeit miteinander, aber dass es ihr dermaßen ernst ist – das hätte ich nie gedacht. Hat sie das Ganze nicht stets ebenso locker gesehen wie ich?

Offensichtlich nicht.

»Astrid«, sage ich beschwörend. »Ich habe dich sehr, sehr gern. Aber ich liebe dich nicht, und ich habe dich auch früher nicht geliebt. Ich hatte … Ach, scheiße, ich hatte doch keine Ahnung, dass du so viel für mich empfindest!«

»Ja, was glaubst du denn?« Halb heult Astrid, halb schreit sie mich an. »Warum habe ich das wohl alles mitgemacht? Warum habe ich immer und immer wieder auf dich gewartet, wenn du dich mit deinen verfluchten Schlampen ausgetobt hast? Weil ich dich liebe! Warum sonst erträgt man so was, kannst du mir das sagen? Bist du wirklich so blind und blöd, Nick Pietersen?«

Darauf gibt es nur eine Antwort: Ja.

Ich fahre mir mit der freien Hand durchs Haar, suche verzweifelt nach ein paar beruhigenden Worten, fühle mich wie das letzte Schwein.

Wie das letzte *dumme* Schwein, denn ich komme partout nicht darauf, wie Astrid und ich das Ganze mit einem Minimum an Würde zu Ende bringen können. Sie muss akzeptieren, dass es aus ist, und dass sie mich nicht zurückbekommt.

Und weil mir kein anderer Weg einfällt, um ihr das klarzumachen, entscheide ich mich für die Wahrheit.

»Es gibt eine andere«, sage ich. »Und es ist mir ernst mit ihr.«

Das Schluchzen verstummt. Scharf zieht Astrid die Luft ein.

Dann knackt es, sie hat aufgelegt.

Und ich stehe am Fenster mit dem unguten Gefühl, dass dieses Gespräch noch Folgen haben wird.

39

Svea

»Bist du sicher, dass der Kerl nichts mehr von dir will?«, sagt Nick und umfasst meine Taille noch ein wenig fester.

»So ziemlich«, antworte ich. »Aber selbst wenn, *ich* will nichts von *ihm*. Und nur darauf kommt es an, oder?«

»Das findest du«, brummt Nick.

Gerade habe ich ihm gestanden, dass wir den Typen, der mich in der Schule geküsst hat, gezwungenermaßen noch heute wiedersehen werden. Dass Nick sich aber keine Sorgen zu machen braucht, weil Jörn nie der Richtige für mich war und ich das schon lange, bevor ich mich in Nick verliebt habe, eingesehen hatte.

Wirklich beruhigt hat Nick das jedoch nicht.

Wir sind auf dem Weg zur Seehundstation, wo ich gemeinsam mit Rieke den Sonntagsdienst verrichten und, viel wichtiger, Torben um einen Gefallen bitten werde. Um den großen Gefallen, der die Lösung für Nicks Wohnungsnot wäre, zumindest fürs Erste.

Wenn Torben Nein sagt, sieht es schlecht aus.

Aber, rede ich mir im Stillen gut zu, er wird nicht Nein sagen! Schließlich helfe ich seit Jahren beim Putzen und Füttern und habe Torben oder die anderen Mitarbeiter der Station in all der Zeit noch nie um etwas gebeten. Kann er mir meine Bitte also abschlagen?

Klar, flüstert es in mir. *Weil es gegen alle Regeln ist.*

Aber sich mit Bedenken herumzuschlagen hat keinen Sinn, und deshalb trete ich nun mit Nick durch den Mitarbeiter-Eingang. Ich nötige ihn, die Clogs anzuziehen, ohne die man das Allerheiligste nicht betreten darf, und lasse ihn durch das Desinfektionsbecken waten. Irre, sogar in grünen Gummiclogs sieht Nick sexy aus. Und das will was heißen, denn die Dinger sind nicht gerade kleidsam.

Ich selbst schlüpfe zusätzlich in meine weiten Gummihosen – schließlich wartet Arbeit auf mich –, dann machen wir uns auf die Suche nach Torben.

Wir finden ihn in der Futterküche.

»Hallo, Torben.« Ich schlucke, zum ersten Mal macht mich sein Anblick nervös. Ob er rundheraus ablehnen wird? Und ob ich es dann schaffen werde, *nicht* böse auf ihn zu sein?

»Moin, Svea.« Torben hat aufgetaute Heringe in der Hand, die er auf mehrere Messbecher verteilt. Neugierig blickt er von mir zu Nick.

»Ich, äh, wollte dir meinen Freund vorstellen, Nick Pietersen.«

Torben steckt den letzten Hering in einen Becher, dann lehnt er sich gegen die Spüle, in der sich weitere Fische türmen. Gedehnt, aber nicht unfreundlich sagt er: »An und für sich sind hier drinnen ja keine Fremden erlaubt. Das weißt du, Mädchen. Wenn du deinen Freund also trotzdem mitbringst, muss es wohl einen guten Grund dafür geben.«

Ich lache angespannt. »Du verlierst wirklich keine Zeit, was?«

»Nee. Die Seehunde warten schließlich auf ihr Futter.«

Also gut. Augen zu und durch.

»Nick braucht ein Dach überm Kopf«, sage ich geradeheraus. »Ziemlich dringend sogar, aber das soll nicht an die große Glocke gehängt werden. Und da wir die letzten Seehunde in den nächsten Tagen auswildern werden, da die Arbeit zum Winter hin immer weniger wird und schon jetzt kaum mehr Praktikanten hier sind, dachte ich …«

»Dass er eines der leer stehenden Praktikantenzimmer beziehen kann«, ergänzt Torben ruhig.

Ich atme tief durch. »Ja.«

Torben legt den Kopf schief. »Es ist dir wirklich wichtig, was?«

»Sonst würde ich nicht fragen«, nicke ich. »Mir ist schon klar, dass wir das vor dem Vorstand rechtfertigen müssen, aber das kann *ich* tun, und weißt du, es wäre ja nicht für lange. Nur bis Nick eine Wohnung gefunden hat. Eine Notunterkunft auf Zeit, sozusagen.«

Torben mustert uns. Erst mich, dann Nick.

Dem scheint das Ganze noch unangenehmer zu sein als mir. Unruhig tritt er von einem Fuß auf den anderen.

Und als Torben keine Anstalten macht, Ja oder Nein zu sagen, platzt Nick heraus: »Ich werde selbstverständlich Miete bezahlen, ich möchte niemandem auf der Tasche liegen. Und ich bin ganz sicher, dass ich sehr bald eine längerfristige Bleibe gefunden haben werde, Herr … äh, Torben.«

Da bilden sich Lachfältchen um Torbens Augen, und kurz darauf lächelt das ganze gutmütige, rotbärtige Gesicht. »Mein Nachname ist nicht Torben, sondern Bader, mein Junge. Doch ich wäre sehr dafür, dass wir uns duzen, zumal wir uns in der nächsten Zeit bestimmt öfter über den Weg laufen werden. Mit so steifem Gehabe kann ich nämlich nichts anfangen.«

»Heißt das …?«, frage ich mit klopfendem Herzen.

»Das will ich meinen«, sagt Torben und grinst.

»Zwei Betten, Schrank, Fernseher. Herz, was begehrst du mehr?« Nick lacht, breitet die Arme aus und dreht sich in dem kargen Praktikantenzimmer um die eigene Achse.

»Und es stört dich nicht, dass es ein bisschen schäbig ist?« Ich denke an das Pseudo-Schlösschen seiner Eltern. »Gemessen an dem, was du sonst so gewöhnt bist.«

Nick hält inne, ist mit zwei großen Schritten bei mir und zieht mich in seine Arme.

»Gewöhnt«, sagt er und brennt seinen Blick in meinen, »bin ich meine Eltern. Ein ständiges flaues Gefühl im Magen. Unterdrückte Wut, die unerträgliche Sehnsucht danach, endlich ausziehen zu können. Svea, es ist mir total egal, ob ich in einem Fünf-Sterne-Hotel lebe oder in einer kargen Praktikanten-Unterkunft. Hauptsache, ich bin frei und du bist bei mir.«

Ich hebe die Hand und streiche Nick durchs Haar. »Ich bin bei dir, so oft und so lange du willst.«

Nicks Mund nähert sich meinem. »Also ununterbrochen«, murmelt er. »Hm, dann kannst du ja das zweite Bett in diesem Zimmer beziehen. Oder nein, wir passen bestimmt auch beide in mein Bett. Wenn nicht nebeneinander, dann ganz sicher aufei…«

»Zuckerguss könnte nicht klebriger sein«, spöttelt es an der Tür.

Erschrocken fahren wir auseinander.

Im Türrahmen lehnt, mit verschränkten Armen und einem sardonischen Grinsen, Jörn.

»Oh, äh, hallo«, stottere ich. »Wir wollten gerade nur …«

»Ich habe es gesehen«, unterbricht mich Jörn. »Erspar mir die Einzelheiten, Süße. Unser blonder Schönling hier, das ist wohl *er*?«

Oh Mann, denke ich perplex, Jörn ist doch wohl nicht eifersüchtig? Damit hatte ich nicht gerechnet. Nach unserem letzten Gespräch waren die Fronten doch eigentlich geklärt. Oder nicht?

Mein Blick fliegt von Jörn zu Nick. Der mustert meinen Exfreund mit finsterer Miene, bevor auch er die Arme vor der Brust verschränkt und drohend sagt: »Zwei Dinge. *Er* heißt Nick und ist Sveas Freund. Und *du* nennst sie nie wieder Süße, ist das klar?«

Ich stöhne innerlich auf. Das kann ja heiter werden mit den beiden.

»Könntet ihr das Imponiergehabe bitte sein lassen?«, fahre ich genervt dazwischen. »Nick wird für ein paar Tage oder Wochen hier wohnen, Jörn, und es wäre schön, wenn ihr euch nicht gleich in den ersten fünf Minuten an die Gurgel geht. So was Albernes, also echt!«

Sowohl Nick als auch Jörn schauen mich beleidigt an, doch damit kann ich leben. Besser, als wenn sie sich für nichts und wieder nichts die Köpfe einschlagen.

Ich fasse demonstrativ nach Nicks Hand und blicke Jörn dabei fest in die Augen. »Ich zeige Nick jetzt den Rest der Station. Möchtest du uns begleiten, oder hast du zu tun?«

»Er hat zu tun«, knurrt Nick.

»Aber nein. Ich komme gerne mit, *Baby*«, sagt Jörn.

»›Baby‹ steht von nun an ebenfalls auf der schwarzen Liste«, erwidere ich schnell, bevor das Spiel zwischen den beiden Jungs von vorn losgehen kann. »Und jetzt lasst uns gehen. Ich habe nämlich noch zu arbeiten, und Nick muss sein Zeug hierher holen. Apropos, möchtest du ihm nicht dabei helfen, Jörn? Ich habe das Gefühl, du langweilst dich ein wenig. Freie Sonntage scheinen dir nicht zu bekommen.«

»Hey, das bisschen Gepäck kann ich gerade noch allein tragen!«, sagt Nick, bevor Jörn antworten kann. »So weit ist es schließlich nicht von eurem Haus bis hierher.«

Jörns Augenbrauen schnellen in die Höhe. »Du wohnst bei Svea?«

»Allerdings. Was dagegen?«

Als Antwort erdolcht Jörn meinen Freund mit Blicken, und ich beginne daran zu zweifeln, ob die Idee, Nick in der Seehundstation unterzubringen, wirklich so brillant war.

Doch da lässt Jörn die Schultern fallen. Mit einem melodramatischen Seufzer sagt er: »Andererseits muss ein Mann auch mal einen Kampf verlieren können, und zwar mit Anstand. Also, was soll's.« Er streckt Nick die Hand hin. »Willkommen im Land der Heuler, Kumpel.«

Nick sieht ziemlich verdutzt aus.

Ich atme auf.

Und als ich ihn auffordernd anlächele, zögert Nick nur ein paar Sekunden.

Dann schlägt er ein.

Spätabends liege ich auf dem Bett und starre an die dunkle Zimmerdecke. Es fühlt sich komisch und falsch an, dass ich nun wieder allein hier liege.

Ob Nick wohl auch nicht schlafen kann?

Morgen sehe ich ihn wieder, tröste ich mich, und wir werden sogar nebeneinander sitzen. Denn gleich in der ersten Stunde haben wir »Werte und Normen«. Wo ich meine Magen-Darm-Entschuldigung für Freitag abgeben kann, um mich danach mit ungewohntem Eifer in die Projektarbeit zu stürzen.

Ob die Hollenkamp sich wundern wird, warum Nick und ich uns plötzlich so gut verstehen? Jedenfalls wird unser Projekt jetzt ganz bestimmt der Knaller, so viel, wie wir beide über Recht und Unrecht, Strafe und Verantwortung nachdenken und miteinander sprechen.

Tja, das gibt es auch nicht oft, denke ich und muss in der Dunkelheit grinsen: einen Freund, der gut für die Schulnoten ist.

40

Nick

Ich sitze neben Svea im Klassenzimmer und versuche, mich auf unsere Projekt-Hypothese zu konzentrieren.

Aber vergeblich: Svea ist einfach zu verlockend, ihre Lippen zu rot, ihre Augen zu golden, als dass ich auch nur eine Minute lang an etwas anderes denken könnte als daran, was für ein unglaublicher Glückspilz ich doch bin. Ab und zu trage ich einen Halbsatz zu unserer Debatte bei, doch die klügsten Gedanken hat stets Svea.

Mir ist völlig schleierhaft, wie ich es die ganzen Jahre über ohne sie ausgehalten habe.

Seit mehr als zwei Wochen wohne ich nun schon in der Seehundstation. Jörn und ich knurren uns, so oft wir uns sehen, erst einmal an, kommen aber eigentlich ganz gut miteinander zurecht. Und Torben ist sowieso die Gutmütigkeit in Person.

Er weigert sich beharrlich, als Miete für das Praktikantenzimmer Geld von mir anzunehmen (»Würde doch eh leer stehen, mein Junge«), aber ich will den Verein nicht ausnutzen, also zahle ich in Naturalien: schleppe Kisten mit Fisch, repariere kaputte Möbel oder gehe für alle einkaufen – was eben so anfällt. Wenn Svea Dienst hat, drücken wir uns zwischendurch in dunkle Ecken und küssen uns, und diese gestohlenen Zärtlichkeiten entschädigen mich für alles – sogar für die kalten, einsamen Abende ohne sie, wenn ich in meiner kargen Bude hocke und in Zeitungen und im Internet über den Mietanzeigen brüte.

Bisher waren erst vier passende Wohnungen dabei. Zwei davon schieden beim ersten Telefonat aus, weil die Vermieter nicht wollten, dass ein Minderjähriger einzieht, die beiden anderen schieden aus, nachdem ich sie besichtigt hatte (denn auch wenn ich keine hohen Ansprüche habe: Schimmel im Bad und Mäuse als Haustiere brauche ich nun wirklich nicht). Doch ich suche weiter. Ich werde etwas Schimmel-und-Mäusefreies finden! Und bis es so weit ist, mache ich mich eben in der Station nützlich.

Was mir wahnsinnig fehlt, ist das Kitesurfen. Klar, es ist Oktober, da wäre ich sowieso nicht mehr jeden Tag auf dem Meer. Aber wenn der Herbstwind über die Insel fegt und die bleigrauen Wellen sich in Strandnähe türmen, bekomme ich unweigerlich Sehnsucht danach, zwischen Wasser und Himmel zu gleiten und zu fliegen.

Nicht genug Sehnsucht allerdings, um nach Hause zu gehen und mir meine Ausrüstung zu holen. Im Moment bin ich vollkommen damit bedient, ab und zu daheim anrufen zu müssen. Sehen möchte ich meine Eltern nicht auch noch.

Uli und ich gehen am Telefon distanziert-geschäftsmäßig miteinander um, wie zwei Fremde, die sich nicht sonderlich sympathisch sind. Meine Mutter weigert sich, mit mir zu sprechen. Schämt sie sich für ihre Feigheit, oder hasst sie mich dafür, dass ich das Schweigen gebrochen habe?

Ich bemühe mich, nicht darüber nachzudenken.

Immerhin hat mein Vater mir bereits Geld für meinen Lebensunterhalt überwiesen, und zwar so viel, dass ich zu dem Schluss gekommen bin, er hat wirklich Schiss vor mir. Ich gebe zu, *das* erfüllt mich mit grimmiger Befriedigung.

Weniger glücklich bin ich darüber, dass Astrid nicht über mich hinwegzukommen scheint. Sie sieht bleich und traurig aus, jeden Tag ein bisschen mehr, und das nagt heftig an meinem Gewissen. Ab und zu laufen wir uns über den Weg, wenn Svea an meiner Seite ist, und dann schießt Astrid so hasserfüllte Blicke auf sie ab, dass ich regelrecht Angst um Svea bekomme.

Zu allem Übel hat Christian mir gestern erzählt, Astrid habe angefangen, Svea hinterherzuschnüffeln. Erst wollte ich das nicht glauben, so krass war Astrid schließlich nie drauf, doch Christian weiß es von Marina – von wem sonst –, und sogar die macht sich inzwischen um ihre Freundin Sorgen. Regelrecht besessen sei meine Ex von dem Gedanken, Svea habe mich ihr gestohlen, sagte Marina zu Christian, und sie lasse sich ihre Feindseligkeit und Rachsucht auch von niemandem ausreden.

Da ist mir wirklich mulmig geworden.

Doch als ich Astrid daraufhin angerufen und zur Rede gestellt habe, hat sie nur gefaucht, mit Scheißkerlen wie mir spreche sie nicht und ich solle mich gefälligst zum Teufel scheren.

Dann hat sie aufgelegt und ist den ganzen Abend über nicht mehr ans Telefon gegangen.

»Warum guckst du denn plötzlich so bedrückt?«, dringt Svea in meine Gedanken. »Ist alles okay?«

Ich zucke ertappt zusammen, frage mich, ob ich ihr von Astrids Schnüffelei erzählen soll. Aber was würde das bringen? Svea würde sich bloß Sorgen machen, genau wie ich, und *noch* mehr Sorgen sind das Letzte, womit ich sie belasten möchte.

Also sage ich nicht ganz ehrlich: »Alles in Ordnung.«

»Prima. Dann lass uns weitermachen, ja?«, schlägt sie eifrig vor.

Ich blicke in ihre funkelnden Augen und muss lächeln. Seit es keine Geheimnisse mehr zwischen uns gibt, brennt Svea regelrecht für unser Projekt. Sogar mit einem Besuch im Knast wäre sie mittlerweile einverstanden, doch Frau Hollenkamp hat es nicht gewagt, uns ihren folgenschweren Vorschlag ein zweites Mal zu unterbreiten.

»Halten wir also fest«, sagt Svea und fängt bereits konzentriert an zu schreiben, »dass es *die* Schuld und *die* richtige Reaktion darauf nicht geben kann.«

Ich zwinge meine Gedanken zu unserer Diskussion zurück – schließlich kann ich meine Freundin nicht die ganze Arbeit allein machen lassen – und füge gedehnt hinzu: »Das wiederum bedeutet: Was für Y sinnvoll ist, wäre für X möglicherweise genau das Falsche. Stimmt's?«

»Stimmt.«

Wir haben uns darauf geeinigt, Codes zu benutzen: X für Sveas Mutter, Y für meinen Vater. Das klingt schön abstrakt, und niemand, der uns zufällig diskutieren hört, käme auf die Idee, dass wir das Thema anhand des sehr konkreten Beispiels unserer eigenen Eltern bearbeiten.

Svea streicht sich eine dunkle Locke hinters Ohr. »Aber wenn das so ist, wer will dann beurteilen, auf welchen Täter welche Bestrafung passt? Schau mal, am Anfang war ich so fest davon überzeugt, dass eine Haftstrafe für X«, Svea blickt sich verstohlen um, »ungerecht und falsch ist. Doch jetzt? Fange ich an zu glauben, dass X niemals mit ihren Straftaten aufgehört hätte, wenn sie nicht einen so heftigen Denkzettel bekommen hätte. Ich meine, es ist doch so: Wenn X ihr Leben nach der Haft besser im Griff haben wird, wenn sie mit ihrer Ausbildung einen neuen Weg einschlägt, dann war diese Strafe doch genau das Richtige für sie!«

Ich wiege den Kopf. »Andererseits hat sie eine so harte Strafe nicht verdient, wenn man bedenkt, wie billig Y davonkommt. Denn *sein* Verhalten ist wesentlich schlimmer als ihres.«

Es hat einen weiteren Vorteil, Y zu sagen statt Uli: Ich kann mit einer Objektivität und Distanz von ihm sprechen, die ich nie für möglich gehalten hätte. Da nehme ich es sogar in Kauf, dass unser Y-und-X-Gerede, zugegeben, verkrampft wirkt.

»Ja, das ist ein bisschen ungerecht. Aber dass Y davonkommt, war ja auch nicht die Entscheidung eines Gerichts, sondern von … äh, von Y's Sohn.« Svea hebt den Zeigefinger. »Wenn wir also der Meinung sind, dass Y's Sohn richtig gehandelt hat, dann müssen wir unsere Hypothese ablehnen! Im Prinzip sollte der Staat ethisch verwerfliches Verhalten zwar bestrafen – aber im Einzelfall kann es durchaus die richtige Entscheidung sein, diese Strafe zu umgehen.«

»War es denn die richtige Entscheidung?« Ich gerate ins Grübeln. »Hatte Y's Sohn überhaupt das Recht, seinen Vater der Mutter zuliebe davonkommen zu lassen? Ich meine, was ist, wenn er die Folgen dieser Entscheidung gar nicht überblicken kann?«

Svea sieht mich nachdenklich an.

»Dein Wohl, Nick«, sagt sie schließlich leise und sanft, »ist wichtiger als das deiner Eltern. Deshalb war es definitiv die richtige Entscheidung, dich aus ihrem Spiel auszuklinken. Denn du bist der Einzige aus deiner Familie, der wirklich unschuldig ist.«

Bin ich das?

Meine distanzierte Objektivität ist dahin, mit Macht überfallen mich die Selbstzweifel. Wenn mein Vater meiner Mutter etwas antut – wenn einer seiner Schläge zu heftig ausfällt – wenn sie unter seinen Hieben unglücklich stürzt – bin *ich* dann dafür verantwortlich, zumindest zum Teil? Weil ich gegangen bin, ohne mich weiter um sie zu kümmern?

Und wie kann ich mir sicher sein, dass ich später als

Richter gerechte Urteile fällen werde, wenn ich schon jetzt, bei meiner eigenen Familie, Schwarz und Weiß nicht mehr eindeutig erkennen kann? Ich bin so fehlbar, doch ich werde mit meinen Urteilen über das Leben fremder Menschen entscheiden.

Mein Gott, wie kann ich mir das anmaßen?

Svea greift unter dem Tisch nach meiner Hand. Fest verschränke ich meine Finger mit ihren. Suche Trost in ihrer Berührung, sehe sie haltsuchend an.

Und unter ihrem zuversichtlichen, liebevollen Blick finde ich die Antwort auf meine Fragen – eine Antwort, die nichts mehr mit meiner alten, sturen Selbstgerechtigkeit zu tun hat.

Wir alle sind Menschen, und wir alle machen Fehler. Aber würden wir deshalb aufhören, zu handeln, zu hoffen und für unsere Ideale zu kämpfen, so bliebe uns nichts, worauf wir jemals stolz sein könnten. Meine Urteile werden nicht unangreifbar sein, ich selbst nie perfekt.

Doch ich werde mein Bestes geben, als Richter und als Mann.

Und das, lese ich aufatmend in Sveas Augen, genügt.

41

Svea

Als ich in der Mittagspause auf dem Weg zur Cafeteria bin, passiert es.

Ich gehe gerade an Astrid und ihren Freundinnen vorbei, als ich sie spotten höre: »Vielleicht hat der Alte ihre Mutter ja um die Ecke gebracht. Dann wäre endlich mal was los auf dieser öden Insel!«

Einige der Mädchen lachen, und ich frage mich noch, was an einem Mord bitte schön lustig sein soll, als Astrid laut hinzufügt: »Die Nachbarn haben Frau Kossmann jedenfalls seit dem Sommer nicht mehr gesehen. Schon komisch, oder?«

Abrupt bleibe ich stehen.

Der Junge hinter mir läuft in mich rein, lässt sein Fischbrötchen fallen und flucht. Ich bemerke es kaum. Wie in Trance wende ich mich zu Astrid um.

Und als ich den Blick über ihrem falschen Lächeln sehe, die abgrundtiefe Verzweiflung darin, den Liebeskummer, den wilden Hass, wird mir klar, dass ich ihre Bemerkung nicht zufällig gehört habe.

Langsam mache ich einen Schritt auf sie zu.

Astrids Freundinnen lachen nun nicht mehr. Ich kenne sie alle vom Sehen, mit keiner von ihnen hatte ich je die geringsten Schwierigkeiten, und ich bin sicher, sie wollen mir nichts Böses.

Astrid schon.

Als ich weiter auf sie zugehe, schießt es mir durch den Kopf, dass ich Astrid ihre Unversöhnlichkeit noch nicht einmal verübeln kann. Sie war immer nett zu mir, selbst als Nick mich wie ein arroganter Rüpel behandelt hat. Astrid hätte sogar Freundschaft mit mir geschlossen, wenn ich auch nur das geringste Interesse daran gezeigt hätte. Doch das habe ich nicht. Stattdessen habe ich mir Nick geschnappt, sobald er für einen Moment frei war, und nun ist Astrids Herz gebrochen, und mich kümmert es einen Scheiß.

So muss es zumindest für sie aussehen.

Ist es da ein Wunder, dass sie schlecht über mich redet?

Verunsichert bleibe ich vor ihr stehen. Ich kann nachempfinden, wie schlecht es ihr gehen muss, und sie tut mir leid. Soll sie über mich lästern, soll sie mich hassen – geschenkt! Vielleicht habe ich es sogar verdient.

Aber dass sie Gerüchte über meine Familie in die Welt setzt, das kann ich nicht zulassen. Denn Gerüchte können wir uns schlichtweg nicht leisten.

Ich lecke mir über die Lippen, wähle meine Worte mit Bedacht. Doch noch bevor ich etwas sagen kann, spuckt Astrid aus: »Du willst wissen, warum ich einen solchen Mist erzähle, oder?«

»Nun, ich …«

»Und mir befehlen, dass ich damit aufhöre. Aber das werde ich nicht. Keine Chance.«

Sie beugt sich vor, bis sich unsere Nasen fast berühren. Sehr leise sagt sie: »Natürlich weiß ich, dass dein Vater kein Mörder ist. Aber wissen die anderen das auch?«

Lächelnd richtet sie sich wieder auf. Ich bin wie erstarrt, versuche zu begreifen, was hier gerade vor sich geht. Es gelingt mir nicht.

»Wo ist sie denn, deine Mutter, hm?«, fragt Astrid, nun wieder so laut, dass alle uns hören können.

»In Kur«, höre ich mich antworten. Die Kur ist Papas und mein aktuelles Märchen, und es kommt mir ganz automatisch über die Lippen.

»In Kur. Und wo?«, fragt Astrid wie aus der Pistole geschossen.

Wo? Warum fragt sie das? Wohin geht man denn in Kur? Panik steigt in mir auf. Ich darf keinen Ort nennen, nichts, was Astrid nachprüfen könnte.

Mit trockenem Hals sage ich: »Das geht dich nichts an.«

»Also lügst du.« Astrid grinst breit. »Aber verlass dich drauf, ich werde es schon rauskriegen. Und bis ich euer schmutziges Familiengeheimnis kenne, behelfe ich mir einfach mit Mutmaßungen.«

In meinen Ohren rauscht es. Mein Blick fliegt von Astrid zu ihren Freundinnen, die unser Gespräch teils neugierig, teils peinlich berührt verfolgen.

»Hey, das ist doch bescheuert«, sagt eine von ihnen und zupft Astrid am Ärmel. »Lass Svea in Ruhe.«

»Ja, komm, wir gehen lieber was essen«, pflichtet ihr eine andere bei. Eine Dritte lächelt mir entschuldigend zu.

Astrid lässt sich von ihren Freundinnen mitziehen. Ich bleibe zurück und schaue ihnen nach. Und urplötzlich fallen mir meine Vorahnungen wieder ein.

Die Angst, dass ich Mamas Haft trotz aller Anstrengungen nicht werde geheim halten können.

Die Angst, dass mein Glück mit Nick nicht andauern wird.

Die Angst, dass mir zum Schluss nichts bleibt als ein gebrochenes, blutendes Herz.

Dies, flüstert es traurig in mir, *ist der Anfang vom Ende.*

Kaum eine Woche später tuschelt die ganze Insel.

Überall blühen die Gerüchte, kursieren die übelsten Geschichten. Schüler und Eltern, Tanten und Onkel, Hoteliers und Angestellte, Frauen und Männer, Alte und Junge – alle fragen sensationslüstern nach, wenn es um »die verschwundene Kossmann« geht. Sachliche Informationen oder das, was die Leute dafür halten, werden genüsslich ausgeschmückt, um dann in neuem, immer schillernderem Gewand weitererzählt zu werden.

Und wer all diese Gerüchte streut und immer weiter anheizt, ist mir nur allzu klar.

Ich schleiche durch die Straßen. Wünsche mir zum ersten Mal in meinem Leben, unsichtbar zu sein – oder wahlweise blind und gefühllos. Denn dann müsste ich die Blicke der Menschen nicht sehen, müsste ihre Neugier, ihr Mitleid, ihren Abscheu nicht spüren.

Oder bin ich paranoid? Hat Astrid sich längst wieder eingekriegt, waren ihre Drohungen bloß heiße Luft? Ist das Gerede einfach nur viel Lärm um nichts? Ein bisschen Getratsche, auf das in Wirklichkeit keiner etwas gibt?

Vielleicht interessiert die Leute das Schicksal meiner Mutter ja gar nicht wirklich, bis jetzt haben sie sich schließlich auch mit unseren Märchen zufriedengegeben. Vielleicht verblassen die flammenden, bösartigen Verleumdungen ebenso rasch, wie sie aufgekommen sind.

Doch tief in mir weiß ich, dass meine Familie so leicht nicht davonkommen wird.

Denn meine Mutter ist ja tatsächlich verschwunden.

Und es ist nur noch eine Frage der Zeit, bis herauskommen wird, wohin.

An einem der letzten Oktobertage sitze ich mit Nick, Rieke und Timon in der *Wellenbar*. Gerade habe ich erzählt, dass ich mir Schnupfenspray in der Apotheke geholt und dabei etwas Erstaunliches gelernt habe: Frau Hinnert ist imstande, mir etwas zu verkaufen, ohne mir auch nur ein einziges Mal in die Augen zu sehen und mehr zu sagen als: »Macht drei neunundneunzig.«

Mit einer guten Portion schwarzen Humors überbieten wir uns gegenseitig in geflüsterten Mutmaßungen, welches der vielen Gerüchte die Apothekerin wohl gehört hat. Verzweifelt entschlossen, den Lästereien mit verächtlichem Sarkasmus zu begegnen, erfinde ich sogar noch welche dazu, eines absurder als das andere: Mama arbeitet für die NSA und erstattet gerade umfangreichen Bericht in einem hochgeheimen neuen Stützpunkt; Mama hat ihren Glauben entdeckt und lebt nun in einem Trainingslager für christliche Fundamentalisten; Mama hatte die Schnauze voll von *Touren-Hans* und ist in eine komplett fahrradfreie Kommune in den Bergen gezogen. Bald liegen Rieke und ich vor Lachen auf der Tischplatte.

Ein Lachen, das uns jäh vergeht, als die Worte »Nutte«, »Hamburg« und »Tochter da drüben« ertönen.

Ruckartig richte ich mich auf.

»Habt ihr das gehört? Meinen die … Meinen die mich?«

Doch ich brauche gar nicht erst zu fragen, denn Nick ist bereits aufgesprungen und mit drei langen Schritten bei den Jungs am Nebentisch.

»Raus mit euch!«, fährt er sie an. »Wer mit so einer Scheiße um sich wirft, hat in unserer Nähe nichts zu suchen.«

Die beiden Jungen stehen rasch auf, der Kleinere von ihnen hebt beschwichtigend die Hände. »He, langsam, wir wollten sowieso gerade gehen.« Er wirft einen bedauernden Blick auf sein volles Glas Cola.

»Außerdem wird man ja wohl reden dürfen, worüber man will«, muckt der Größere auf. »Was können wir dafür, wenn die alte Kossmann auf den Strich geht.«

»Raus«, wiederholt Nick, leise und gefährlich. »Sofort!«

Die Jungs ergreifen die Flucht.

Ich erkenne sie, sie sind erst in der achten Klasse.

Und trotzdem zerreißen sie sich schon das Maul darüber, dass meine Mutter in Hamburg als Prostituierte arbeitet.

Das Blut sackt mir aus dem Kopf, vor meinen Augen tanzen Sterne. Ich habe in den letzten Tagen gelernt, mit vielem zu leben, über vieles zu lachen, vieles abzutun.

Aber *das* hier – das ist zu viel.

»Nicht umkippen, Svea«, flüstert Rieke und legt ihren Arm um meine Schultern.

Sie verdächtigen sie, eine Nutte zu sein, denke ich benommen. Meine Mutter. Meine Mama, die sich langsam aufrappelt, die Einsicht zeigt, die eine Ausbildung machen will. Die ein neues Leben anfangen möchte. Meine Mutter.

Das ist unerträglich.

Und da, endlich, wird mir klar, was ich tun muss.

42

Nick

Obwohl das Wetter alles andere als einladend ist, machen wir einen Spaziergang in den Dünen. Nirgends fühlen wir uns so unbeobachtet wie hier.

»Bist du sicher«, frage ich Svea besorgt, »dass du das willst? Wenn du es einmal zugegeben hast, gibt es kein Zurück mehr.«

Langsam gehen wir den menschenleeren Weg entlang. Das dichte Gestrüpp aus Sanddorn zu unseren Seiten ist mit grellorangen Beeren übersät, kleine Leuchtfeuer im Novembergrau. Doch ich habe keinen Blick für die morbide Pracht, zu groß ist meine Sorge um Svea. Ich halte sie fest im Arm, gegen die Kälte und gegen die Welt, und ich wünschte, wir könnten einfach immer so weiterlaufen.

»Welche andere Möglichkeit bleibt mir denn? Die Gerüchte sind mittlerweile schlimmer als die Wahrheit!« Svea atmet tief durch. »Ich muss es tun, Nick. Sobald ich mit meinem Vater gesprochen habe.«

Seit Tagen schon wartet Svea auf eine Gelegenheit, sich in Ruhe mit ihrem Vater zusammenzusetzen. Nun ist es so weit: Es ist Samstag, und Herr Kossmann hat nach der Mittagsschicht im Restaurant frei.

»Wahrscheinlich hast du recht«, gebe ich zu. »Trotzdem ist mir nicht wohl bei der ganzen Sache.«

»Papa hat die Gerüchte ebenso gehört wie ich«, sagt Svea. »Er wird einsehen, dass es so nicht weitergehen kann. Wenn wir wollen, dass das Gerede ein Ende hat, müssen wir Tatsachen dagegenhalten.«

Sie reckt das Kinn. »Sollen uns die Leute doch verurteilen! Bitte sehr. Aber nur für das, was meine Mutter auch wirklich verbrochen hat!«

Seufzend ziehe ich sie enger an mich. Svea ist so fest entschlossen, allen Verleumdungen zu trotzen, dass sie die Reaktion der Menschen auf das Geständnis, dass ihre Mutter im Gefängnis sitzt, nicht einmal mehr fürchtet. Für ihre Tapferkeit bewundere ich sie. Doch das, was auf sie zukommt, bereitet mir üble Bauchschmerzen.

Ich küsse sie im Gehen auf die Schläfe, und als sie stehen bleibt, mir jäh die Arme um den Rücken legt und ihr Gesicht an meinem Hals verbirgt, kommt sie mir zarter und beschützenswerter vor denn je. Sie mag sich ja um Tapferkeit bemühen, aber trotzdem ist sie verletzlich.

Ein Mädchen, das sich der Verachtung einer ganzen Insel stellen muss.

Uli und Kathrin, schießt es mir durch den Kopf, kommen davon. Die Kossmanns nicht. Verdammt noch mal, das hat Svea nicht verdient! Und ihr Vater auch nicht, ja nicht einmal ihre Mutter.

Ich halte Svea umschlungen, spüre ihren flachen, ruhelosen Atem an meinem Hals.

In diesem Moment bin ich nah daran, Astrid für ihr rachsüchtiges Getratsche zu hassen.

Als wir nach unserem Spaziergang völlig durchgefroren Sveas Häuschen betreten, wabert Zigarettenrauch durch die Luft. Svea runzelt die Stirn und geht in die Küche.

»Papa. Was machst du denn schon hier? Ich dachte, du hast erst heute Nachmittag frei.«

Herr Kossmann hebt den Kopf, seine Augen sind rot. Kein Wunder bei dem Qualm hier drin, er hat nicht einmal ein Fenster gekippt. Oder …

»Du weinst ja«, sagt Svea bestürzt.

Herr Kossmann wischt sich übers Gesicht. »Ich bin nicht mehr tragbar, sagt der Chef. Ich bin freigestellt. Mit sofortiger Wirkung.«

Ich trete hinter Svea, lege ihr die Hand auf die Schulter, spüre, wie sie anfängt zu zittern.

»Heißt das …?«

Fast aggressiv drückt ihr Vater seine Zigarette aus.

»Ja. Die Gerüchte haben Wirkung gezeigt«, sagt er gallig und betrachtet den schrumpeligen Stummel. »Keiner weiß etwas, aber jeder ahnt es, meint der Chef. Das würde nicht angehen. Er habe mich ja gewarnt.«

»Nein!« Svea schüttelt heftig den Kopf. »Das glaube ich nicht. Er kann doch nicht einfach …«

»Oh doch, er kann«, unterbricht ihr Vater sie. »Einen offiziellen Grund für eine Kündigung findet man schließlich immer, wenn man nur eifrig genug danach sucht, nicht wahr?«

»Er hat dir gekündigt?«, flüstert Svea. »Er hat es wirklich fertiggebracht, dir zu kündigen? Nach all den Jahren, die du dich krumm und buckelig für ihn gearbeitet hast? Nach den unzähligen Überstunden, nach den vielen Nächten, die du dir im *Fischkopp* um die Ohren schlagen musstest?«

Herr Kossmann antwortet nicht. Er blickt uns nur an.

Doch die Hoffnungslosigkeit in seinen roten Augen spricht Bände.

43

Svea

In der Woche nach Papas Kündigung erzähle ich allen, die sich nicht die Ohren zuhalten, die Wahrheit.

Ich habe mich mit einem seelischen Schutzschild gewappnet, geschmiedet aus Trotz, verzweifeltem Stolz und dem Mut derer, die nicht mehr viel zu verlieren haben. In den ersten Tagen hoffe ich noch, dass die meisten Menschen mir nach dem ersten Schock Verständnis entgegenbringen, vielleicht Mitleid, aber keinen Abscheu. Tja, ich werde schnell eines Besseren belehrt – denn ganz so gnädig sind die Leute nicht.

Wo immer ich auftauche, sind die Gerüchte mir zuvorgekommen. Wenn ich dann unumwunden die Rede auf meine Mutter bringe und mein Sprüchlein herunterbete – über Fehler und Reue, Scham und Notlügen sowie den Wert der Wahrheit, den wir nun endlich erkannt hätten –, schafft es kaum jemand, mir in die Augen zu blicken. Und beim Wort »Gefängnis« zucken sie alle zusammen.

Die Reaktionen, die dann auf meine Enthüllung folgen, sind allerdings unterschiedlich. Sie reichen von kaum verhohlenem Entsetzen über Naserümpfen und Kälte bis hin zu vorsichtigem Nachfragen und sogar ein paar Tränen des Mitgefühls. Wobei Letztere eher selten vorkommen.

Bei alldem ist Nick an meiner Seite, unbeirrbar und unermüdlich. Er gibt mir Kraft, spornt mich an und baut mich in meinen schwarzen Stunden wieder auf – die ganze Woche über.

Nichts muss ich allein durchstehen: Nick ist bei mir, als ich meiner Klassenlehrerin reinen Wein einschenke und kein Verständnis ernte, sondern hochgezogene Augenbrauen. Nick teilt meine grenzenlose Erleichterung, als Torben mir versichert, dass es ihm und den Heulern schietegal sei, ob meine Mutter sich zu Hause, im Gefängnis oder auf dem Mond aufhalte. Nick freut sich großzügig mit mir, als auch Jörn mir seine Freundschaft nicht entzieht. Nick hält mich aufrecht, als ich mich den missbilligenden Kommentaren der Apothekerin stelle. Und er liegt eine geschlagene Stunde lang mit mir auf dem Bett und streichelt mein tränennasses Gesicht, nachdem ich begriffen habe, dass sich Annette, Ilka, Hauke, Lars und Hannes von mir abgewendet haben – ebenso wie unsere alte Nachbarin, Frau Roder. Und die Mitarbeiter von *Touren-Hans*, denen Mama bei ihrer Kündigung irgendeine dumme Lüge aufgetischt hatte. Und Frau Hollenkamp, trotz ihrer Neigung zur Sozialpädagogik.

Sie alle können es Papa und mir nicht verzeihen, dass wir sie beschwindelt haben. Und dass wir nun zu den Asozialen gehören.

Dies in den Augen der Menschen zu lesen, tut weh, da nützt selbst mein Schutzschild nichts. Einzig Nick ist imstande, mich die überall lauernde Demütigung für kurze Zeit vergessen zu lassen – wenn er mich zum Lachen bringt, mich küsst, mir einfach nur zuhört oder zärtlich und selbstvergessen mit mir schläft, in seinem kargen Praktikantenzimmer, das uns beiden zur Zuflucht geworden ist. Dann bin ich glücklich, für ein paar Minuten oder eine Stunde.

Doch kaum haben wir Nicks Zimmer in der Seehundstation verlassen, ist alles wieder da.

Ich fange an, meinen Vater zu verstehen: Seit Mama weg ist, hat er sich vor dem gefürchtet, was er »Sippenhaft« nannte.

Jetzt erkenne ich, dass er sich nicht umsonst gefürchtet hat.

Am Ende dieser zermürbenden Woche besuchen wir Mama im Gefängnis.

Zu meiner Überraschung hatte Papa nichts dagegen, als ich ihn gefragt habe, ob Nick uns begleiten dürfe. »Es gibt nichts mehr zu verbergen«, hat er nur gesagt, und seine Stimme klang so resigniert dabei, dass sich mein Herz zusammenkrampfte.

Jetzt sitzen Nick und ich zusammen auf der Rückbank, während Papa beim Fahren alle paar Sekunden den Sender des Autoradios wechselt. Die Bruchstücke der Songs überlagern unser Schweigen, Nick hält meine Hand, und ich lehne mich an ihn. Selbst jetzt, im

November, riecht Nick nach Sonne, Sauerstoff und Meer. Ich schließe die Augen, fühle die kratzige Wolle seiner Caban-Jacke an meiner Wange, und durch meinen Sinn weht der Gedanke, dass ich schon längst nicht mehr nur verliebt bin.

Ich liebe ihn.

Abrupt öffne ich die Augen und hebe den Kopf von Nicks Schulter. Ich *liebe* ihn? Ich liebe ihn! Ich liebe ihn … Ich liebe ihn.

Oh ja, ich liebe ihn.

Nick lächelt mich fragend an, und ich weiß, meine Gefühle toben in meinem Blick. Ob ich sie aussprechen soll, die magischen drei Worte? Doch wie wird Nick auf sie reagieren? Gerührt? Zurückhaltend? Oder, angesichts der Ernsthaftigkeit dieses Geständnisses, eher verschreckt? Das, schießt es mir warnend durch den Kopf, würde mich verletzen, obwohl ich es irgendwie nachvollziehen könnte. Vielleicht sollte ich doch lieber nichts sagen. Ich muss ihm Zeit lassen, ich darf ihn nicht so überfallen und sollte stattdessen …

Doch noch während ich mit mir ringe, bringt Nick seinen Mund an mein Ohr. Und löscht sämtliche Zweifel in mir aus, als er raunt: »Ja, Svea. Ich liebe dich auch.«

Den Rest der Fahrt über schwebe ich auf rosa Wattewölkchen.

Doch im Gefängnis angekommen, haben wir Pech: Nur Papa und ich sind angemeldet, also dürfen auch nur Papa und ich meine Mutter sehen. Das Besucherzimmer sei voll, informiert uns die Frau an der Pforte mit sachlicher Stimme, jeder einzelne Platz sei besetzt. Ja, natürlich verstehe sie, dass das ärgerlich für den jungen Mann sei, aber das hier sei schließlich kein Hotel, und das Besucherzimmer keine Lobby.

Mist.

»Es tut mir so leid«, sage ich kleinlaut zu Nick. Der Novemberwind schlägt mir meine Locken ins Gesicht, ich fröstele, bin sauer auf die Kuh an der Pforte, und vor allem könnte ich mich selbst in den Hintern treten. »Ich hätte es wissen müssen! Hier ist alles so unglaublich reglementiert. Jetzt hast du die ganze lange Fahrt umsonst gemacht.«

Nick greift nach meinen Händen. »Hey, mach dich nicht verrückt. Es gibt bestimmt ein Café in der Nähe, da warte ich auf euch. Ist doch keine große Sache. Dann lerne ich deine Mutter eben ein andermal kennen.«

»Und du bist wirklich nicht sauer?«

»Ich liebe dich.« Er lächelt. »Wie könnte ich da sauer sein?«

Hingerissen lächele ich zurück.

Das Entzücken, gleich zweimal an diesem Tag das Wort »Liebe« aus Nicks Mund gehört zu haben, hält eine wunderbare Viertelstunde lang an.

Doch als ich spüre, dass mit meinem Vater etwas ganz und gar nicht stimmt, weicht es eisiger Beklemmung.

Ich sitze mit meinen Eltern in dem proppenvollen Raum, den ich schon von meinem letzten Besuch kenne, erzähle meiner entsetzten Mutter von den jüngsten Ereignissen auf der Insel und registriere gleichzeitig, dass mein Vater geistig völlig abwesend ist.

Meine Vorahnungen verdichten sich, bis ich sie fast greifen kann.

Doch ich ignoriere sie, will sie als Hirngespinst abtun, also erzähle und erzähle ich, streichele Mamas Hand, als sie anfängt zu weinen, und finde mich in der absurden Lage wieder, sie für das, woran letztlich sie die Schuld trägt, trösten zu müssen.

Heute, wispert es dabei in mir, *heute verliere ich Nick.*

Ich will das nicht hören!!!

Heute, wispert es weiter, *erfahre ich, dass unsere Liebe keine Zukunft hat.*

Ich wehre mich verbissen, doch die Verwirrung in meinem Kopf wird größer, vermischt sich mit Zorn auf mich selbst, Zorn, weil ich mich ins Bockshorn jagen lasse von Papas abwesendem Blick und meinen eigenen Verlustängsten. Nichts wird heute geschehen, gar nichts!, beruhige ich mich selbst, während Mama weint und sagt, dass sie das alles nicht gewollt habe, sie sei so dumm und so kurzsichtig gewesen!

»Ja«, sage ich zu ihr, »aber du bist dabei, dich zu ändern, und das ist gut.«

Doch mein Gehirn ist nicht bei der Sache, denn es kämpft gegen das Wispern an, versichert meinem Herzen, dass Nicks und meine Liebe *natürlich* eine Zukunft hat und ich mir überhaupt keine Sorgen zu …

»Wir werden von der Insel fortziehen«, sagt Papa unvermittelt.

Das wirbelnde Chaos in meinem Kopf friert ein.

Mamas Weinen verstummt.

Wir ziehen fort?

»Die Immobilienpreise auf der Insel sind himmelhoch, wir können ein gutes Geschäft machen, wenn wir unser Häuschen verkaufen. Selbst wenn es abgerissen wird, bekommen wir für das Grundstück eine schöne Stange Geld, davon werden wir lange leben können.«

»Papa! Was soll das? Niemand zieht um! Ich bin mitten im Abi-Jahr, ich kann doch jetzt nicht die Schule wechseln, und Nick … und Rieke … Das ist doch eine total bescheuerte Idee, wie kannst du so was auch nur vorschlagen?! Ist das ein kranker Scherz, oder was?«

Aber als mein Vater mir in die Augen blickt, weiß ich, dass er keineswegs Witze macht, und dass er sich auch nicht umstimmen lassen wird. Nicht von mir, nicht von Mama. Von niemandem.

»Warum?«, würge ich hervor.

»Ich halte es nicht aus, wie ein Aussätziger zu leben«, sagt Papa ruhig. »Wir haben so viel zusammen gesprochen die letzten Tage, Svea. Meine Entscheidung kann doch keine Überraschung für dich sein.«

Doch!, will ich brüllen, es ist die größte und beschissenste Überraschung, die ich mir vorstellen kann!

Stattdessen schüttele ich ungläubig den Kopf, und meine Unterlippe zittert wie bei einem Kind.

»Wir … wir können doch jetzt nicht klein beigeben«, sage ich erstickt. »Wir können es den Lästermäulern doch nicht gönnen, dass sie gewonnen haben! Alles wird sich wieder einrenken, Papa, ganz sicher. Gib ihnen nur Zeit. Jeder Skandal wird doch irgendwann langweilig, und dann … dann wird alles wieder so, wie es früher war.«

»Du weißt, dass es nie mehr so werden wird, wie es früher war.« Papa wendet den Blick von mir ab und sieht meine Mutter an. »Unser Leben hat sich unwiderruflich verändert. Aber das muss nichts Schlechtes sein. Wir könnten einen Neuanfang wagen, Dagmar. An einem Ort, wo uns niemand kennt. Zum Beispiel in Frankfurt.«

Mama und ich starren ihn an.

»Zuerst ziehen wir zu Oma«, sagt mein Vater. »Ich habe sie gestern angerufen, und sie hat großartig reagiert.«

»Wir sollen alle drei bei meiner Mutter wohnen?«, fragt Mama verunsichert.

»Nein, nur Svea und ich. So lange, bis wir eine bezahlbare Wohnung gefunden haben.« Die Hoffnung verleiht dem Blick meines Vaters neues Leben. »Wir können schon im Januar bei ihr einziehen, sagt deine Mutter. Sie freut sich sogar! Du weißt ja, dass ihr das Haus immer zu groß vorgekommen ist, seit du nicht mehr da bist. Und wenn das hier«, er macht eine vage Handbewegung, »vorbei ist, wenn du wieder frei bist und unser Häuschen auf der Insel verkauft, dann mieten wir uns eine schöne, kleine Wohnung. In Frankfurt oder sonst wo. Wir sind doch nicht gebunden! Keiner von uns hat mehr einen Job. Und Schulen – die gibt es überall.«

Frankfurt. Eine Wohnung irgendwo. Ich in einer neuen Schule. Fern von meinen Freunden, fern von der Seehundstation, fern von allem, was ich kenne und liebe.

Fern von Nick.

»In Frankfurt«, sagt Papa feierlich zu Mama, »wirst du viel größere Chancen haben, einen Ausbildungsplatz zu finden.«

»Du bist nicht mehr dagegen?« Mama lächelt unter Tränen. »Du hilfst mir?«

Papa nickt schmunzelnd. »Wer weiß, vielleicht mache ich sogar endlich eine Weiterbildung als Sommelier? Wenn uns der Hausverkauf so gutes Geld einbringt, wie der Immobilien-Heini gestern sagte, wären die Kosten dafür möglicherweise gar kein großes Problem mehr.«

Er hat schon mit einem Immobilienmakler gesprochen.

Genau wie mit Oma.

Es ist beschlossene Sache, und ich kann nichts dagegen tun. Ich spüre, wie sich mir der Magen umdreht. Und obwohl ich weiß, dass ich mich freuen sollte – weil Mamas Gesicht zu strahlen beginnt, weil sie mir ihre Hand entzieht und sie mit Papas Fingern verschränkt, weil meine Eltern ihr Leben wieder aktiv gestalten wollen –, kann ich es nicht. Sicher, ein kleiner Teil von mir fühlt einen Hauch von selbstlosem Glück, weil Mama und Papa am Anfang von etwas Neuem, Gutem stehen. Aber der andere, egoistische Teil von mir ist ungleich stärker, er tobt und heult in wilder Verzweiflung. Denn er weiß mit untrüglicher Sicherheit, dass mir nichts übrig bleiben wird, als mich Papas Willen zu fügen.

Sein Unvermögen, die Verachtung der Leute auszuhalten, wird *mir* all das rauben, was mir wichtig ist.

Das ist das Ende.

»Ich gehe zu Nick«, stoße ich hervor und springe auf. »Er wartet im Café.«

Die Vollzugsbedienstete blickt misstrauisch zu uns herüber, offensichtlich hat sie schon mitgekriegt, dass wir nicht übers Wetter plaudern. Ich stürme an ihr vorbei.

»Svea!«, ruft Mama mir hinterher, und ich hasse mich dafür, dass ich mich nicht von ihr verabschiede, doch in diesem Moment mache ich sie ebenso verantwortlich wie meinen Vater – für das, was mir bevorsteht, für den Abschied von Nick, für mein blutendes Herz.

Zu viel Liebe, zu viel Glück, flüstert es voller Trauer in meiner Seele. *Ich wusste ja, dass das nicht gut gehen kann.*

44

Nick

Nicht einmal, als ihrem Vater gekündigt wurde, war Svea so verzweifelt.

»Wir hatten so wenig Zeit miteinander«, schluchzt sie in meinen Armen. »So wenige Wochen, und schon ist es vorbei. Frankfurt! Das ist … das ist so verdammt weit weg, du wirst mich nicht besuchen kommen können, und ich …«

»Hey, Frankfurt ist nicht Timbuktu«, sage ich und schlucke hart. Das fehlte noch, dass ich selbst anfange zu heulen!

»Aber fast«, flüstert Svea und bricht erneut in Tränen aus.

Sie sitzt auf meinem Schoß, weint und weint, und die dicke Cafébedienung schaut schon zum dritten Mal missbilligend zu uns herüber. Aber das ist mir egal. Wichtig ist nur, dass Svea sich beruhigt, dass wir reden, dass wir gemeinsam eine Lösung finden.

Denn sie zu verlieren … Das kommt nicht infrage.

»Ich werde auf dich warten«, flüstere ich in ihr Ohr,

während ich mit den Fingerspitzen über ihre Locken streiche und mich frage, wie ich es aushalten soll, getrennt von ihr zu sein, wochenlang, monatelang. Und sie selbst – wie wird es ihr ergehen? An einer neuen Schule, mitten im Jahr, kurz vor dem Abi, in einem anderen Bundesland, wo nicht mal der gleiche Lehrplan gilt? Verdammte Scheiße, wie kann ihr Vater ihr das antun?!

»Ich will aber nicht, dass du auf mich wartest«, sagt Svea, die Stimme heiser vom Weinen. »Ich will auf der Insel bleiben. Ich will nicht gehen, Nick.«

Sie löst sich von mir und schaut mich an. Ihre Augen sind rot und geschwollen, ihre Nase tropft. Mit plötzlicher Entschlossenheit greift sie nach einem Taschentuch.

»Ich will bei dir bleiben«, wiederholt sie und schiebt ihr Kinn auf diese rebellische Art vor, die mich jedes Mal von Neuem umwirft.

Ich forsche in ihrer Miene, ob sie es ernst meint oder bloß halbherzig aufbegehrt. Svea liebt ihre Eltern. Sie würde niemals etwas tun, was ihren Vater oder ihre Mutter verletzen würde. Und das ist gut so.

Andererseits …

Haben wir nicht alle unseren eigenen Weg? Und haben wir nicht das Recht, ihn gehen zu dürfen, auch wenn das heißt, dass wir eine andere Richtung einschlagen als die, die unseren Eltern vorschwebt? Ich weiß, was Svea wichtig ist: Sie will ein gutes Abitur machen, damit sie studieren und später auf den Meeren der Welt ihre Forschungen betreiben kann. Sie will auf unserer Schule bleiben, bei ihren Freunden. Sie will weiter in der Seehundstation arbeiten.

Und sie will mich.

»Dann bleib«, sage ich leise und bestimmt. »Lass deine Eltern gehen, aber bleib du auf der Insel.«

Svea schaut mich mit großen Augen an. Sie sitzt nun ganz ruhig auf meinem Schoß.

»Allein?«, fragt sie. »Ich soll allein auf der Insel bleiben?«

Ohne ihren Blick loszulassen, schüttele ich den Kopf. »Nicht allein. Denn ich bin da.«

Ich bin da, und ich werde morgen da sein und nächsten Monat und nächstes Jahr. Ich werde immer für sie da sein, ob ich nun auf sie warten muss oder sie überzeugen kann, sich ihrem Vater zu widersetzen.

»Meine Eltern haben kein Geld«, sagt Svea langsam. »Jedenfalls nicht im Moment.«

»Na und? Du könntest in eurem Häuschen wohnen bleiben, bis es verkauft ist. Und das Essen hier ist auch nicht teurer als in Frankfurt.«

»Aber … aber Papa wird nicht wollen, dass ich als Minderjährige allein lebe! Was machen wir, wenn er das alles kategorisch ablehnt?«

»Dann wird uns wohl nichts anderes übrig bleiben, als mit ihm zu diskutieren, bis uns die Köpfe rauchen.« Ich lächele und wische ihr mit dem Handrücken die Tränen von der Wange. »Nur gut, dass unsere Argumente besser sein werden als seine!«

Svea schaut mich mit einem merkwürdigen Gesichtsausdruck an.

»Oh Mann«, sagt sie plötzlich. »Gibst du eigentlich nie auf, Nick Pietersen?«

»Nicht, wenn es um dich geht, Svea Kossmann.«

Sie mustert mich noch einen Moment, dann lacht sie. Stürmisch, fast grob schiebt sie ihre Hände in mein Haar und presst ihre Lippen auf meine. Ich küsse sie ebenso leidenschaftlich zurück. Wärme durchflutet mich, und alles in mir wird hell und leicht.

Denn ich weiß, Svea hat sich entschieden.

Noch im Auto nehmen wir unsere Aufgabe in Angriff.

Eng neben Svea auf der Rückbank sitzend, bin ich von vibrierender Energie erfüllt, und ihr scheint es ähnlich zu ergehen, also reden wir, nacheinander, miteinander, ununterbrochen, wie zwei sich vermischende Wasserfälle.

»Ich könnte in unserem Häuschen wohnen bleiben, bis es verkauft ist, Papa.«

»Das wäre super praktisch, weil auf diese Weise immer jemand da wäre, der potenzielle Käufer herumführen könnte!«

»Und wenn das Häuschen dann verkauft ist, könnte ich bestimmt in der Station wohnen …«

»… aber Svea kann natürlich auch jederzeit bei mir unterschlüpfen. Hatte ich Ihnen schon erzählt, dass ich eine tolle Zwei-Zimmer-Wohnung in Aussicht habe?«

Herr Kossmann lenkt das Auto, starrt auf die Straße und hört uns zu, ohne ein Wort zu sagen.

Svea wird nervös. »Torben will mich schon lange für meine Arbeit bezahlen. Ich denke, ich werde dieses Angebot annehmen. Das wird einen guten Teil meines Unterhalts abdecken, Papa.«

»Hm«, macht Herr Kossmann.

Hm? Warum hm? Das ist doch ein tolles Argument! Aber gut, wenn ihm das nicht reicht, können wir locker noch eins draufsetzen.

Ohne zu zögern, schwinge ich die Gewissenskeule. »Sagen Sie, wollen Sie ernsthaft das Risiko eingehen, dass Ihre Tochter wegen Ihnen das Abitur verhaut?«

Herr Kossmann schweigt, doch ich höre, dass er tief durchatmet.

»Außerdem«, trumpft Svea auf, »werde ich im Frühjahr volljährig, und spätestens dann brauche ich dein Einverständnis überhaupt nicht mehr! Was hätte es wohl für einen Sinn, für ein paar Wochen nach Frankfurt zu ziehen, wenn ich sowieso auf die Insel zurückkehren werde, sobald ich meinen Achtzehnten gefeiert habe?«

Da dreht Herr Kossmann sich zu uns um und wirft uns einen langen, nachdenklichen Blick zu.

Ich möchte ihm gerade vorschlagen, mal wieder auf die Straße zu schauen – schließlich ist er der Fahrer –, als er sagt: »Ich mache wohl ziemlich viel falsch, was?«

Svea und ich blicken uns verwirrt an. Vieles haben wir als Antwort erwartet, aber das ganz sicher nicht.

Er dreht sich wieder um, trommelt mit den Fingern aufs Lenkrad. »Was gäbe ich für eine Zigarette! Aber Dagmar möchte, dass ich das Rauchen sein lasse. Vielleicht hat sie ja recht damit.«

Herrje. Am liebsten würde ich den Mann schütteln. Sein Nikotin-Problem in Ehren, aber darum geht es im Moment nicht!

»Ich stand Dagmar immer im Weg«, sagt er sinnend. »Mir selbst auch, wahrscheinlich. Und dir. Aber das ist jetzt vorbei.«

»Und das heißt?«, fragt Svea vorsichtig.

»Dass ich deine Gründe verstehe, auch wenn ich es lieber sehen würde, du kämest mit mir nach Frankfurt.« Herr Kossmann seufzt. »Willst du wirklich hierbleiben, bei diesen klatschsüchtigen Hyänen? Du bist erst siebzehn, und du wirst völlig auf dich allein gestellt sein! Die Menschen auf der Insel werden dich schneiden. Sie werden über dich tuscheln, noch mehr als bisher. Vielleicht, mein Mädchen, wirst du deine Entscheidung bitter bereuen.«

Er wendet sich wieder zu uns um. Kurz, aber eindringlich schaut er erst seiner Tochter in die Augen, dann mir.

Wir halten seinem Blick stand.

Und als Herr Kossmann wieder nach vorn schaut, schwingt ein Lächeln in seiner Stimme. »Vielleicht wirst du es bereuen, mein Mädchen. Vielleicht aber auch nicht.«

45

Svea

In dicken Flocken fällt der Schnee auf unsere Mützen. Nick hat seinen Arm um meine Schulter gelegt, und als ich die Hand hebe, um meinem Vater nachzuwinken, sitzt mir entgegen aller guten Vorsätze ein Kloß im Hals.

Papa steht an der Reling und winkt durch das Schneegestöber zurück. Langsam entfernt sich die Fähre, von der Ablegestelle, von der Insel, von Papas Heimat, von mir. Der Lastwagen mit einem Teil unserer Möbel ist schon auf dem Weg nach Frankfurt. Nun fehlen nur noch Papas Auto und er selbst, damit er sein neues Leben beginnen kann.

Und ich das meine.

Aus den Lautsprechern des versifften Cafés an der Anlegestelle dudeln Weihnachtsschlager, und ich fühle einen Stich im Herzen, dass Papa mit dem Umziehen nicht noch ein paar Wochen warten konnte, zumindest bis zum neuen Jahr.

Andererseits – wenn er im Angesicht seines Abschieds keine Weihnachtsseligkeit erträgt, dann ist das eben so.

Papa und ich haben uns entschieden, alle beide. Warum also das Unvermeidliche hinauszögern?

Um nicht noch sentimentaler zu werden, denke ich zur Ablenkung daran, was Nick und ich für die nächsten Tage geplant haben. Den Heiligabend werden wir in meinem halb ausgeräumten Häuschen verbringen, und danach wollen wir zu Nick nach Hause gehen – nicht in die Seehundstation, sondern in die Villa. Die Pietersens verbringen Weihnachten nämlich auf Mauritius, es besteht also nicht die Gefahr einer unerfreulichen Begegnung mit Nicks Vater. Und so wollen wir die Feiertage dazu nutzen, Nicks restliche Sachen einzupacken.

Nick hat die Zusage für die Zwei-Zimmer-Wohnung bekommen, auf die er so gehofft hatte, und am ersten Januar möchte er umziehen. Bis dahin wird er sein Zeug bei mir zwischenlagern. Rieke wird uns mit dem Auto helfen, die Kartons hin- und herzutransportieren, und Timon und Christian unterstützen uns beim Schleppen. (Hatte ich übrigens erwähnt, dass wir die besten Freunde der Welt haben?)

Ich selbst kann laut Immobilienmakler noch mindestens drei Monate lang in unserem Häuschen wohnen bleiben. Bis zum Frühling habe ich also ein Dach überm Kopf. Und danach … tja.

Danach wird sich irgendetwas ergeben müssen.

Ich meine, ich kann nicht in die Zukunft blicken, oder?

Ich kann nicht wissen, ob ich meinen überstürzten Start ins Erwachsenenleben meistern oder auf die Schnauze fliegen werde.

Ob Nicks und meine Liebe halten wird.

Ob ich den Lästermäulern Monat um Monat werde die Stirn bieten können.

Ob ich es schaffen werde, ein gutes Abi hinzulegen und trotz unseres Geldmangels Meeresbiologie zu studieren.

Für einen Moment sinkt mir der Mut angesichts dieser vielen »Ob«s, und ich lege meinen Kopf auf Nicks Schulter. Die Gestalt meines Vaters ist nun fast nicht mehr auszumachen, zu dicht ist das Schneetreiben und zu weit hat sich die Fähre bereits entfernt.

»Müsste es nicht eigentlich umgekehrt sein?«, frage ich und schlucke. »Sollten nicht die Eltern ihren Kindern nachwinken, wenn die das Haus verlassen?«

Nick drückt mich an sich. »In unseren Familien war es doch ohnehin nie so, wie es laut Bilderbuch sein müsste. Warum sollten die Abschiede da eine Ausnahme bilden?«

»Du hast recht.« Ich schlucke wieder, härter diesmal.

»Hey, hast du etwa Angst?«, fragt Nick, dreht mich zu sich herum und schaut mir forschend in die Augen.

»Nein, natürlich nicht!« Ich senke den Blick. »Na ja. Ein bisschen vielleicht.«

Da legt Nick beide Arme um mich und zieht mich fest an seine Brust.

»Du hast Angst, aber du folgst deinen Träumen trotzdem«, sagt er leise. »Dafür liebe ich dich, Svea. Dafür und für alles andere.«

Er senkt seinen Mund auf meinen, und als er mich küsst, sanft und innig, wird mein Herz leichter.

Ich schließe die Augen und lasse mich fallen.

Und mit einem Mal *weiß* ich es.

Zum Teufel mit den Fehlern meiner Eltern, zum Teufel mit meiner Furcht, zum Teufel mit meinen düsteren Vorahnungen! Ich, und nur ich, bin die Gestalterin meines Schicksals. Ich bin kein Opfer und keine Marionette, ich hänge nicht an Fäden, die mich schwach und hilflos durch die Welt stolpern lassen.

Ich bin frei.

Wilde Freude durchströmt mich, und obwohl die Schneeflocken immer eisiger um uns herum wirbeln, obwohl die Fähre mit Papa fort ist und der Dezemberwind scharf und schneidend, spüre ich keine Kälte mehr und keine Angst.

Denn heute ist der erste Tag meines neuen Lebens.

Und ich beginne ihn in den Armen des Jungen, den ich liebe.

Epilog

Der Tag meiner Stipendiumsparty ist windig und warm.

Ideales Surfwetter also, und deshalb reitet Nick mit seiner üblichen Waghalsigkeit die graublauen Wellen, während ich mich faul im Sand aale.

Zur Abwechslung mal faul zu sein, fühlt sich ziemlich ungewohnt an. Ich schließe in der grellen Sommersonne die Augen, und meine Gedanken schweifen zurück.

Die letzten Monate waren, um es mal ganz deutlich zu sagen, verdammt hart. Ich habe fürs Abi gelernt, bis mir der Stoff zu den Ohren rausgekommen ist. Ich habe in jeder freien Minute in der Seehundstation gearbeitet – gegen Geld, das hat Torben beim Vorstand durchgedrückt. Ich habe den Makler und unzählige Kaufinteressenten durch unser Häuschen geführt, wann immer es ihnen passte, und wenn es um neun Uhr abends war und ich mitten im Lernen.

Schließlich war das Häuschen tatsächlich verkauft – wenn auch für einen wesentlich schlechteren Preis, als Papa gehofft hatte –, und ich habe mich nächtelang mit der Frage herumgeschlagen, ob ich Nicks Angebot, zu ihm zu ziehen, wirklich annehmen soll. Doch Nick hat Mittel und Wege gefunden, um mich zu überreden (sehr angenehme Mittel und Wege übrigens), und jetzt bin ich mehr als froh darüber, ihm nachgegeben zu haben.

Denn mit Nick zusammenzuleben, ist der Himmel auf Erden.

Okay, jedenfalls meistens. Wenn nicht gerade überall in der Wohnung seine nassen Surfklamotten herumliegen. Und wenn wir uns nicht kabbeln, wer mit dem lästigen Abspülen dran ist (ein Problem, das Nick vor ein paar Wochen übrigens elegant gelöst hat: Er hat kurzerhand eine Spülmaschine gekauft). Aber im Ernst, abgesehen von solchen Kleinigkeiten verstehen wir uns unglaublich gut, so gut, dass es fast schon erschreckend ist. Weshalb von Zeit zu Zeit mein altes Misstrauen in mir aufsteigt und mir einreden will, dass alles böse enden wird, irgendwann, ganz bestimmt.

Doch ich schlage das Misstrauen beharrlich nieder, immer und immer wieder, denn eines habe ich in den letzten Monaten gelernt: Zu viel Glück kann es nicht geben, und schon gar nicht zu viel Liebe.

Solange Nick an meiner Seite ist, ist von allem reichlich vorhanden.

»Dein Freund sieht *wirklich* gut aus«, dringt die Stimme meiner Mutter in meine Gedanken. »Diese tollkühnen Sprünge vor dem blauen Himmel … Hach, das wäre ein klasse Motiv für eine Kampagne! Zum Beispiel für Duschgel. Oder für ein frisches, herbes Männer-Deo.

Oder … Softdrinks? Kalorienreduzierte vielleicht. Dafür braucht man was Sportives.«

Ich rolle mich auf die Seite und blinzele zu ihr hoch. Mama sitzt in ihrem abgetragenen Sommerkleid im Sand und beobachtet Nick mit höchster Konzentration. Man kann förmlich das Rattern ihres Gehirns hören.

»Seit du deine Ausbildung angefangen hast, siehst du die Welt als ein einziges Werbeparadies«, necke ich sie.

Mama wirft mir einen ertappten Blick zu, und ich muss lachen. Nach kurzem Zögern stimmt sie in mein Lachen ein.

»Es macht mir eben Freude, Svea«, sagt sie und sieht verlegen aus wie ein junges Mädchen. »Die Herausforderung tut mir gut, und die Bestätigung auch. Du kannst dir nicht vorstellen, wie dankbar ich bin, dass die Agentur einer Frau wie mir eine Chance gibt, mit Ende dreißig, frisch aus dem …«

Sie bricht ab, schämt sich noch immer, das Wort auszusprechen.

»… Gefängnis entlassen«, ergänze ich ruhig. »Doch, Mama, das kann ich mir vorstellen.«

Wir blicken beide aufs Meer hinaus. Nick hebt gerade ab, wirbelt mit dem Board herum und wechselt blitzschnell die Hände an der Kitebar, bevor er in einer sprühenden Wolke aus Gischt wieder auf dem Wasser aufkommt und weiterrast. Ich kann mir ein stolzes Lächeln nicht verkneifen. Für diesen Anblick lohnen sich sogar nasse Surfanzüge auf dem Teppichboden.

»Dein Vater wird bestimmt auch wieder einen guten Job finden, wenn er erst mit seiner Weiterbildung fertig ist«, sagt Mama, den Blick auf den Horizont gerichtet. »Da bin ich mir fast sicher.«

Doch man hört ihr deutlich an, dass sie sich keineswegs sicher ist.

Immer noch ist meine Mutter von tiefer Reue erfüllt, dass Papa ihretwegen seine Arbeit verloren hat. Aber Papa wirft ihr nichts vor, im Gegenteil. Im späten Frühjahr ist Mama rausgekommen – sie wurde tatsächlich nach zwei Dritteln der Haftzeit entlassen –, und mein Vater hat sich vom ersten Tag an darum bemüht, ihr einen echten Neuanfang zu ermöglichen. Sie ist ihm wahnsinnig dankbar dafür, und das wiederum spornt ihn an, sie noch mehr zu unterstützen.

Mir schießt der merkwürdige Gedanke durch den Kopf, dass die Haft meinen Eltern womöglich die Ehe gerettet hat.

»Wann soll die Party heute Abend eigentlich losgehen?«, wechselt Mama das Thema. Allzu lange möchte sie nie über Papas Arbeitslosigkeit oder ihre Geldsorgen sprechen, sie schaut lieber konsequent nach vorn. Vielleicht nicht der schlechteste Weg, denke ich, zumindest für sie.

Ich setze mich auf und klopfe mir den Sand von den Armen. »Rieke kommt so um sieben, um uns bei den Vorbereitungen zu helfen, aber Timon, Christian und Marina habe ich erst für acht eingeladen. Torben kommt gegen neun, wenn es in der Station langsam ruhiger wird. Wir haben wieder wahnsinnig viele Heuler dieses Jahr, aber meine Stipendiumsparty will er sich trotzdem nicht entgehen lassen, hat er gesagt.«

Mama lächelt und greift nach meiner Hand. »Weißt du eigentlich, wie stolz ich auf dich bin, Svea? Ein Stipendium! Um das zu feiern, lohnt es sich sogar, dass wir uns für ein paar Tage zurück auf die Insel gewagt haben.«

»Ach, die Leute sind doch alle ganz nett zu euch«, sage ich, während ich nach der Sonnenmilch greife und meine Schultern nachcreme.

»Ja«, sagt Mama nachdenklich. »Das sind sie. Komisch, nicht?«

Ich schüttele den Kopf. »Es ist nicht komisch. Den meisten hier tut es leid, dass sie euch vertrieben haben, wusstest du das? Frau Roder von nebenan hat sich sogar in aller Form bei mir entschuldigt! Und eine meiner Lehrerinnen, Frau Hollenkamp, auch.«

Ebenso wie Astrid, als sie von ihrem mörderischen Liebeskummer geheilt war und entsetzt begriffen hat, was sie im Leben meiner Familie angerichtet hat. Doch darüber möchte ich mit meiner Mutter nicht sprechen.

»Uff!«, macht es plötzlich, und Papa lässt sich neben uns in den Sand fallen.

Er sieht gehetzt aus und blickt sich unruhig um.

»Dein Strandspaziergang war wohl nicht so schön?«, frage ich ihn.

»Zu viele bekannte Gesichter.« Er lächelt gequält. »Ehrlich gesagt, Schätzchen, bin ich froh, wenn das Wintersemester beginnt. Dann können wir euch in Bremen besuchen statt hier.«

»In Bremen gibt es aber keinen Strand.«

»Das wohl nicht. Aber dafür auch keine ehemaligen Bekannten, die mir scheele Blicke zuwerfen.«

Ich verdrehe die Augen. Tatkräftiger und hoffnungsvoller ist Papa in den letzten Monaten ja geworden. Tapferer leider nicht.

»Komm, Dagmar, wir gehen schon mal in die Wohnung der Kinder«, drängelt er. *Die Kinder*, das sind Nick und ich. »Vielleicht können wir ja was für heute Abend vorbereiten.«

Wir wissen alle drei, dass Papa nichts vorbereiten, sondern einfach nur von diesem Strand wegwill. Doch Mama nickt und lächelt, als hielte sie Papas Vorschlag für eine prima Idee, und drei Minuten später stapfen sie mit meinem Schlüssel in der Hand durch den Sand davon.

Ich blicke ihnen nach, schäme mich ein bisschen für meinen Vater, sage mir dann aber streng, dass ich nicht zu viel von den beiden erwarten darf. Ich meine, sie haben ein wirklich schweres Jahr hinter sich!

Außerdem sind meine Eltern immer noch um Klassen besser als Nicks, denn die haben aus dem, was letzten Herbst passiert ist, überhaupt nichts gelernt: Herr Pietersen sorgt immer noch dafür, dass seine Frau im Hochsommer langärmelige Blusen tragen muss, und sie gibt unverdrossen die strahlende Zahnarztgattin.

Nick hat es mittlerweile aufgegeben, sich darüber zu grämen. Nur als seine Eltern auf der Abi-Feier aufgetaucht sind, um den Schein der glücklichen Familie zu wahren, hat er sichtlich mit den Zähnen geknirscht. Und als die Festlichkeiten endlich vorüber und wir auf dem Weg nach Hause waren, hat er mehr als einmal geknurrt: »Du kannst dir gar nicht vorstellen, wie froh ich bin, wenn wir von hier weg sind!«

Und bald, denke ich, ist es ja so weit. Bald ziehen wir in unsere hübsche, kleine Wohnung in Bremen und lassen alles, was geschehen ist, hinter uns. Wobei ich froh bin, dass ich die Insel *freiwillig* verlasse: Ich bin geblieben, als mein Leben hier am schwierigsten war, und ich habe es überlebt. Wenn ich jetzt gehe, dann fliehe ich nicht wie mein Vater, sondern gehe ungebrochen und mit erhobenem Haupt.

Und das fühlt sich ziemlich gut an.

Auch Rieke und Timon werden zum Wintersemester fortziehen, sie gehen zusammen nach Berlin. Timon wird dort – Überraschung! – Psychologie studieren, und Rieke ist an einer Schauspielschule angenommen worden. Nicks Freund Christian hingegen bleibt hier, er möchte ein freiwilliges soziales Jahr machen. Wenn auch nur, weil er keinen blassen Schimmer hat, was er studieren soll.

Ich hingegen bin fester entschlossen denn je, nach dem Biologiestudium meinen Master in Meeresbiologie zu machen.

Und *dass* ich studieren kann, verdanke ich meinem Stipendium.

Es war Nicks Idee gewesen, mich dafür zu bewerben. Zaudernd habe ich es getan, obwohl ich nie gedacht hätte, eine reelle Chance zu haben: Zuerst hatte ich Angst, dass meine Noten zu schlecht seien, dann, dass ich im Einzelgespräch versagen würde. Nachdem ich diese beiden Hürden genommen hatte, war ich sicher, dass ich mich vor der Auswahlkommission in Grund und Boden schämen würde, weil ich keine ihrer Fragen zufriedenstellend würde beantworten können. Doch offensichtlich habe ich mich gar nicht so schlecht geschlagen, denn vor zwei Wochen lag die Zusage im Briefkasten.

Ich lasse mich in den warmen Sand zurückfallen und schließe genüsslich die Augen, als ich daran denke, dass Nick mich vor Freude an Ort und Stelle verführt hat, als ich mit der Zusage zu ihm in die Küche gestürzt bin. Aaah, wer hätte gedacht, dass der gute alte Klassiker »Sex auf dem Küchentisch« so viel Spaß machen kann? Vor allem in der interessanten Variante, bei der meine Beine über Nicks Schultern liegen und seine Hände unter …

»Ertappt«, raunt eine Stimme an meinem Ohr.

Erschrocken reiße ich die Augen auf.

Er sitzt neben mir, mit wildem Haar und tropfnassem Neoprenanzug, und grinst anzüglich auf mich herab.

Ich bemühe mich, das Bild von Nick, mir und dem zweckentfremdeten Küchentisch aus meinem Kopf zu verbannen, und räuspere mich. »Ertappt wobei?«

»Du hast an Sex gedacht!«, sagt Nick siegessicher. »Ich kenne dich, einen derart verzückten Gesichtsausdruck hast du immer nur, wenn du …«

Doch bevor er ins Detail gehen kann, ziehe ich ihn zu mir in den Sand und drücke rasch meine Lippen auf seine.

Es wird ein langer, leidenschaftlicher und ziemlich salziger Kuss.

Und als wir dann nebeneinander liegen, uns anlächeln und einfach nur glücklich sind, steigt eine unerwartete Empfindung in mir auf. Ein Gefühl von … Frieden?

Ich koste es aus, schmecke es, untersuche es, und mir wird bewusst, dass all das, womit ich mich im letzten Jahr gequält habe – die verzehrende Wut, das Hadern mit meiner Familie und meinem Schicksal, die Einsamkeit –, fortgeweht ist wie schwarzer Rauch.

Geblieben sind Zuversicht und Freundschaft. Eine neue Stärke. Und, mächtiger als alles andere, meine Liebe zu Nick.

Es ist eine komplizierte, unberechenbare Welt, die da auf Nick, mich und unsere Freunde wartet. Aber keiner von uns ist allein – nicht in der Angst, nicht im Schmerz und nicht im Glück.

Und das ist alles, was zählt.

Dank an ...

– das Team der JVA für Frauen in Vechta, das mich so großzügig hinter die Kulissen hat schauen lassen. Mein besonderer Dank gilt der stellvertretenden Anstaltsleiterin, Frau Petra Huckemeyer, die sich einen ganzen Nachmittag lang Zeit für mich genommen und mir mit Engelsgeduld all meine unbedarften Fragen beantwortet hat. Außerdem danke ich den Insassinnen, die mir ihre Zellen geöffnet und mit mir gesprochen haben.

Für den Roman habe ich mir die Freiheit genommen, die Besuchszeiten u. ä. der Handlung anzupassen.

– Tim Fetting von der Seehundstation Norddeich, der mir nicht nur viele hilfreiche Informationen über die Arbeit mit Heulern gegeben hat, sondern dank dem ich einigen Seehundbabys aus fünfzig Zentimetern Entfernung in die großen schwarzen Augen blicken durfte. ☺

Auch hier habe ich mir für den Roman einige Freiheiten genommen, kleine Abweichungen von der Realität gehen also allein auf mein Konto.

– Dominik Schlemmer von der Surfschule »Wassersport-Büsum«, der sich meines Halbwissens über Kiteboarding angenommen und mir geholfen hat, einige wirklich grobe Fehler im Roman zu vermeiden.

– Sibylle Walch-Herrmann, Strafrechtsanwältin, die mir anhand ihrer langjährigen Erfahrung klargemacht hat, was Gefängnisstrafen für die Betroffenen bedeutet – nicht nur für den Täter selbst, sondern auch für seine Familie.

– das gesamte Team des Egmont INK-Verlags. Ganz besonders danke ich meiner Lektorin Stephanie Janek, die mich wieder einmal von der ersten bis zur letzten Zeile großartig unterstützt hat; Katharina Braun für ein paar sehr kreative Brainstorming-Stunden in Köln; und Christina Knorr, die meine Bücher mit ihren vielfältigen Aktionen so engagiert unters Lesevolk bringt.

– die Bloggerinnen, Leserinnen und Leser, die mir so positive und motivierende Rückmeldungen geben.

– meine Agentin Julia Abrahams, ohne die ich in allem, was das Geschäftliche angeht, völlig aufgeschmissen wäre.

– Dr. Michael Jack für ein Gespräch per E-Mail, aus dem die Strategie des dreizehnjährigen Nick entstand, in gefährlichen Situationen gedanklich einen Schritt zurückzutreten und das System zu befragen. Ja, Herr Jack, so wird man unverhofft zur Muse! ☺

– Melanie Bartle, Sozialpädagogin und Freundin, für Beratung zum Thema Gewalt in Familien.

– Claudia Kerker für ihre unermüdliche, selbstlose Hilfsbereitschaft, wenn es bei uns mal wieder an allen Ecken und Enden brennt. Mal ehrlich, was täten wir ohne Sie?

– meine Kinder: dafür, dass ihr es klaglos akzeptiert, in manchen Phasen der Romanentstehung eine Mama in den Wolken zu haben.

– Oli: für jeden einzelnen Tag mit dir. Du bist meine Liebe auf den ersten Blick und auf den tausendsten, und wenn das kitschig klingt – sei's drum.

– Tanzi: für die Begleitung meiner Recherche-Reise (hey, wer hat schon eine promovierte Chauffeurin?), für Albernheiten und tiefe Gespräche. Vor allem aber für die Erkenntnis, die in die »Sternschnuppenträume« mit eingeflossen ist: dass wir zwar nicht steuern können, was uns das Leben zumutet, aber immer die Wahl haben, wie wir darauf reagieren.

Dir und deiner Familie widme ich dieses Buch – in tiefer Freundschaft und von ganzem Herzen.

Cora Carmack

Forever in Love

Das Beste bist du

Roman

College, Football und die Liebe

Dallas kann es kaum erwarten, ihr Studium zu beginnen, fernab von ihrem strengen Vater. Doch gerade hat das Semester angefangen, verkündet dieser ihr, dass er einen anderen Job hat – ausgerechnet an ihrem neuen College, wo er das Football-Team trainieren soll. Dallas ist fassungslos! Ihr einziger Lichtblick ist Carson McClain, dessen attraktives Lächeln sie hoffen lässt, dass es das Schicksal vielleicht einmal gut mit ihr meint. Aber Carson ist im Football-Team des Colleges. Und die wichtigste Regel im Football lautet: Fang niemals etwas mit der Tochter deines Trainers an …

»Dallas und Carson sind die perfekten Protagonisten. Und das Prickeln zwischen ihnen ist der Wahnsinn!« *Romantic Times*

Band 1 der Serie
320 Seiten, kartoniert mit Klappe
€ 9,99 [D]
ISBN 978-3-8025-9754-1

www.egmont-lyx.de

LYX
EGMONT

Brenda St. John Brown

Ein Sommer in Tokio

Roman

***Lost in Translation* meets New Adult!**

Seit Zosia Eastons Mutter vor drei Jahren gestorben ist, hat die Neunzehnjährige jeden Halt im Leben verloren. Als ihr Vater einen Job in Tokio annimmt, kommt ihr der Tapetenwechsel deshalb gerade recht. Doch ausgerechnet dort trifft sie Finn, der auf ihre Highschool ging und der ihr Herz mit seinem sexy Lächeln schon oft hat schneller schlagen lassen. Wie Zosia versucht auch Finn, vor seiner Vergangenheit davonzulaufen. Gemeinsam könnten sie diesen Sommer in Tokio zu einem machen, der ihnen für immer in Erinnerung bleiben wird.

»Wenn es nur ein einziges Buch gibt, das ihr diesen Sommer lest, dann muss es dieses hier sein!« *K-Books Reviews*

352 Seiten, kartoniert mit Klappe
€ 9,99 [D]
ISBN 978-3-8025-9746-6

vw.egmont-lyx.de

LYX
EGMONT